FUNESTES FIANÇAILLES

ISBN : 978-2-9581877-0-5

FUNESTES FIANÇAILLES

S.D. FISCHER

1

Louise trépignait sur sa chaise, le regard fixé sur sa sœur. Tous les matins, c'était pareil : on ne pouvait pas parler à Joséphine avant qu'elle n'ait bu toute sa tisane, sous peine de voir le démon en elle se réveiller et déchaîner sa mauvaise humeur sur la maison pour le reste de la journée. Pour Louise, l'attente se muait en supplice. Les mots se bousculaient derrière ses lèvres closes et elle devait consentir à un effort surhumain pour ne pas exploser.

Pourtant, ce matin-là plus que jamais, la jeune femme avait des choses à dire. Sa main broyait la missive qu'elle mourait d'envie de lire à sa sœur. Tremblante, les nerfs tendus, elle guettait le premier signe qui indiquerait que Joséphine acceptait enfin d'entendre ce qu'elle avait à lui raconter – et il lui semblait que sa cadette se délectait de la faire attendre.

C'était le cas, en réalité. Ce matin-là, quand elle était descendue dans la cuisine pour prendre son petit-déjeuner, Joséphine avait très bien remarqué l'excitation de Louise, tout comme la lettre qu'elle agitait dans l'espoir de lui arracher un mot plus tôt qu'à l'accoutumée. C'était mal connaître la jeune fille. Aucune conversation ne pouvait avoir lieu avant le premier repas de la journée, moment sacré où, pendant une heure environ, elle pouvait se réjouir de ne pas subir la voix aiguë de sa sœur. Elle comptait bien profiter de chaque seconde, aussi dégustait-elle sa tisane avec plus de lenteur que d'ordinaire. La veine qui battait sur la tempe de Louise la laissait indifférente. Encore quelques instants de paix...

Louise fut cependant délivrée de son calvaire lorsque la porte s'ouvrit.

— Oh ! Papa !

La jeune fille se leva dans un froufrou de velours jaune pour aller déposer une bise claquante sur la joue de leur père, qui lui répondit d'un sourire attendri. Monsieur Henri Galtier, médecin de son état, manifestait toujours une douce sympathie pour son aînée. Joséphine y voyait de la pitié pour la frivolité de sa sœur ; cette dernière, elle, y percevait la tranquille sérénité d'un homme de science.

— Vous ne devinerez jamais ! poursuivit Louise, trop heureuse de pouvoir enfin vider son sac. Nous avons reçu une lettre par messager tout à l'heure.

Elle agita le courrier froissé sous le nez de son père.

— De qui vient-elle ? s'enquit Henri Galtier avant de saluer, d'un baiser prudent sur la tempe, sa cadette toujours mutique.

— Marianne ! Marianne Delvaux, notre amie qui résidait autrefois rue des Essarts. Vous vous souvenez ?

— Bien entendu. Cette chère petite Marianne !

Dans son bol de tisane, Joséphine grommela quelque chose. Marianne avait un an de plus que Louise : à vingt-trois ans, elle n'était plus si petite que cela, à présent.

— Elle va se marier, Papa ! Quelle merveilleuse nouvelle ! s'extasia Louise.

— Qui est l'heureux élu ?

— Êtes-vous bien assis ? Il s'agit d'un baron, Papa ! Enfin, un futur baron, quand il héritera du titre : monsieur Geoffrey de Sept-Vans. N'est-ce pas une annonce *extraordinaire* ?

Son regard s'était tourné en direction de Joséphine, qui avait daigné lever la tête de son petit-déjeuner. Les yeux d'azur de la jeune fille brillaient d'un intérêt soudain à cette annonce. Trop heureuse d'avoir su capter l'attention de sa sœur, Louise se dandina sur sa chaise, sur laquelle elle s'était laissée retomber dans un nuage chatoyant.

— Voilà qui fera un beau mariage, commenta monsieur Galtier tandis que Marie-Élisabeth, la bonne, lui servait sa tasse de tisane. Son père doit être fier d'allier leur famille à celle de Monsieur le baron.

— Elle raconte dans sa lettre qu'elle va s'installer dans son château de Touraine. Son château !

Tous les plaisirs d'une telle existence parurent passer dans le regard de Louise, qui soupira d'un air rêveur. Joséphine mordit dans sa tranche de pain beurré avant de demander :

— Comment a-t-elle pu rencontrer un baron de Touraine alors qu'elle vit à Paris ?

— Monsieur le baron, expliqua Louise en insistant sur son premier mot, est mousquetaire de Sa Majesté. Il réside presque toute l'année à Paris.

— Donc elle passera le plus clair de son temps toute seule dans un château froid, dans une région qu'elle ne connaît même pas. Quel plaisir.

— Enfin, Joséphine ! Il fait partie des mousquetaires noirs, il ne vit pas en caserne. Il possède un hôtel particulier à Paris. Elle pourra y résider aussi souvent qu'elle le voudra, rendre visite à son père et à nous également. Puisqu'elle ne nous a pas oubliées, se réjouit-elle, agitant la lettre qui ressemblait de plus en plus à un tract ramassé par terre.

— C'est une bonne nouvelle pour monsieur Delvaux, commenta monsieur Galtier. Il pourra au moins continuer de voir sa fille.

Joséphine faillit esquisser un sourire narquois. Le peu d'enthousiasme que son père montrait à l'idée de les marier, sa sœur et elle – et donc de les perdre –, finirait bien par se heurter aux ambitions de Louise. Si cette dernière se réjouissait autant de savoir que leur amie d'enfance allait épouser un baron et venir habiter une partie de l'année dans la capitale, c'était uniquement parce qu'elle songeait déjà aux bals et aux dîners auxquels elle serait immanquablement invitée et à toutes les rencontres galantes qu'elle pourrait y faire. Elle n'aspirait pas à rester fille de médecin toute sa vie : un beau mariage dans la noblesse, voilà exactement ce qu'elle visait.

Elle n'aurait pas dû se bercer d'autant d'illusions. Les filles de médecin épousaient presque toujours des médecins – comme les filles de boucher épousaient un boucher, ou les filles de boulanger des... Louise détestait la médecine – probablement parce qu'aucun remède ne s'était révélé capable de soigner sa mère de la mélancolie qui avait fini par l'emporter. Joséphine demeurait réaliste sur ce qui les attendait, sa sœur et elle. Un jour, un jeune collègue de leur père se montrerait assez charmant pour attirer l'attention de monsieur Galtier, qui l'inviterait tôt ou tard à dîner. Il lui présenterait ses deux filles ; l'homme, avec l'embarras du choix, opterait bien sûr pour la plus jolie et la plus raffinée – Louise – et tous deux continueraient le mode de vie bourgeois dans lequel ils évoluaient depuis leur enfance.

Un mariage dans la noblesse n'était pourtant pas chose impossible, en réalité. Louise était ravissante comme une fleur au printemps, avec sa peau blanche, ses lèvres roses et ses beaux cheveux blonds, qui encadraient son visage en boucles naturelles. Ses yeux ressemblaient à des aigues-marines et elle connaissait les règles du bon goût et de l'étiquette sur le bout des doigts. Si l'on ajoutait à cela la dot très généreuse que lui apporterait monsieur Galtier, médecin renommé et compétent, elle était un parti plus qu'intéressant pour n'importe quel gentilhomme de la cour. Encore fallait-il que l'un d'eux daigne baisser son auguste regard sur une jeune femme issue du peuple.

— Ce n'est pas tout, poursuivit Louise, à mille lieues de telles pensées. Marianne nous convie, Joséphine et moi, à la réception donnée en l'honneur de ses fiançailles avec Monsieur le baron.

Bien entendu, ses yeux dévièrent instantanément vers son père. Ses cils battirent comme des ailes de papillon tandis qu'un sourire ingénu fleurissait sur ses lèvres, quémandant sans en avoir l'air la permission d'acquiescer à une telle invitation.

— Ce serait l'occasion pour vous de rencontrer des jeunes gens de votre âge, concéda monsieur Galtier après une seconde d'hésitation.

— Nous serions surtout présentes pour assurer à Marianne que nous demeurerons ses amies même une fois mariée, ce qui est très important pour une demoiselle, affirma Louise, et son père hocha poliment la tête. Qui plus est, après toutes ces années...

— Je pense avoir saisi, ma chérie, la coupa Henri en tapotant sa main avec douceur. Joséphine et toi souhaiteriez vous y rendre.

L'intéressée se redressa, fronçant les sourcils. Pourquoi la mêlait-on à cela, tout à coup ? Elle était peut-être invitée, mais elle n'avait pas manifesté l'envie d'aller à une quelconque *réception*.

Louise lui adressa un regard qui lui enjoignait de se taire, cependant, et elle lui retourna une grimace agacée.

— Quand aura lieu cette fête ? s'enquit monsieur Galtier en tendant la main vers la missive, que ne lui remit pas sa fille. Et où ?

— Dans un mois, Papa, et cela se passera... chez Monsieur le baron, en Touraine.

— C'est fâcheux. Cela tombe au moment du prochain congrès des médecins. Je dois absolument y assister et deux demoiselles ne peuvent voyager aussi longtemps sans chaperon. Je suis navré, mais...

— Oh ! Papa ! N'avez-vous point confiance en nous ? Tout se passera très bien. Les routes sont sûres, de nos jours ! Si

Françoise et Francine nous accompagnent…

— Quatre femmes seules ? la coupa monsieur Galtier en haussant un sourcil.

— Vous oubliez le cocher, rétorqua Joséphine.

Cette fois, le regard de Louise exprima toute la reconnaissance qu'elle éprouvait soudain envers sa sœur. Joséphine se fustigea intérieurement. Ne pouvait-elle s'empêcher de faire remarquer aux autres leur absence de logique ?

— Nous serons donc chaperonnées par trois personnes, appuya Louise d'un ton suppliant. Ne vous inquiétez pas, Papa. Tout se passera bien. Le congrès a besoin de vous, vous ne pouvez pas le manquer, mais vous n'aurez pas à vous soucier de nous. Qui plus est, si nous nous absentons, vous pourrez rentrer aussi tard que vous le désirez sans vous tracasser pour notre confort. Nous vous écrirons sitôt que nous serons arrivées et nous ne resterons que peu de temps. Le père de Marianne sera présent : vous le connaissez bien, il veillera sur nous une fois là-bas. S'il vous plaît…

Elle battit des cils, encore une fois. Ils étaient naturellement très longs et très sombres, héritage de leur mère, et ses œillades faisaient mouche à chaque fois.

Monsieur Galtier, lui, leva la tête vers Joséphine. Bien sûr. Il ne donnerait son approbation que si elle manifestait l'envie réelle de se rendre à cette réception – ce qu'elle ne voulait pas du tout, mais le désespoir de Louise serait encore pire à supporter qu'une soirée à marcher sur des œufs. Elle n'en éprouvait aucun désir, mais sa sœur lui adressa un regard tellement empli d'attentes et de supplications qu'elle ne put y résister elle-même.

Joséphine battit donc des cils elle aussi – moins bien que ne le faisait Louise, parce qu'ils étaient clairs et beaucoup plus courts. Monsieur Galtier, vaincu, poussa un bref soupir et acquiesça d'un hochement de tête.

— C'est entendu. Vous pourrez y aller toutes les deux. À

condition de me promettre de ne commettre aucune folie durant ce séjour. Je me montrerai intransigeant et vos dames de compagnie devront y veiller.

— Papa ! Nous serons sages comme des images ! jura Louise.

Et elle se leva de nouveau, pour déposer une bise claquante sur la joue du médecin.

Joséphine maugréait encore lorsque, une heure plus tard, elle tentait de se plonger dans un livre au salon. La vaste pièce à murs blancs, ornés de moulures, offrait une vue imprenable sur le jardin par sa grande fenêtre arquée. En hiver, une neige épaisse recouvrait tout et donnait envie de se pelotonner sous un édredon bien chaud et de se laisser absorber par l'un des romans de madame de Scudéry – presque ce qu'elle avait décidé de faire ce jour-là, avant de se faufiler dans le cabinet de son père pour dérober un ouvrage de biologie comme elle aimait en lire parfois. Confortablement assise dans le canapé, un coussin moelleux dans le dos et une tasse de tisane sur la desserte la plus proche, Joséphine entendait bien oublier pour un moment ces histoires de fiançailles et de réception.

Hélas, la paix n'était pas du goût de Louise, qui entra avec sa fougue habituelle et se précipita à ses côtés sur le divan, répandant sa bonne humeur autour d'elle comme une horrible couche de mélasse sur une tranche de brioche.

— Ça va être formidable ! Notre première sortie seules, toi et moi, dans le *château* d'un *baron* !

— Tu te fais beaucoup trop d'illusions sur ce qui se va se passer là-bas, grommela Joséphine.

— Je n'imagine rien de particulier, hormis une fête délicieuse en compagnie de notre amie et de son fiancé.

— Et probablement deux ou trois comtes ou vicomtes, n'est-ce pas ?

— Ce que tu peux être rabat-joie ! Bien sûr que j'y pense. Ne trouves-tu pas cela normal ? Papa nous enferme ici depuis des années en espérant que nous ne partirons jamais, mais je compte bien m'en aller, moi. Rencontrer un homme charmant, me marier et vivre enfin une véritable vie de femme.

— Avec beaucoup de bijoux et de serviteurs, commenta Joséphine.

— Que dis-tu ?

— Rien du tout. Je comprends ton impatience, mais tu n'avais pas besoin de me mêler à cela pour pouvoir t'y rendre.

— Que ne faut-il pas entendre ! lâcha Louise, un brin amère. Papa ne peut rien te refuser. Tu as toujours été sa préférée.

— Louise...

— Oh, ce n'est pas grave, tu sais ? Je pense que j'aurais été la favorite de Maman. J'ai de meilleures manières et je suis plus respectueuse des convenances que toi.

— Dit celle prête à tout pour assister à une réception mondaine afin de se trouver un mari.

— C'est injuste, ce que tu dis là. Je n'ai pas envie d'épouser un médecin, moi. Ce genre de vie ne me plaît absolument pas. C'est facile, pour toi : tu passes tes journées à lire dans le salon et tu n'as jamais besoin de personne. Mais moi, je m'ennuie. Il faut que je voie du monde, que j'aie de l'animation autour de moi. Ce n'est pas la patientèle d'un médecin qui me permettra de m'amuser.

Joséphine esquissa une moue agacée. Quand avait-elle dit que la perspective de se marier avec un homme semblable à son père lui plaisait ? Bien entendu, elle aimait monsieur Galtier, qui leur avait toujours témoigné beaucoup d'affection, mais elle ne s'imaginait pas femme de thérapeute non plus. En réalité, elle ne se voyait épouse de personne, ce qui, pour l'instant, convenait aussi bien à son père qu'à elle.

— Je suis certaine que tu trouveras de quoi t'amuser là-bas, acquiesça-t-elle. Et les barons et les comtes partageront sûrement ton plaisir.

— Que veux-tu dire par-là ?

— Rien du tout. Seulement que tu devrais faire attention à ne pas trop montrer ton intérêt pour eux. Les hommes de la noblesse adorent user de leurs privilèges pour s'offrir un peu de bon temps.

— Ce que tu dis est proprement scandaleux !

Louise bondit sur ses pieds, une moue indignée sur les lèvres et les joues rouges d'embarras. Même lorsqu'elle boudait ainsi, elle restait très jolie. Joséphine l'enviait parfois. Si les deux sœurs se ressemblaient, liens du sang obligent, elles n'avaient pas tiré le même numéro à la loterie. Louise avait un visage ravissant, en forme de cœur, cerné de ces adorables boucles blondes qu'elle coiffait à la dernière mode. Son teint était toujours parfait, blanc comme il faut, avec deux belles taches rouges sur les pommettes – naturelles de surcroît. Nul doute qu'elle se trouverait un chevalier servant dès qu'elle franchirait le seuil du *château* du *baron*.

Joséphine savait qu'il n'en irait pas de même pour elle. Peut-être était-ce la raison pour laquelle elle rechignait tant à se rendre à cette réception, même si elle ne l'avouerait jamais. Les boucles de Louise étaient parfaites, bien serrées ainsi qu'il le fallait ? Les siennes cascadaient, indomptables, et Francine devait user d'une centaine d'épingles pour les maintenir en une coiffure à peu près correcte. Bien sûr, elle n'était pas blonde comme un rayon de soleil, non : elle avait hérité d'un roux flamboyant que seul affichait un vieil oncle du côté de son père, une teinte qui faisait ressortir la pâleur de sa peau et les taches rouges qui se plaquaient sur son visage dès qu'elle se troublait un peu. Sa femme de chambre avait bien tenté de la convaincre de mettre un peu de fard pour camoufler cela, mais la poudre devait sentir l'aversion de la jeune fille pour les artifices : elle ne résistait pas plus de deux heures avant de laisser voir ce qui se cachait en dessous. Et puis, pour couronner le tout, Joséphine ne savait pas rire comme Louise, sourire comme elle, tenir sa robe, pencher la tête sur le côté à la façon d'un petit oiseau fragile, et encore moins écouter des platitudes pendant des heures sans paraître se lasser. Elle passerait probablement la soirée seule, se retirerait tôt en prétextant être fatiguée et lirait dans son lit jusqu'à ce que l'épuisement survienne pour de bon.

La fâcherie de Louise ne dura pas bien longtemps – hélas, pensa subrepticement sa sœur – et elle revint s'asseoir sur le divan.

— Nous avons encore le temps de trouver des tenues adéquates. Pour toi aussi, il faudra quelque chose de superbe. Nous serons en mars... Je me demande si nous pourrons déjà porter des robes de printemps ou s'il vaudra mieux conserver des vêtements d'hiver. Papa m'a acheté le premier numéro du *Mercure Galant*, je vais regarder dedans s'il y a quelque conseil à ce sujet. Il te faut du pastel, un vert ou un bleu. Je vais tout de suite vérifier cela.

Et elle se leva de nouveau, filant dans la maison à la recherche de sa précieuse revue. Joséphine poussa un long soupir. Elle regrettait déjà d'avoir dit un mot en faveur de sa sœur.

2

— Oh ! Je suis tellement, tellement contente de vous voir !

Marianne ouvrit grand les bras pour étreindre Louise et Joséphine d'un seul mouvement. Comprimée entre sa sœur et leur amie d'enfance, la seconde leva les yeux vers le château qui s'élevait derrière cette dernière.

La demeure des Sept-Vans était une splendeur moderne, sans doute vieille de moins de cinquante ans, à en juger par sa façade blanche et son toit parfaitement ajusté. Installée au cœur d'un jardin taillé avec soin, elle répandait autour d'elle une lumineuse aura de majesté qui aurait presque pu faire pâlir d'envie un marquis.

— Entrez vite, les pria Marianne, qui grelottait dans sa robe bien trop légère pour la saison. Ce temps est incroyable, on dirait presque qu'il va encore neiger !

Ça n'aurait pas été impossible. Le ciel était couvert de lourds nuages gris et il faisait très froid, pour un mois de mars.

La jeune femme les conduisit à l'intérieur du château, dans un vestibule où l'on aurait pu faire rentrer quatre salons des Galtier.

— Comment s'est passé votre voyage ? s'enquit Marianne alors que des serviteurs en livrée crème se hâtaient d'aller chercher les bagages. La route n'était pas trop difficile ?

— C'était insupportable, soupira Louise. J'ai toujours détesté les trajets en voiture : elles sont tellement inconfortables. Mais pour te rejoindre ici, nous aurions bravé les pires obstacles. Quelle demeure extraordinaire !

Louise dégrafa son manteau, dévoilant la splendide robe lavande qu'elle avait choisie pour ses retrouvailles avec Marianne. Un valet accourut pour la débarrasser, avant de se tourner vers Joséphine, qui le remercia d'un bref sourire. L'homme disparut aussi vite qu'il était apparu.

Un feu de cheminée brûlait quelque part, ainsi qu'en témoignait l'odeur de bois et de cendres répandue dans l'air. Ce parfum possédait quelque chose de réconfortant, pour Joséphine : il évoquait de longues journées à lire dans un canapé. Louise, elle, n'avait rien remarqué. Elle continuait de deviser gaiement avec Marianne, qui expliquait par le menu comment Geoffrey ne tarderait pas à recevoir tout cela, sa mère l'ayant désigné comme le prochain baron de Sept-Vans après sa mort.

— N'aurait-il pas dû déjà hériter ? s'étonna Joséphine, intriguée.

— Eh bien non, c'était une volonté du père de Geoffrey : tant que madame de Sept-Vans vit toujours, c'est elle la maîtresse du domaine. Et je défie quiconque de lui retirer son pouvoir.

— N'es-tu pas effrayée d'avoir bientôt une telle belle-mère ? demanda Louise à mi-voix.

— Oh ! non. Madame de Sept-Vans se montre d'une grande gentillesse à mon égard. Elle et moi nous entendons très bien.

Mais alors qu'elle s'apprêtait à poursuivre la conversation, un homme surgit par une porte laissée ouverte. Il devait avoir une trentaine d'années et affichait l'air confiant de ceux à qui l'on a toujours donné le pouvoir. Ses cheveux noirs étaient attachés en catogan sur sa nuque et il portait une magnifique veste de brocard verte aux manches piquetées d'or.

— Ah ! Voici donc vos invitées ! lança-t-il avec un sourire

aimable, qui dévoila une rangée de dents très blanches.

Il s'approcha et se fendit d'un baisemain pour Louise et Joséphine.

— Voici Geoffrey, gloussa Marianne, les joues rougissantes. Geoffrey, ce sont mes amies, Louise et Joséphine Galtier.

L'aînée exécuta sa plus belle révérence – celle qu'elle avait travaillée d'arrache-pied durant le mois précédent devant son miroir. Sa cadette tenta de l'imiter, mais sa grâce manquait de pratique.

— Je vous en prie, passons au salon, proposa le fiancé. Vous devez être épuisées après ce long voyage. Nous allons vous offrir un peu de chocolat.

Il les mena dans la pièce attenante, et Louise dut se mordre l'intérieur des joues pour ne pas laisser éclater son émerveillement. Le salon du château ne possédait rien de commun avec celui d'un modeste hôtel particulier dans une rue bourgeoise de Paris : c'était une salle immense, haute de plafond et ornée de lustres étincelants. Peinte en blanc, agrémentée de moulures sur les murs et de meubles dorés, elle étalait la magnificence de la maison de Sept-Vans à qui avait la chance de pouvoir l'admirer.

Louise ne détonnait pas dans un décor pareil. Malgré les rigueurs du voyage, elle avait exigé de faire une halte avant d'arriver pour se préparer et apparaître au meilleur de sa beauté. Joséphine, un peu plus chiffonnée, n'avait qu'une hâte : monter dans sa chambre et s'écrouler sur son lit pour le reste de la soirée. Hélas, on se trouvait encore au beau milieu de l'après-midi. Il lui faudrait patienter quelques heures.

Dans le salon se tenaient déjà quatre jeunes gens, deux hommes et deux femmes, qui conversaient avec emphase. Leurs éclats de rire s'élevaient sous le plafond moulé et paraissaient emplir toute la pièce.

— Permettez que je procède aux présentations, proposa

Geoffrey en désignant, d'un geste élégant, la première des deux demoiselles. Voici ma sœur cadette, Gabrielle.

L'intéressée était aussi blonde que son frère était brun. Petite, le teint pâle et les joues rosies par le fard, elle était vêtue d'une robe très simple qui cependant rehaussait l'harmonie de ses traits. La seconde, assise sur le même divan, avait au contraire les cheveux très noirs, comme ses yeux dont les pupilles paraissaient sur le point d'engloutir ceux qui s'y plongeaient – et ils n'auraient sans doute pas été nombreux, car les regards étaient plus attirés par son décolleté que par son visage, qu'elle avait pourtant fort beau.

— Mademoiselle Clémence de Mercie, une amie de longue date, annonça Geoffrey en la désignant. Et voici monsieur Blaise Cartegnier, dont vous connaissez peut-être le nom.

Joséphine afficha un sourire de politesse avant de lui tendre la main, masquant le fait qu'elle n'en avait jamais entendu parler. Louise, elle, parut tout à fait à son aise : à peine ses doigts eurent-ils effleuré ceux de monsieur Cartegnier qu'elle vantait la qualité de ses tissus, dont on ne tarissait pas d'éloges, selon elle, dans tout Paris. Joséphine hocha la tête : un mercier, ou quelque chose du même genre.

— Et le dernier, mais non le moindre : mon cher collègue et ami monsieur Jérôme de Faulcon de Montessand, comte de Commergnac, fils du marquis d'Arranges.

Louise faillit défaillir de bonheur quand le nommé se pencha pour un baisemain dans les règles de l'art. Il était charmant et tout à fait ce que l'on pouvait attendre d'un comte : cheveux bruns mi-longs qu'il ne prenait même pas la peine d'attacher, courte barbe et nez busqué, lèvres minces et un soupçon de froideur dans le regard, qui le faisait paraître mystérieux et méditatif. Joséphine, elle, lui trouva l'air suffisant et lointain de la noblesse. Il observait sa sœur comme si elle n'était qu'un élément du décor et semblait profondément s'ennuyer. Il ne se montra guère plus attentionné avec Joséphine, dont il ne croisa même pas le regard. Détaché des contingences du monde terrestre, comme bon nombre de ses pairs, il devait estimer le bas peuple à peine plus intéressant qu'un pigeon sur un toit. C'était un collègue de Geoffrey, ainsi que celui-ci l'avait annoncé : cela signifiait qu'il était, outre son titre, un mousquetaire du Roi.

Marianne les fit asseoir dans un autre sofa et sonna la cloche pour appeler un serviteur, qui s'empressa d'apporter deux nouvelles tasses de chocolat bien chaud. Il faisait bon, dans la grande pièce, grâce aux deux cheminées où ronflaient des feux joyeux, mais refermer ses mains sur de la céramique brûlante était le summum de la félicité. Un deuxième valet remplaça le plateau de petits pains vide par un second, bien garni, où Louise et Joséphine piochèrent avec ravissement de délicieuses pâtisseries, réconfort ultime après ce long voyage.

— Vous n'êtes pas les dernières arrivées, leur glissa Marianne avec un sourire. Nous attendons encore monsieur de Hauteuil, un cousin de Geoffrey.

— Ton père n'est-il pas présent ? s'enquit Louise en se penchant vers elle.

— Si, bien sûr ! Mais il se trouve en pleine conversation avec madame de Sept-Vans, pour l'instant. Je pense que nous les verrons ce soir au souper.

— Mère aime beaucoup les réunions dans son cabinet privé. Elle se fait servir des verres d'hypocras et prétend travailler avec acharnement, leur souffla Geoffrey d'un ton de conspirateur.

Joséphine esquissa un sourire amusé. Le comte possédait un visage qui inspirait la sympathie, et la malice qui pétillait dans ses yeux sombres le faisait paraître plus jeune que son âge.

Louise s'enquit des autres convives, avec une curiosité et une bienveillance naturelles qui lui attiraient, bien souvent, l'amitié de ceux avec qui elle conversait. Elle discuta ainsi avec Clémence de Mercie, également originaire de Touraine et qui, selon ses dires, avait connu les enfants Sept-Vans durant leurs tendres années.

— Si vous les aviez vus ! s'amusa-t-elle d'une voix suave, alors qu'elle coulait un regard ardent en direction de Geoffrey. Édouard et ses tours de magie, Geoffrey en poète déclamant des vers… Les spectacles que nous montions étaient extraordinaires.

— Et vous, Clémence, quel était votre talent ? demanda Louise.

— Premier rôle dans des pièces de théâtre, bien sûr. Geoffrey et Édouard me donnaient la réplique.

— Édouard est mon frère aîné, expliqua Geoffrey, en réponse au regard interrogateur de Louise.

— C'était une période tellement drôle… soupira Clémence. Nous nous amusions comme des fous.

— Mademoiselle, y participiez-vous également ?

Gabrielle de Sept-Vans, enfoncée dans les coussins du canapé, parut surprise qu'on s'adresse tout à coup à elle. Elle battit des cils sur ses beaux yeux bleus et ses joues prirent une teinte encore plus rouge que le fard qu'elle portait.

— Oh ! Non… Je n'étais pas…

— Gabrielle est plus jeune que nous et Mère l'a adoptée lorsqu'elle avait quatorze ans, expliqua Geoffrey avec douceur. Elle n'a pas eu le loisir de participer à nos spectacles d'enfants.

— Je le regrette très profondément, fit remarquer la jeune fille.

— Oh ! Tu auras au moins eu la chance de ne pas te ridiculiser devant tout le monde lors d'une partie de campagne.

Les invités se mirent à rire, à l'exception du comte, qui contemplait un tableau d'un air absent. Il paraissait s'ennuyer à mourir. Joséphine esquissa une moue dédaigneuse. Bien entendu, Sa Seigneurie ne pouvait pas se mêler à la plèbe.

La discussion se poursuivit durant presque tout l'après-midi, alimentée par une Louise très en verve. Trop heureuse de trouver enfin des gens de son âge avec lesquels avoir une conversation mondaine, la jeune fille ne comptait pas bouder son plaisir. Quand les serviteurs commencèrent à allumer les chandelles des lustres, cependant, Marianne dirigea ses deux amies vers l'étage des invités afin de leur accorder un peu de repos avant le souper.

Joséphine laissa Louise discuter encore un peu avec elle devant sa porte et pénétra dans sa chambre, où l'attendait déjà Francine. La vue du lit couvert d'un édredon moelleux lui donna envie de rester ici toute la soirée, mais c'était sans compter sa sœur, qui viendrait la chercher et la traîner par la peau du cou jusqu'en bas s'il le fallait. Avec un soupir las, la jeune fille consentit donc à se changer et à se recoiffer. Sa demoiselle de compagnie l'aida à revêtir une robe bleu pâle – celle-là même que Louise avait commandée pour elle – dont les manches dentelées d'or ne tombaient pas sur ses bras, mais étaient relevées comme sur une veste d'homme. Quand elle s'en était étonnée, Louise lui avait assuré que c'était la dernière mode recommandée par le *Mercure Galant*.

Elle descendit vers dix-neuf heures, pour constater que la plupart des convives étaient déjà de retour au salon. Un autre était arrivé entretemps. Marianne présenta monsieur Edmond de Hauteuil, cousin des Sept-Vans. Vêtu avec un goût exquis, coiffé et poudré ainsi qu'on le faisait à la Cour, il s'attira aussitôt les œillades charmées de Louise, tandis qu'il souriait avec courtoisie aux deux sœurs.

On leur servit des verres d'hypocras et la conversation tourna bien vite autour de la prochaine décision de Sa Majesté : déclarerait-il, oui ou non, la guerre à la Hollande ? Si messieurs de Hauteuil et Cartegnier espéraient bien que non – les conflits se révélaient toujours mauvais pour les affaires –, le comte de Commergnac, lui, soutenait que l'affrontement était inévitable.

— Les tisserands hollandais ne sont-ils pas des concurrents directs de votre profession ? s'enquit-il avec un regard glacial en direction du drapier. On dit que les tarifs qu'ils pratiquent rendent le commerce difficile.

— C'est vrai, acquiesça monsieur Cartegnier. Néanmoins, la guerre n'est jamais bénéfique aux échanges, quels qu'ils soient.

— Vous voudriez obtenir les avantages d'une victoire sans avoir à combattre d'abord. Le monde ne fonctionne pas ainsi.

— Nous ne sommes pas tous aussi belliqueux que vous, rétorqua le tisserand. Se battre ne résout rien et aucun commerçant ne désire voir le conflit s'envenimer.

— Les mousquetaires ne le souhaitent pas non plus, Monsieur, mais la grandeur de la France passe avant tout.

— À la grandeur de la France, s'amusa Clémence de Mercie en levant son verre.

Les autres convives rirent et burent sans se faire prier.

Par-dessus le rebord de sa coupe de cristal, Joséphine jeta un coup d'œil au comte. C'était un homme qui devait avoir l'habitude qu'on se plie à ses exigences et qu'on ne le contredise pas – ainsi que beaucoup de nobles. Il parlait avec assurance, d'un ton ferme, le menton relevé comme pour défier quiconque de s'y oser. Comble d'ironie, il était particulièrement séduisant, et bien sûr Clémence et Louise lui adressaient des regards pleins de promesses. Gabrielle, elle, semblait peu sensible à ses attraits. Joséphine maugréa dans son verre. Il représentait tout ce qu'elle détestait chez ceux de son espèce : belliqueux, sûr de lui et imbu de sa personne.

Elle fut détournée de ses pensées lorsqu'un mouvement se fit à l'entrée du salon. Une femme pénétra dans la pièce. Vêtue à l'ancienne mode, elle allait sans doute faire pâlir Louise d'horreur, mais son âge excusait ce manque de goût.

Il devait s'agir de la baronne de Sept-Vans, maîtresse de la maison. Elle était accompagnée d'un homme d'âge mûr, lui aussi, porteur d'une perruque à boucles du plus bel effet, que Joséphine reconnut tout de suite : Philippe Delvaux, le père de Marianne. Il s'approcha aussitôt de Louise pour la saluer avec chaleur, ainsi que Joséphine.

— Quel dommage qu'Henri n'ait pu se joindre à nous ! déplora-t-il, un verre d'hypocras à la main. J'aurais tant aimé pouvoir discuter avec lui. Au lieu de cela, regardez-moi : je suis le vieux barbon qui vient surveiller toute cette jeunesse.

— Vous ne serez jamais vieux, Père, sourit Marianne en déposant un baiser sur sa joue.

— Ah ! si seulement c'était vrai !

Sous l'impulsion de la baronne, les convives se dirigèrent vers la table où le dîner serait servi. Joséphine se retrouva placée tout au bout de celle-ci, juste à gauche du comte. En face d'elle se trouvait Edmond de Hauteuil, lui-même assis à côté de Louise. À son regard pétillant et au rose de ses joues, Joséphine devina que sa sœur se délectait de manger si bien entourée.

De ce côté, la conversation tourna bientôt autour des activités des invités ; monsieur de Hauteuil ne comprenait guère pourquoi un comte, futur héritier d'un titre de marquis et d'une fortune colossale, s'était engagé dans le corps des mousquetaires du Roi – quand bien même il s'agissait d'un honneur, le rôle était le plus souvent tenu par des Gascons, qui avaient la préférence au recrutement par monsieur d'Artagnan. Sans compter, ajouta-t-il en fronçant le nez, qu'on risquait tout de même d'y perdre la vie.

— Edmond a toujours été très sensible, railla Eugénie de Sept-Vans, qui trônait à l'autre bout de la table. Il n'a jamais supporté les occupations d'homme.

Un frémissement agita la lèvre de l'intéressé, mais il ne releva pas.

— Tout le monde n'est pas fait pour manier le mousquet, fort heureusement, lui glissa Louise avec diplomatie. S'il est bon que de preux chevaliers nous défendent et garantissent la gloire du royaume, il est bien également que d'autres gèrent la vie quotidienne.

En face d'elle, le comte esquissa une moue agacée. Il semblait partager l'avis de madame de Sept-Vans et estimer que tous les mâles dignes de ce nom devaient s'engager dans l'armée.

Sans doute rassuré par les paroles de Louise, monsieur de Hauteuil entama avec elle une discussion à bâtons rompus sur les activités que pouvait avoir un homme et qui ne l'obligeaient pas à prendre les armes. Il fut convenu que la gestion d'un domaine représentait une forme noble de l'aplomb masculin, tout comme la politique ou les promenades – sur ce dernier point, Joséphine ne voyait pas vraiment le rapport avec la question, mais elle ne commenta pas. Bientôt, on l'oublia, dans son coin ; le comte ne lui accordait pas la moindre attention et elle n'avait aucune envie de se mêler à une conversation aussi insipide que celle-ci. Elle préféra donc se concentrer sur son assiette, espérant que le dîner se terminerait assez vite et qu'elle pourrait enfin aller se coucher.

Mais les plats étaient nombreux et les convives semblaient bien décidés à prendre tout leur temps. On servit des pâtés en croûte, des tourtes, de la volaille agrémentée de céleri, de carottes et de poireaux. Les Sept-Vans ne manquaient de rien. Le faste de leur table se révélait à la mesure de leur domaine : immense.

Le comte s'était trouvé une partenaire de conversation à sa droite : la délicieuse Clémence de Mercie ne ménageait pas ses efforts pour paraître à son avantage. Ils devisaient ainsi, d'un ton léger, sur les derniers ragots de la Cour – où la jeune femme semblait posséder ses entrées. Louise et monsieur de Hauteuil ne se quittaient plus, et les autres se tenaient trop loin pour se mêler à leurs échanges. Joséphine, en bout de table, mangeait en silence en priant pour que son supplice prenne rapidement fin. Les minutes s'égrenèrent, puis les heures, et quand enfin les desserts furent terminés, elle prétexta la fatigue du voyage pour se retirer dans sa chambre.

Le lit lui parut de nouveau accueillant, ce soir-là, quand elle se laissa tomber dessus. Peut-être pourrait-elle y passer le reste de son séjour ?

3

On ne lui laissa guère le loisir de se reposer, hélas. Le lendemain, une partie de chasse était organisée, l'occasion pour ces messieurs de montrer leur habileté au maniement des armes, ce dont Geoffrey et le comte comptaient bien s'acquitter avec zèle.

Ces dames, elles, discutèrent dans le salon durant presque toute la matinée, en compagnie de monsieur de Hauteuil qui n'avait pas le goût de la chasse. Louise, mademoiselle de Mercie et lui prirent en main l'animation de la conversation, devisant avec emphase des dernières nouvelles de la Cour et des personnalités en vue du moment. Assise non loin, la jeune Gabrielle tentait de suivre avec intérêt, pendant que Joséphine, installée auprès de sa sœur, essayait d'empêcher son esprit de divaguer. Plusieurs fois, son regard se porta sur Marianne. Immobile et silencieuse, son amie semblait perdue dans ses pensées, les yeux tournés vers les grandes fenêtres. Joséphine secoua la tête. Si elle ne pouvait pas se passer de son cher Geoffrey durant quelques heures, les moments où il partirait en campagne pour Sa Majesté allaient se révéler très pénibles. Madame de Sept-Vans, en revanche, ne participa pas aux conversations : elle s'excusa très tôt, indiquant que les jeunes gens se trouveraient plus à leur aise entre eux et non à supporter une vieille baronne.

Vers onze heures trente, les chasseurs rentrèrent couverts de gloire et l'on put déjeuner, après quoi Gabrielle proposa une partie de mail dans le jardin. Il commença à neiger au cours de l'après-midi, d'abord à petits flocons qui ravirent tout le monde, puis à gros, qui obligèrent les joueurs à se réfugier dans le château avant de finir trempés. Le même long cycle d'ennui et de solitude débuta pour Joséphine, quand les invités poursuivirent leurs conversations sur la Cour, la politique, la guerre à venir et la mode.

Contrairement à ce qu'elle imaginait la veille, le comte semblait peu enclin à partager son opinion avec les autres. Il ne manquait pas de soulever sa lèvre supérieure lorsque quelqu'un disait quelque chose avec laquelle il n'était pas d'accord, mais il ne commentait pas, se contentant d'abaisser sur le malheureux mortel un regard empli de jugement. Geoffrey, quant à lui, ne demeurait jamais bien loin de Marianne, mais tout comme cette dernière, il semblait un peu ailleurs. L'angoisse de la fête de fiançailles qui se profilait paraissait les saisir tous les deux.

En fin d'après-midi, au grand soulagement de Joséphine, tout le monde commença à se retirer dans sa chambre afin de se préparer pour le dîner. Elle voulut partir tout de suite après le premier à prendre congé, monsieur de Hauteuil, mais Louise la retint avant qu'elle ne pût se lever.

— Ce n'est pas poli de s'en aller parmi les premiers. Attends que d'autres aient suivi Edmond, lui glissa sa sœur.

Joséphine patienta donc, agacée, jusqu'à ce que Louise l'autorisât enfin à quitter le canapé dans lequel elle était assise.

— Toutes ces mondanités sont si lassantes, soupira monsieur Delvaux, le père de Marianne, juste derrière elle. Mon Dieu ! C'est fatigant. J'avais oublié à quel point...

— Vous n'aimez pas les réceptions ? s'enquit Joséphine avec un sourire amusé.

— Grand Dieu, non ! Je suis tailleur, moi : je vêts les gentilshommes et les dames pour ce genre de frivolités, mais je n'y participe jamais. Croyez bien que je ne suis venu ici que pour faire plaisir à Marianne et lui servir de chaperon.

— Allons, je suis sûre qu'un verre d'hypocras ou deux sauront vous convaincre du bien-fondé de votre présence parmi nous.

— Je ne dis jamais non à un peu d'hypocras, confirma monsieur Delvaux en riant.

À cet instant, ils passaient devant une porte mal refermée. La voix d'Eugénie de Sept-Vans leur parvint alors, un peu étouffée par la distance et les obstacles :

— Quelle honte !

Étonnée, Joséphine haussa les sourcils. N'étant pas du genre à écouter aux portes, elle s'arrêta et retint son souffle pour pouvoir mieux entendre de là où elle se tenait, sans avoir à coller son oreille au battant. Monsieur Delvaux et monsieur Cartegnier, qui marchaient derrière elle, préférèrent traverser le vestibule en toute hâte. Gabrielle, juste devant, posa une main sur ses lèvres et pressa l'allure.

— Je vais mettre un terme à ce mariage.

Des pas résonnèrent et Joséphine s'empressa de déguerpir, le cœur cognant dans sa poitrine. Ce qu'elle venait de surprendre ne la concernait en rien, mais une crainte soudaine la saisissait. Qu'entendait madame de Sept-Vans par-là ? Comptait-elle s'opposer aux fiançailles de Marianne et Geoffrey ? Était-ce pour cette raison que les deux jeunes gens avaient paru soucieux tout au long de la journée ?

Un peu inquiète, Joséphine monta à l'étage des chambres et pénétra dans la sienne. Elle ne pouvait pas parler de ce qu'elle venait de surprendre à sa sœur, celle-ci l'aurait aussitôt *interprété* – et mieux valait éviter que Louise n'interprétât certaines choses, et encore plus qu'elle fût tentée de les répéter à qui voudrait bien l'écouter. En silence, Joséphine laissa Francine l'habiller et la coiffer pour la soirée et tâcha de ne plus penser à cela. Après tout, une telle décision ne la concernait en rien.

Francine l'aida à revêtir une robe vert pâle, dont le fini

satiné brillait à la lueur des chandeliers. Les cheveux relevés en chignon, une mèche tombant sur son épaule dans un style ébouriffé du plus bel effet, elle avait presque l'air jolie. Bien sûr, Louise serait divine, elle – sans compter mademoiselle de Mercie, vraiment superbe, et Gabrielle, ravissante. Mais Joséphine devait bien admettre qu'elle se plaisait, pour une fois.

Quelques instants plus tard, elle pénétrait dans la salle à manger, vaste pièce somptueuse illuminée de dizaines de candélabres. Les domestiques avaient dressé une table enchanteresse, où la faïence rivalisait d'éclat avec le cristal. Louise et monsieur de Hauteuil avaient déjà prévu de s'asseoir à côté l'un de l'autre. Mademoiselle de Mercie, elle, semblait avoir mis le grappin sur le comte, qui répondait à peine à ses sollicitations. Bien sûr, Joséphine s'attendait à être reléguée au fond, là où personne ne discuterait avec elle et où on l'oublierait. Tel était son destin.

Les convives patientèrent jusqu'à l'arrivée de la maîtresse de maison et, quand elle s'installa à table, tout le monde l'imita. Son fils Geoffrey se tenait à sa droite, comme toujours, Marianne assise à côté de lui et son père tout près d'elle. À gauche de madame de Sept-Vans, Gabrielle vint prendre place, puis monsieur Cartegnier qui semblait bien décidé à entretenir la conversation. Il paraissait d'excellente humeur ; la jeune fille, elle, lui répondait en baissant le regard avec une timidité presque surjouée. Joséphine se retrouva installée près de lui, pour une fois, et non en bout de table comme elle le craignait. Avec monsieur de Hauteuil à sa gauche et monsieur Delvaux en face d'elle, elle se sentait soudain un peu moins seule.

— Je suis heureuse que nous soyons tous réunis ce soir, déclara madame de Sept-Vans en levant son verre d'hypocras devant elle. C'est une joyeuse assemblée et vous êtes de bien beaux hôtes. Je salue chacun d'entre vous.

Tous reprirent son toast et burent une gorgée d'alcool,

puis le ballet des plats commença.

— Votre père est donc médecin, interrogea tout à coup monsieur Cartegnier, se tournant vers Joséphine.

— En effet, Monsieur.

— On raconte que la rivalité entre médecins et chirurgiens fait toujours rage. Je présume que monsieur Galtier est un fervent défenseur de sa discipline.

— Détrompez-vous : il estime que les deux sont au contraire tout à fait complémentaires. Il aimerait que ses pairs reconnaissent le statut des chirurgiens afin que nous puissions tous travailler de concert.

— Nous ? répéta monsieur Delvaux, amusé. Vous considéreriez-vous comme membre de cette corporation, mademoiselle Galtier ?

— Oh, euh... C'est un abus de langage, veuillez me pardonner. J'aide si souvent mon père que parfois, j'en oublie que je ne suis pas médecin moi-même.

— Une femme médecin ! s'esclaffa monsieur Cartegnier. Dieu nous en préserve ! Quel drame cela serait !

Monsieur Delvaux rit de bon cœur avec lui. Joséphine, elle, n'esquissa qu'un vague sourire crispé. Les hommes ! Toujours à juger les femmes inférieures et incapables de se trouver une véritable occupation, en dehors de la broderie et des discussions dans un salon. Elle aimait la médecine, oui, et même si la société refusait encore qu'elle suive la voie de son père, elle ne doutait pas un instant qu'un jour, ses semblables parviendraient elles aussi à de telles carrières. Par ailleurs, elle ne comptait pas abandonner son rêve de sitôt.

— Pourquoi cela serait-il un drame ? répondit-elle, un peu tendue. Nous connaissons des choses sur la vie que vous ignorez. Les cycles féminins, par exemple.

— Seigneur ! Voilà que nous en venons à des sujets horriblement triviaux, s'alarma monsieur Cartegnier. Je vous en prie, Mademoiselle, cessons là : nous sommes en plein repas.

Joséphine leva les yeux au ciel, atterrée : c'était la réaction habituelle à une situation pourtant tout à fait banale. Heureusement que les femmes prenaient en charge les questions liées aux cycles féminins et aux grossesses. Elles, au moins, ne défaillaient pas à la vue du sang, contrairement à ce que beaucoup d'hommes imaginaient.

— Je trouve les femmes fort courageuses, intervint monsieur de Hauteuil en se tournant vers eux. Elles subissent les railleries des hommes alors qu'elles n'ont rien à leur envier.

— Je constate que vous ne vous incluez pas dans « les hommes », Edmond, remarqua madame de Sept-Vans d'un ton critique.

— Pas dans ceux-là, en tout cas, ma tante, rétorqua monsieur de Hauteuil, vexé.

— Ni dans les autres non plus. Vous n'avez pas participé à la partie de chasse de ce matin, il me semble ? Que s'est-il passé ? Vous sentiez-vous faible, encore ?

Il ne répondit pas, se contentant de se tourner vers son assiette de potage. Joséphine se mordit la lèvre. Si les critiques de madame de Sept-Vans tombaient juste, puisque monsieur de Hauteuil n'avait en effet pas rejoint les convives masculins, elles étaient plutôt dures envers lui.

— Personnellement, je ne crois pas que je prendrais beaucoup de plaisir à tuer des animaux, glissa la jeune fille pour tenter de le défendre.

— Vous êtes une femme : vous êtes plus sensible, c'est naturel, expliqua monsieur Delvaux d'un ton patient. Dans le cas d'un homme, c'est différent.

— Rassurez-vous, Monsieur, répondit madame de Sept-Vans. Edmond n'est pas tout à fait un homme. Il l'a dit lui-même il y a une minute à peine.

Le regard de Joséphine se posa sur l'intéressé, mais celui-ci avait tourné la tête dans l'autre direction, préférant sans doute la conversation de Louise à celle de sa tante. Ses lèvres tremblaient. Les mots de madame de Sept-Vans le blessaient bien plus qu'il ne voulait le laisser paraître. Joséphine baissa les yeux vers son assiette et demeura silencieuse un instant. Madame de Sept-Vans ne semblait décidément pas porter son neveu dans son cœur. À moins que son idée très précise de ce que devait être « un homme » ne la poussât à le considérer comme un raté.

Elle préféra ne pas relancer la conversation sur ce sujet, même si elle aurait eu beaucoup de choses à dire pour protester contre la dureté de la baronne. Son attention se porta alors sur Marianne. Son amie paraissait ailleurs, absorbée dans ses pensées ; elle n'avait pas participé à la discussion, et il semblait même qu'elle ne l'avait pas du tout écoutée. Assis à côté d'elle, Geoffrey réfléchissait lui aussi. Joséphine sentit son cœur se serrer. Les pauvres ! Si madame de Sept-Vans comptait s'opposer à leur union, ils devaient être dévastés.

Le repas se poursuivit dans une ambiance étrange. Soudain navrée de ne pas se trouver à l'autre bout de la table, tranquille dans son coin, Joséphine picora ses plats du bout des dents. L'envie de manger lui était passée. La personnalité de madame de Sept-Vans, qui l'avait fort impressionnée par son charisme à son arrivée, ne lui plaisait plus du tout. Elle tenta de se mêler à la conversation des convives les plus éloignés de la baronne, sans grand succès, et se retrouva donc plus isolée que jamais. Il ne lui restait plus qu'à attendre la fin du repas pour enfin remonter dans sa chambre, se plonger dans l'un des livres qu'elle avait emportés et se laisser bercer par les charmes de la plume de madame de Scudéry.

Quand arrivèrent les fours et fruits – des pâtisseries et des sorbets –, Joséphine se réconforta grâce à la dégustation des préparations au miel et au sirop. À sa gauche, on discutait d'une construction de caserne à Paris pour le corps des mousquetaires noirs, auquel appartenaient le comte et Geoffrey ; à sa droite, il était question du cours de la soie et de la meilleure source d'approvisionnement – la Chine selon monsieur Cartegnier, l'Inde pour monsieur Delvaux. Prise entre les deux, Joséphine se concentra sur ses desserts et les verres de vin que lui resservait fort généreusement Henri, le valet responsable de la table. Il passait et repassait entre monsieur de Hauteuil et elle, s'empressant de les combler tous les deux de tout ce qu'ils pourraient désirer. Une aubaine pour Joséphine, qui consolait dans ce dessert la frustration d'un repas aussi ennuyeux que les précédents.

Après le dîner, tout le monde accepta un hypocras en guise de digestif dans le grand salon. À cette heure de la journée, parée des lumières des chandelles qui dansaient sur les murs et sous les plafonds, la pièce paraissait se réchauffer considérablement. Joséphine s'assit près de Louise. Toutes deux écoutèrent, avec des intérêts différents, mademoiselle de Mercie expliquer la nouvelle mode italienne qui consistait à se verser des gouttes de belladone dans les yeux pour dilater ses pupilles – une pratique qui, selon elle, faisait actuellement fureur dans toutes les belles demeures.

— J'ai apporté des flacons pour toutes les dames. Faites-moi penser à vous donner les vôtres demain matin, lança la Précieuse aux deux sœurs.

La porte s'ouvrit tout à coup et tous les regards convergèrent vers l'entrée. Un homme de grande taille apparut dans l'encadrement, vêtu d'un manteau couvert de neige. Il était jeune et indéniablement séduisant, avec des cheveux noirs, des yeux verts et un sourire malicieux qui semblait promettre de vilains tours.

L'apercevant, madame de Sept-Vans poussa un hoquet de stupeur, tout comme Gabrielle. Geoffrey, lui, s'avança à grands pas, un large sourire sur le visage.

— Édouard ! Tu as pu venir !

Les deux hommes s'embrassèrent avec effusion, puis,

passant son bras autour des épaules du dénommé Édouard, Geoffrey l'attira vers le centre du salon.

— Mesdemoiselles, Messieurs, permettez que je vous présente mon frère aîné, monsieur Édouard de Sept-Vans.

4

Madame de Sept-Vans mit quelques secondes avant de pouvoir parler, mais quand elle y parvint enfin, une lueur de colère s'alluma dans son regard.

— Que fais-tu ici ? demanda-t-elle, acerbe.

— Il répond à mon invitation, Mère, annonça Geoffrey sans lâcher l'épaule du jeune homme. C'est moi qui lui ai proposé de venir. Je tiens à ce que mon frère soit là en ce jour particulier. Il s'agit de mes fiançailles, tout de même.

— Édouard n'a rien à faire ici, rétorqua madame de Sept-Vans. Je refuse qu'il reste.

— Et je refuse qu'il s'en aille, contra son fils en relevant le menton. Mère, je tiens absolument à ce qu'il reste ici jusqu'à la fête. De toute façon, avec toute la neige qui tombe en ce moment, ce serait folie que de le laisser repartir maintenant.

— Ma voiture a bien failli ne pas réussir à gravir la colline, acquiesça Édouard avec un sourire en coin. Je n'ose penser à ce qui arriverait si je devais repartir ce soir. Le cheval déraperait, le cocher tomberait dans le fossé et tout partirait à vau-l'eau.

Les doigts de madame de Sept-Vans se crispèrent sur son verre. Elle déglutit, avant de lâcher d'un ton acide :

— Très bien. Ce n'est pas plus mal, de toute façon. Nous avons à parler, tous les deux.

— Bien entendu, Mère, répondit le jeune homme sans se départir de son sourire. Vous pourrez déverser sur moi tout le fiel qui vous habite, comme avant.

— Je te prierais de rester mesuré devant les invités de ton frère, Édouard.

— Bien sûr, comme toujours. Vos désirs sont des ordres.

Les convives demeurèrent encore tendus quelques instants. La haine qu'éprouvaient l'un pour l'autre la mère et le fils crevait les yeux.

Mademoiselle de Mercie, enfin, se leva et s'avança à pas presque dansants vers le nouveau venu :

— Édouard, très cher, quel plaisir infini de te revoir, dit-elle d'une voix suave.

— Le plaisir est assurément partagé, chère Clémence.

Il se pencha, saisit ses doigts et lui accorda un baisemain. Quand il se redressa, le sourire qu'il arborait trahissait tout ce qu'il pensait de la présence de la jeune femme dans le château : ces deux-là, songea Joséphine, avaient dû entretenir une relation amoureuse.

— Il faudra absolument me raconter où tu te trouvais durant toutes ces années, poursuivit mademoiselle de Mercie, qui ne lâchait pas la main du jeune homme. Je veux tout savoir. Tu as disparu depuis si longtemps... Et mes lettres, qui demeuraient sans réponse ! Je te croyais mort ! Où étais-tu donc passé ?

— Oh, ici et là, répondit Édouard, évasif. Je vagabondais, comme se plait à le dire Mère.

— Tu es un artiste, rétorqua la Précieuse en riant. Tu l'as toujours été. Oh ! je veux savoir où tu exerçais tes talents ces derniers mois.

— Je te raconterai tout. Nous avons tout notre temps, ma chère.

Il baisa sa main une fois encore. Mademoiselle de Mercie papillonna des cils selon la même technique qu'employait Louise avec son père. Sa gorge paraissait presque palpiter à la vue du bel Édouard, qui n'avait d'yeux que pour elle, à cet instant.

Il la lâcha cependant pour aller saluer les autres convives, s'arrêtant auprès de chacun pour lui dire quelques mots. À Joséphine, il adressa des compliments sur sa robe et sur l'éclat de ses yeux clairs :

— Je n'avais jamais vu d'yeux aussi bleus que les vôtres, commenta-t-il, penché dans sa direction. Qu'ils sont ravissants !

— Euh... Merci, répondit la jeune fille, troublée.

— Vous êtes donc une amie d'enfance de Marianne ?

— En effet. Nous avons presque grandi ensemble. Nous n'habitions qu'à quelques pas l'une de l'autre.

— C'est incroyable. Quel bonheur de vous avoir parmi nous, alors.

Il se comportait comme si la fête et la maison lui appartenaient, comme s'il était présent depuis le début. Non loin, madame de Sept-Vans serrait les dents, le regard fixé sur lui. Elle semblait prête à lui sauter à la gorge au moindre instant.

Édouard se tourna ensuite vers Louise, dont il vanta la beauté exquise et la félicita pour l'incroyable diadème qu'elle avait glissé dans ses cheveux, puis il s'arrêta devant Gabrielle. La jeune fille osa à peine lever les yeux vers lui.

— Tiens, tiens... fit-il d'un ton acide. Tu es toujours là, toi aussi.

— Bon... Bonsoir, Édouard, répondit Gabrielle d'une petite voix.

— Je vois que Mère t'a encore beaucoup gâtée. Cette toilette, ces bijoux... La petite palefrenière est presque une princesse, à présent.

Elle rougit brusquement sous son fard, sous le regard amer du jeune homme. Choquée par le ton qu'il employait, Joséphine tendit la main pour intervenir, mais Louise secoua la tête pour l'en dissuader. Comme tout ce qui se passait dans le château, cela ne les concernait pas.

— C'est grâce à Mère, répondit Gabrielle. Elle est

beaucoup trop bonne pour moi.

— Beaucoup trop, oui, en effet, confirma Édouard.

Gabrielle rougit encore un peu, mais le jeune homme se détourna d'elle pour aller saluer les derniers invités. Une ambiance pesante semblait être tombée sur le grand salon, et tous ceux qu'il salua ensuite se montrèrent un peu froids à son égard.

Le valet apporta un verre d'hypocras au nouveau venu, tandis que ce dernier s'asseyait dans un fauteuil, non loin de mademoiselle de Mercie. Très à l'aise en dépit de l'air lourd dans le salon, Édouard de Sept-Vans sourit à la ronde, amusé par le silence qui s'était soudain établi.

— Eh bien ! Quelles têtes vous faites ! s'exclama-t-il. On dirait qu'on enterre quelqu'un. Un peu de joie, que diable ! Il s'agit du mariage de mon très cher frère.

— C'est vrai, confirma monsieur Cartegnier, sans doute le moins mal à l'aise parmi les invités. Nous devrions nous réjouir. Votre présence, Monsieur, semble lui faire le plus grand plaisir.

— En effet, oui, approuva Geoffrey. Édouard et moi nous sommes toujours très bien entendus. Je m'estime chanceux d'avoir un frère aussi agréable.

Édouard partit d'un grand rire, puis but une gorgée d'hypocras avant de répondre :

— Tu n'as pas toujours dit ça ! Mais je suis heureux que nos différends d'autrefois ne te soient pas restés en travers de la gorge. J'étais exécrable, lorsque j'étais plus jeune, expliqua-t-il pour Louise et Joséphine, qui ne le connaissaient pas.

— À vous voir aujourd'hui, on ne le dirait pas, répondit la première avec un sourire avenant.

— Vous êtes bien trop aimable, ma chère ! Je suis pourtant incorrigible. Toujours à faire les quatre-cents coups. Mère déteste cela, si vous saviez !

— Il est inutile de te comporter en malotru à la maison,

Édouard, l'interrompit madame de Sept-Vans, agacée. Je pense qu'il est grand temps que tout le monde se retire dans sa chambre, à présent.

— Allons, Mère ! Je viens à peine d'arriver ! protesta le jeune homme. Permettez-moi de profiter des personnes ici présentes, de mon cher frère, de la charmante Clémence...

Il déposa un baiser sur la main de la jeune femme, qui lui retourna un sourire, accompagné d'un regard prometteur de sous ses cils.

Durant quelques instants, tout le monde tenta de faire comme si de rien n'était et les conversations reprirent ici et là. Geoffrey semblait un peu plus heureux à présent que son frère était là, mais Marianne, elle, paraissait plus soucieuse que jamais. Pas une seule fois les plaisanteries de monsieur de Hauteuil et de Louise ne lui tirèrent le moindre sourire, et même son père se heurta à une froide politesse. Appuyé contre le linteau de la cheminée, le comte de Commergnac observait les uns et les autres d'un air détaché ; madame de Sept-Vans vint s'entretenir quelques instants avec lui. Le jeune homme eut l'heur de lui tirer un sourire – ce qui ne semblait pas une mince affaire, à voir comme elle était tendue. Quant à Édouard, il passa un long moment à discuter avec mademoiselle de Mercie, avant que Gabrielle ne se penche pour lui dire quelques mots.

Joséphine ne vit pas sa réaction immédiatement, car monsieur Delvaux voulait avoir des nouvelles de son père, mais soudain, Édouard éclata en imprécations, si fort que la jeune fille sursauta et faillit renverser son verre d'hypocras.

— Cela suffit, Gabrielle ! Je ne supporte plus le ton que tu prends ! Tu te crois supérieure à moi ?

— Comment oses-tu dire cela ? protesta Gabrielle d'une voix aiguë. Tu sais très bien que je n'ai pas ce genre de prétentions !

— Bien sûr que si, rétorqua le jeune homme. Cela a toujours été ainsi. Ça va ? Cela te satisfait-il d'avoir réussi à m'évincer de la maison et t'approprier tout ce qui me revenait de droit ? Tu n'es qu'une intrigante, machiavélique et fourbe, comme toutes les femmes de ton espèce. Je souhaite que tu disparaisses de cette maison et si je le pouvais, je te tuerais de mes propres mains !

— Édouard ! s'écria madame de Sept-Vans.

— Non, Mère ! Je ne supporte pas de la voir ici, de savoir qu'elle vit dans cette maison ! Vous ne m'avez chassé d'ici que parce qu'il vous plaisait d'avoir un autre enfant duquel vous occuper.

— Je trouve cette tirade bien ironique, venant de toi, répliqua la baronne en se redressant. Crois-tu que j'ignore ce que tu as fait ?

— C'est une intrigante ! Tout ce qu'elle a fait visait à nous séparer vous et moi ! Quand le comprendrez-vous enfin ?

— Comment peux-tu ? La vérité, c'est que tu ne supportes pas d'avoir perdu ton héritage, glapit Gabrielle, les larmes aux yeux. Je n'y suis pour rien si tu te comportes mal depuis toujours.

— Moi, je me comporte mal ? Tu oses prétendre cela ? En parlant d'héritage, que dire d'une voleuse qui tente d'accaparer tous les biens de ma famille ?

Tout le monde retint son souffle. Gabrielle, éperdue, bondit hors du canapé et s'élança à travers le salon en sanglotant. Marianne se précipita à sa suite, ainsi que Joséphine. Gabrielle monta l'escalier aussi vite que le lui permettaient ses jupons, se dirigea vers sa chambre et s'y engouffra.

— Gabrielle ! souffla Marianne, ébranlée, en la voyant se jeter sur son lit pour fondre en larmes. Il ne faut pas l'écouter, voyons ! Personne ne pense cela de vous, soyez-en sûre !

— Je le déteste ! geignit la jeune fille. Je le déteste !

— Allons, allons... Nous veillerons à ce qu'il ne vous importune plus, je vous le promets. Ne l'écoutez pas. Vous êtes quelqu'un de bien, nous le savons tous.

— Comment peut-il dire des choses aussi affreuses ?

— Gabrielle, cela suffit !

La voix de madame de Sept-Vans, qui venait de pénétrer dans la chambre à son tour, fit sursauter Joséphine. Cette dernière se tourna vers la baronne. L'air dur et sévère qu'elle affichait lui donna froid dans le dos.

— Cesse cette comédie immédiatement. Et s'il te plaît, reprends-toi ! Quel est ce comportement devant nos hôtes ? Un peu de tenue : ces transports ne trompent personne !

— Je suis désolée, Mère...

Mais la pauvre jeune fille, secouée de sanglots, ne put se maîtriser. Agacée, madame de Sept-Vans fronça le nez et pinça les lèvres, réprimant sans doute l'autre volée de bois vert qu'elle voulait asséner à sa fille adoptive.

— Il faut vous étendre, préconisa Marianne. Cela ne sert à rien de vous tourmenter plus. Reposez-vous, à présent.

— Je ne veux pas dormir, rétorqua Gabrielle. Je ne pourrai pas...

— Un calmant ou un somnifère l'aiderait sûrement, intervint Joséphine. Je pourrais le lui administrer sans difficulté.

Marianne tourna le regard vers elle, comme si elle avait transporté avec elle la mallette de son père.

— Je n'ai rien sur moi, hélas.

— Il y a du laudanum dans ma chambre, intervint madame de Sept-Vans. Mais il est inutile de lui en donner. Tout ceci est ridicule.

— Me permettez-vous quand même de vous emprunter le flacon, Madame ? insista Joséphine.

La baronne maugréa quelque chose, puis disparut dans le couloir pour aller chercher le laudanum. Elle revint dans la pièce quelques instants plus tard, la bouteille dans une main et une cuillère à soupe dans l'autre.

Joséphine la remercia et s'empressa d'aller en donner à Gabrielle, qui se laissa faire sans opposer de résistance. Elle posa ensuite la bouteille sur la table de nuit afin de frictionner les bras de la jeune femme pour aider ses humeurs à mieux circuler.

— Nous allons appeler votre femme de chambre afin qu'elle vous aide à vous mettre au lit, dit gentiment Marianne. Et maintenant, il faut vous reposer. Demain, tout ira mieux, vous verrez.

Gabrielle acquiesça faiblement. Son coup de sang passé, elle semblait tout à coup vidée de toute son énergie.

— Ne dort-elle pas encore, cette maudite écervelée ? fit la voix d'Édouard de Sept-Vans dans le couloir, et Joséphine et Marianne, d'un même mouvement, se levèrent pour lui interdire l'entrée de la chambre.

Il leur fallut toutes leurs forces conjuguées pour l'empêcher de faire irruption dans les appartements de Gabrielle. Puis, quand il consentit à s'éloigner, Marianne ferma la porte en promettant à la jeune fille de lui envoyer sa femme de chambre au plus vite.

— Juste Ciel, quelle histoire ! soupira Joséphine encore un peu tremblante.

— Nous devrions nous éloigner et lui laisser le temps de se reposer, suggéra Marianne. Madame...

— Je ne veux rien entendre de plus, coupa la baronne. Tout cela est grotesque ! Laissez-moi parler à ma fille et...

Les deux jeunes femmes durent entraîner madame de Sept-Vans plus loin, afin de permettre à Gabrielle de se détendre. Mademoiselle de Mercie, qui avait réussi à attirer Édouard dans le grand salon à nouveau, promit qu'elle se chargeait de le détourner de Gabrielle pour le reste de la soirée. À voir le sourire qui flottait sur les lèvres de la Précieuse, elle paraissait tout à fait sûre d'elle. Les autres convives prirent congé, hormis monsieur Delvaux, qui préféra éloigner madame de Sept-Vans de son turbulent fils.

Joséphine imita sa sœur qui montait à l'étage et, trop heureuse de retrouver sa chambre, savoura l'instant où

Francine l'aida à se déshabiller et à se coiffer pour la nuit, et encore plus celui où elle se glissa sous ses couvertures, un livre dans les mains.

Contrairement à ce qu'elle aurait pu croire, le sommeil la gagna vite, tant qu'elle s'endormit, le livre ouvert à ses côtés. Quand elle se réveilla le lendemain, le soleil perçait à peine à travers les rideaux de velours. Joséphine sonna sa femme de chambre pour qu'elle l'aidât à se préparer pour la matinée, puis, quand elle fut fin prête, habillée et coiffée, elle sortit dans le couloir pour descendre prendre son petit-déjeuner. À cet instant, un peu plus loin, la domestique de madame de Sept-Vans toquait à la porte de cette dernière pour la réveiller. Joséphine n'y prêta pas attention, jusqu'à ce que, soudain, un cri étranglé ne la fît se retourner. La femme de chambre avait ouvert la porte et plaqué ses deux mains sur sa bouche.

Inquiète, Joséphine fit demi-tour en courant pour gagner la chambre de la baronne. Elle eut à peine le temps de franchir le seuil quand elle aperçut, à son tour, le corps de madame de Sept-Vans étendu par terre. La baronne avait les yeux écarquillés et, figée dans la mort, gardait le visage tourné vers le plafond.

5

Voilà qui était fort ennuyeux.

Joséphine regarda le corps étendu sur le sol, en chemise de nuit et dans une position grotesque. Eugénie de Sept-Vans était morte les mains serrées sur la poitrine et la bouche grande ouverte – aucun doute possible quant à son décès. Joséphine avait assez assisté son père à son cabinet pour savoir si une personne avait perdu la vie ou non.

Elle se signa et s'approcha alors que la domestique, tétanisée, n'osait plus esquisser un geste. Les yeux de la défunte fixaient le plafond. Elle avait dû tenter d'appeler à l'aide, mais personne n'avait entendu. La chambre de Gabrielle jouxtait la sienne, mais la jeune fille avait pris un laudanum la veille, pour se remettre de ses émotions et réussir à s'endormir. Madame de Sept-Vans en avait bu également, comme l'indiquait la bouteille encore présente sur le bord de sa table de chevet.

Joséphine se tourna vers la bonne au moment où une autre silhouette pénétrait dans la pièce. Édouard de Sept-Vans baissa un regard horrifié sur la scène.

— Que s'est-il passé ? Qu'avez-vous fait ?

— Moi ? Rien du tout ! se défendit Joséphine, outrée qu'on puisse l'accuser de quelque chose. Votre mère a dû avoir une attaque durant la nuit. La bonne l'a trouvée ce matin.

— Mère...

Le jeune homme s'approcha, blême. S'il avait eu des mots très durs envers Eugénie le soir précédent, le masque tombait, cette fois : les larmes perlèrent au bord de ses paupières et il serra les lèvres pour les empêcher de trembler. Il se reprit quelques secondes plus tard, cependant, et regarda la servante.

— Allez chercher monsieur Lavergne immédiatement. Mademoiselle Galtier, pourriez-vous aller réveiller mon frère, je vous prie ?

— Bien sûr.

Elle sortit de la pièce, comprenant qu'il devait avoir besoin de se recueillir quelques instants.

Quelque chose la troublait, néanmoins. Tandis qu'elle traversait les couloirs à pas pressés, le bruit de ses chaussures étouffé par l'épais tapis, elle ne cessait de se remémorer la vision du corps de la malheureuse. Le visage de madame de Sept-Vans était figé dans une expression de souffrance et, la veille, elle paraissait encore en grande forme. Son attaque avait dû être très violente.

Parvenue dans l'aile des hommes, Joséphine regarda les portes, incrédule : laquelle était celle de Geoffrey ? L'une d'entre elles s'ouvrit à cet instant, sur sa gauche.

— Mademoiselle Galtier ? s'étonna le comte.

Au coup d'œil perplexe qu'il lui lança, Joséphine devina ses pensées : il la soupçonnait de sortir d'un des appartements. Par chance, Geoffrey lui-même surgit à cet instant sur le seuil d'une chambre et elle n'eut pas besoin de le contredire :

— Monsieur de Sept-Vans, je suis navrée de vous importuner à l'improviste, mais il faut que vous veniez tout de suite. C'est votre mère...

Geoffrey ne lui posa aucune question, comme s'il avait parfaitement compris de quoi il retournait. Il s'élança dans le couloir, suivi du comte, et tous trois se dirigèrent vers les appartements d'Eugénie. Le majordome surgit au même instant et joignit ses lamentations à celles de Geoffrey et de la domestique.

— Il faut l'étendre sur son lit, souffla Édouard, qui avait eu le temps de se remettre de ses émotions.

Lavergne s'empressa de lui venir en aide.

— Mon Dieu, c'est terrible... murmura Geoffrey. Pourquoi a-t-il fallu que cela arrive ?

Il recula jusqu'à la porte. Joséphine s'écarta pour lui céder sa place dans l'embrasure, tandis qu'elle-même avançait d'un pas à l'intérieur de la pièce. D'un regard, elle embrassa la vaste chambre. Une tâche claire sur le tapis, au pied du lit, lui fit froncer les sourcils.

Intriguée, la jeune fille s'approcha ; son nez se plissa lorsqu'elle se rendit compte qu'Eugénie avait rendu son dîner en plusieurs endroits sur le sol. Si elle avait vomi, cela signifiait que son organisme avait voulu la débarrasser de quelque chose qu'il ne supportait pas. Ce ne pouvait être la nourriture : la cuisinière connaissait parfaitement les goûts de sa maîtresse. De plus, Joséphine elle-même n'avait pas été malade, et à voir Geoffrey, Édouard et le comte, aucun d'eux ne semblait avoir passé une mauvaise nuit – même si Édouard affichait quelques cernes sous les yeux.

— Il faut prévenir Gabrielle, articula tout à coup Geoffrey.

— Au diable cette idiote ! rétorqua son frère. Elle n'appartient pas à notre famille, laisse-la donc où elle est !

— C'est notre sœur, que tu le veuilles ou non. Elle a le droit de savoir.

— Mieux vaut ne pas la réveiller avec cette nouvelle, intervint le comte d'un ton diplomate. Ce sera déjà un grand choc pour elle.

— Oui... Vous avez raison...

Geoffrey passa une main sur son visage. Debout près du lit, les doigts refermés sur ceux de sa mère, Édouard poussa un long soupir.

— Je vais chercher le curé, annonça-t-il d'une voix

blanche.

— Il a neigé cette nuit, Monsieur, le prévint le majordome, qui achevait d'éponger ses larmes au coin d'un mouchoir. La route est impraticable pour le moment.

— J'irai à pied s'il le faut.

— Je t'accompagne, proposa Geoffrey.

Son frère se tourna vers lui, le visage figé dans un rictus presque méprisant.

— Allons, ne dis pas n'importe quoi. Tu es le châtelain, à présent. Le nouveau baron. Tu dois rester ici et tenir la maison.

Geoffrey pinça les lèvres, blanc comme un linge. Il paraissait sur le point de défaillir à tout instant.

— Mère ne peut pas demeurer sans sacrements. Je vais me rendre au village et faire venir le curé, affirma Édouard.

Sur ces mots, il salua tout le monde d'un hochement de tête et sortit, le majordome sur ses talons. Geoffrey passa une nouvelle fois la main sur son visage.

— Marie, auriez-vous la bonté de préparer le petit-déjeuner ? demanda-t-il. Je vais... aller réveiller Mademoiselle.

— Tout de suite, Monsieur.

La domestique quitta la pièce avec empressement, trop heureuse, sans doute, qu'on ne l'oblige pas à veiller le cadavre. Geoffrey se glissa hors de la chambre, encore tremblant.

Sans s'inquiéter de la présence du comte, Joséphine profita de ce bref moment de répit pour s'approcher du lit. Elle se pencha au-dessus du corps et inspecta ses yeux ainsi que sa peau, qui avait bleui au niveau du visage.

— Peut-on savoir ce que vous faites, Mademoiselle ? s'indigna le mousquetaire.

— Je vérifie quelque chose.

— Veuillez respecter la défunte, enfin !

— C'est justement par respect pour elle que je procède à

cet examen. Je suis fille de médecin, je sais ce que je fais.

Il se tut, interloqué, et se campa au pied du lit en la regardant comme si elle avait perdu la raison. Joséphine préféra ne pas s'en soucier. Quelque chose dans la position de la morte, ainsi que dans le bleu de son visage, l'interpellait. Ce n'était pas un simple décès. Madame de Sept-Vans n'avait sûrement pas succombé à une crise d'apoplexie.

De nouveau courbée au-dessus du corps, la jeune fille huma le parfum de sa bouche, pour y déceler le relent aigre de la vomissure. Elle dut se battre quelques instants avec la rigidité des doigts pour examiner ses paumes.

Quand elle se redressa, le visage soucieux, le comte lui adressa un regard explicite : il attendait des réponses sur-le-champ. Joséphine prit une inspiration avant d'obtempérer :

— Je préférais ne pas en faire mention devant Geoffrey et Édouard, mais je pense que madame de Sept-Vans n'est pas morte de cause naturelle.

— Que voulez-vous dire ?

— Elle a rendu son dîner sur le tapis et ses pupilles sont dilatées. En outre, à l'expression de son visage et de ses mains, elle semble avoir subi un violent choc. Sa peau est exsangue, cyanosée : elle est morte par asphyxie. Je pense qu'elle a été empoisonnée.

— Empoisonnée... ?

Le comte lui jeta un coup d'œil incrédule.

— Ça, ou elle a fait une indigestion alors que tout le monde paraît bien se porter, répondit Joséphine en haussant les épaules. Je penche plutôt pour le poison.

— Qui aurait commis une chose pareille ?

— Je n'en ai aucune idée. Je ne fais que vous livrer mes conclusions médicales.

Silencieux, le mousquetaire demeura un instant immobile, le regard rivé sur la morte. Puis, soudain, il franchit la distance qui le séparait de la porte et la referma avec précautions, non sans s'être auparavant assuré que personne ne les écoutait depuis l'extérieur.

— Personne ne doit avoir vent de vos digressions, mademoiselle Galtier.

— Monsieur...

— La fenêtre est close et il n'y a pas de traces de boue dans le couloir, donc si elle a été empoisonnée, cela ne peut être que l'œuvre de quelqu'un qui se trouvait dans la maison cette nuit. Comprenez-vous ce que cela signifie ?

Joséphine déglutit et hocha la tête. Cela voulait dire que l'assassin était soit l'un des domestiques, soit l'un des invités.

— Ne parlez de cela à personne, insista le noble. Ne vous mêlez pas non plus de cette histoire. Je m'occupe de tout.

— Comment ?

— Mademoiselle, je suis sous-lieutenant de la seconde compagnie des mousquetaires de Sa Majesté, déclara le comte en se redressant, comme si tout à coup le pouvoir dont il se sentait investi lui donnait encore plus de magnificence qu'il n'en possédait déjà. Cela signifie que je suis le plus à même de mener les investigations s'il y a lieu d'y en avoir. Je vous demande de rester en dehors de cela.

— Malgré tout le respect que je vous dois, Monsieur, vous n'auriez jamais soupçonné un crime si je ne vous avais pas fait remarquer qu'il y en avait eu un.

— Vous avez donc rempli votre devoir et je vous en remercie. Maintenant, veuillez sortir et me laisser avec la défunte.

Sans lui accorder le temps de protester, il la saisit par le coude et, avec douceur, mais fermeté, la reconduisit à la porte. Joséphine ouvrit la bouche, sidérée, mais aucun mot ne quitta sa gorge. Lorsque le comte referma le battant juste devant son nez, une bouffée de colère monta en elle. Quelle arrogance ! Sans elle, jamais il n'aurait soupçonné le moindre petit meurtre. Il aurait regardé le cadavre avec le même œil ignare que tout un chacun et aurait conclu à une crise d'apoplexie ou à une indigestion. Madame de Sept-

Vans aurait été enterrée en bonne chrétienne et son assassin s'en tirerait sans être inquiété, tout cela parce qu'un homme jugeait une femme inapte à émettre des déductions sensées sur ce qui s'était passé. Hélas pour lui, elle n'avait pas été élevée dans l'ignorance : son père lui avait justement appris à raisonner avec logique, à tirer parti de tous les indices sous son nez pour formuler un diagnostic aussi précis que possible. Madame de Sept-Vans avait été empoisonnée et, avec les capacités de réflexion de dindon du mousquetaire, le meurtrier risquait bien de jouir de sa tranquillité pendant encore longtemps.

Elle s'apprêtait à cogner au battant quand une autre pensée traversa son esprit : et si le comte l'avait jetée dehors pour avoir le loisir de maquiller la scène de crime ? S'il profitait de ce moment seul dans la chambre pour faire disparaître un indice précieux ? Après tout, c'était peut-être lui, le coupable, et il n'avait suggéré de s'occuper de l'enquête que pour mieux effacer ses traces.

Joséphine abaissa la main, songeuse. Si le comte était bien le meurtrier, alors il savait qu'elle savait. Elle ne pouvait pas se comporter de manière impulsive en présence de l'assassin de leur hôtesse. Et si ce n'était pas lui qui l'avait tuée, et que son étrange argumentaire était vrai, elle s'opposerait à un noble, officier du corps d'élite de Sa Majesté. Il ne tolèrerait sûrement pas un tel affront. Il avait même le pouvoir de l'envoyer au couvent jusqu'à sa mort, si l'envie lui en prenait – et s'il y avait bien une chose que Joséphine ne souhaitait pas, c'était se retrouver cloîtrée et obligée de prier neuf fois par jour, vêtue d'une coule noire et privée de toutes les joies de l'existence, en particulier celle d'en apprendre plus sur la médecine.

Réprimant son amertume, elle jeta un rapide coup d'œil en direction de la porte de Gabrielle, non loin de là. La porte était fermée, mais elle entendait le son de voix étouffées. Des sanglots, peut-être, aussi. Geoffrey avait dû réveiller sa sœur et lui annoncer la terrible nouvelle.

Joséphine resta un moment indécise, puis elle tourna les talons pour se diriger à grands pas vers la chambre de Louise. À défaut de pouvoir examiner la scène de crime, elle aurait aimé pouvoir au moins tempêter tout son soûl auprès de son aînée, mais cette dernière ne manquerait pas de lui couper la parole à tout bout de champ. De plus, la connaissant, si elle lui confiait ses déductions sur la mort d'Eugénie de Sept-Vans, nul doute que Louise laisserait échapper quelque chose avant la fin du petit-déjeuner et que toute la tablée serait mise au courant de son empoisonnement. Le comte était certes imbuvable, mais il avait peut-être raison sur ce point : si l'assassin découvrait qu'elle savait, elle risquait de faire les frais d'une autre dose de poison. Louise avait beau être une insupportable pipelette, elle ne méritait pas de finir asphyxiée sur le tapis de sa chambre.

La jeune femme était déjà debout lorsque Joséphine pénétra dans ses appartements. Installée devant la coiffeuse, elle laissait Françoise arranger ses boucles en une pièce montée délicieusement raffinée.

— Eh bien, Jo ! Tu es toute pâle ! s'étonna Louise en l'examinant dans le reflet, tandis que sa sœur s'asseyait sur son lit. Tu devrais mettre un peu de rouge sur tes joues. Viens ici, je vais t'en prêter.

— Il s'est passé quelque chose de terrible, cette nuit, la coupa Joséphine.

— Ah oui ? Quoi donc ?

— Madame de Sept-Vans a eu une attaque.

— Juste Ciel ! Comment se porte-t-elle ?

— Mal, je dirais. Elle est morte.

Louise interrompit le travail de Françoise pour se tourner vers sa sœur. Joséphine hocha la tête pour confirmer la nouvelle.

— Mais c'est abominable ! s'écria la jeune femme, horrifiée.

— En effet…
— Mon Dieu… C'est affreux. Qu'allons-nous faire ?
— Pardon ?
Louise semblait atterrée, mais elle se rongeait l'ongle du pouce comme si elle se doutait de ce qui s'était réellement produit. Sa sœur lui adressa un regard circonspect.
— Allons, Jo ! Même toi, tu dois bien t'être posé la question : comment allons-nous bien pouvoir faire la fête alors que la maîtresse de maison vient juste de mourir ?

6

Le petit-déjeuner se déroula dans un calme surréaliste. Gabrielle n'était pas descendue, tout comme Marianne et Geoffrey. À la table, personne ne pipait mot. Tous les convives étaient informés de ce qui s'était produit au cours de la nuit – du moins, du décès de leur hôtesse, car son empoisonnement demeurait secret. Devant leur bol de tisane et leurs pâtisseries fraîches, personne, étrangement, ne semblait s'émouvoir outre mesure de la mort de la maîtresse de maison.

— Il n'y a pas à dire, je dors beaucoup moins bien à la campagne qu'à Paris, se lamentait Clémence de Mercie. Tout est beaucoup trop calme. Au moins, en ville, il y a toujours quelque animation dehors.

— Vous êtes trop habituée à la vie citadine, fit remarquer Blaise Cartegnier, qui souriait depuis le début du repas.

— Vous croyez ? Sans doute. Nous sommes trop reculés des affaires mondaines, ici. Je m'y ennuierais très vite.

— Tout le monde s'y ennuie, soupira monsieur de Hauteuil en secouant la tête d'un air tragique. Même ceux qui sont coutumiers de cet endroit. Les hivers y sont très longs. Cela peut se révéler agréable en été, lorsque la vie en ville devient étouffante. Mais à la morne saison, pouah !

Mordant dans sa tranche de brioche, agrémentée d'une confiture de mûres, Joséphine observa le jeune homme. Comme les autres, il avait l'air peu attristé par la mort de sa tante. Louise semblait s'en réjouir ; elle s'était d'emblée assise à côté de lui et il l'avait gratifiée d'un sourire enchanté.

De l'autre côté de la table, silencieux, le regard rivé sur son bol de tisane, le comte paraissait ailleurs. Se demandait-il si quelqu'un avait surpris son manège, hormis Joséphine ? Espérait-il cacher plus d'indices avant que l'échevin ne vînt enquêter sur le décès ? À moins qu'il ne s'arrangeât pour que personne ne se doute jamais qu'il s'agissait d'un crime – et il lui faudrait alors faire disparaître la seule personne à avoir soupçonné un meurtre.

Joséphine fronça les sourcils. C'était ridicule. Pourquoi un comte, futur marquis, officier de l'armée de Sa Majesté, voudrait-il tuer une vieille baronne qu'il ne connaissait sans doute même pas ? Ça n'avait aucune logique. Il était né en Normandie et avait grandi là-bas. Sa route n'avait pas dû croiser celle de Geoffrey avant d'intégrer la formation de mousquetaire. C'était peut-être la première fois qu'il rencontrait Eugénie de Sept-Vans : à moins d'être un fou dangereux, il n'avait pas la moindre raison de l'empoisonner.

Mais qui, alors ? La réponse la plus évidente lui sauta aux yeux, si brutalement qu'elle en lâcha la tranche de brioche qu'elle tenait en main. Édouard, bien entendu. N'avait-il pas manifesté, à son arrivée, toute l'animosité qu'il éprouvait envers sa mère ? Elle l'avait déshérité : n'était-ce pas une excellente raison pour l'éliminer ? Et à présent, il était parti, quelque part dans la campagne, et on ne le reverrait sans doute jamais !

Agacée, Joséphine fixa d'un air maussade sa tartine retournée sur la table, comme si tout était sa faute. En réalité, tout ça n'avait pu se produire que parce que le comte avait refusé de l'écouter. Il savait qu'il s'agissait d'un crime, mais plutôt que de réfléchir quelques instants pour interdire à quiconque de quitter le château, il avait préféré *prendre les choses en main*. La belle affaire ! Un meurtrier courait à présent dans la nature et plus personne ne le retrouverait.

— Joséphine, tu ne te sens pas bien ?

Les doigts de Louise sur son poignet firent sursauter la jeune fille, qui leva sur sa sœur des yeux incrédules.

— Quoi ?

— Tu sembles préoccupée. Est-ce que tout va bien ?

Le regard de Joséphine croisa celui du comte. Il esquissa un mouvement de tête presque imperceptible, mais qui lui enjoignait clairement de se taire.

— Tout va très bien, oui. Je m'inquiète pour Édouard. Il est parti, seul, dans la neige, pour chercher le curé. Ce doit être dangereux.

Elle insista sur ces derniers mots, les yeux rivés sur ceux du comte. Le mousquetaire demeura parfaitement impassible. Cet idiot n'avait sûrement pas compris ce qu'elle tentait de lui faire réaliser.

De plus en plus ennuyée, elle prétexta ne pas se sentir bien – ce que tout le monde lui pardonna au vu des circonstances – et se leva pour quitter la table. Elle aurait aimé pouvoir examiner le corps une nouvelle fois, mais elle se doutait que le comte avait fait ce qu'il fallait pour empêcher quiconque d'entrer dans la chambre. Néanmoins, il n'avait pas pensé à une chose essentielle.

Soulevant ses jupons pour avancer plus vite, elle traversa la demeure et se dirigea vers l'aile des domestiques. Elle hésita devant la porte qui séparait leur domaine de celui des seigneurs du château. D'ordinaire, les deux univers ne se croisaient jamais. Les employés allaient et venaient dans la maison comme de petites fourmis afin de satisfaire les moindres désirs de leurs maîtres, mais ces derniers, eux, ne s'aventuraient pas dans les chambres de bonne ni aux cuisines. Certaines parties de la demeure leur restaient un mystère et tout le monde s'en contentait. Si une personne indésirable pénétrait dans cette partie du château, femme et étrangère à celui-ci, de surcroît, les domestiques n'approuveraient sans doute pas. Toute bourgeoise qu'elle était, on la raccompagnerait dans un endroit plus convenable sans lui demander son avis.

Joséphine prit une brève inspiration. Si elle souhaitait en savoir plus sur ce qui était arrivé, elle devait à tout prix continuer. Elle pourrait toujours expliquer qu'elle s'était perdue, si jamais on lui cherchait des noises, ou bien se montrerait-elle plus honnête et avouerait vouloir parler à la femme de chambre de madame de Sept-Vans. Après tout, celle-ci avait disparu très vite après être allée quérir le majordome. Personne n'avait pu lui poser la moindre question alors qu'elle était probablement la dernière à avoir vu sa maîtresse vivante, et la première à l'avoir trouvée morte.

Ayant pris sa décision, Joséphine poussa la porte, qui révéla un couloir où se répandait une odeur de pain chaud et de volaille grillée. Elle pénétra à l'intérieur et referma doucement derrière elle. Des voix s'élevaient, un peu plus loin – sans doute les domestiques commentaient-ils ce qui s'était déroulé au cours de la nuit. Mais alors qu'elle commençait à avancer, la haute silhouette de monsieur Lavergne, le majordome, l'arrêta en surgissant d'une pièce voisine. Joséphine sursauta et posa la main sur son cœur.

— Mademoiselle doit s'être égarée, supposa Lavergne d'un ton sinistre. Ceci est l'aile du personnel de maison.

— Je sais ! Hum... je veux dire... oui, je suis informée, merci beaucoup. Je souhaite parler à Marie, la femme de chambre de madame de Sept-Vans.

— Marie a été très éprouvée par le choc de sa découverte. Nous le sommes tous, d'ailleurs...

— Je comprends, ce doit être terrible. Mais je dois absolument parler à Marie maintenant, s'il vous plaît.

Le majordome abaissa sur elle un regard dédaigneux. Bien sûr. Comme elle s'y était attendue, elle n'était qu'une modeste femme, bourgeoise de surcroît. Dans cette maison noble, même les domestiques devaient avoir un rang supérieur au sien.

— Veuillez me laisser discuter avec Marie, fit une voix derrière elle.

Dans un sursaut, Joséphine leva les yeux par-dessus son épaule. Le comte se dressait juste derrière elle, droit comme un i, les mains jointes dans son dos.

— Ceci est l'aile du personnel, Monsieur, répondit le majordome. Je doute que...

— Je ne m'immiscerai pas dans les affaires des domestiques, vous avez ma parole, Lavergne. Je souhaite simplement parler à Marie. Le choc a dû la bouleverser et je tiens à m'assurer qu'elle saura s'en remettre, tout en lui évitant de croiser le regard de ses maîtres pour le moment.

— Très bien, Monsieur. Veuillez me suivre, je vous prie.

La déférence du majordome faillit arracher une exclamation indignée à Joséphine. La noblesse – et surtout la branche masculine de celle-ci – avait décidément tous les privilèges.

Le comte passait déjà devant elle, prêt à mener l'interrogatoire de la bonne sans la moindre considération pour la personne qui l'avait prévenu qu'il s'agissait sans doute d'un meurtre. Joséphine serra les poings, prit une brusque inspiration et se tendit en avant :

— Attendez !

Le mousquetaire se retourna et arqua un sourcil, stupéfait par son audace. Joséphine se redressa pour se donner meilleure contenance. Voilà qu'elle tenait tête à un membre de la noblesse.

— Vous n'allez tout de même pas interroger une jeune fille seul, Monsieur ? Cela pourrait nuire à sa réputation. Je tiens à être présente afin de pouvoir témoigner pour elle. Vous n'y voyez aucun inconvénient, monsieur Lavergne, n'est-ce pas ?

— Mademoiselle pense à tout, remarqua le domestique en inclinant légèrement le buste.

— Oui… et puis, questionnée par un homme de votre rang, Monsieur le comte, cette pauvre Marie risque de perdre ses moyens. Je suis persuadée qu'une présence féminine la rassurerait.

Le mousquetaire serra les lèvres, avant d'esquisser un sourire forcé. Une fossette se dessina sur sa joue droite, à peine dissimulée par sa courte barbe. Joséphine lui retourna un sourire hypocrite. À moins de vouloir à tout prix passer pour un cuistre, il n'avait plus d'autre choix que de la laisser l'accompagner, à présent.

Le majordome les conduisit dans une petite pièce agrémentée d'une table et de deux bancs. Assise sur l'un d'eux, Marie achevait de ruiner un mouchoir autrefois blanc. Elle se leva aussitôt, les yeux rouges et gonflés.

— Monsieur, Mademoiselle… Je suis désolée pour mon attitude.

— Ne le soyez pas, la rassura tout de suite Joséphine. C'est tout naturel de vous sentir aussi bouleversée.

— Oh, merci, Mademoiselle !

Elle se laissa retomber sur le banc et éclata en sanglots, à nouveau. Gênée par ses jupons, Joséphine préféra ne pas s'installer sur l'autre siège, mais vint s'asseoir au bout de celui sur lequel Marie déversait ses larmes. D'une main compatissante, elle lui tapota l'épaule et alla même jusqu'à lui proposer son propre mouchoir.

— Pouvez-vous me raconter ce qui s'est passé ce matin ? questionna Joséphine alors que le comte, étrangement silencieux, paraissait attendre quelque chose.

— Je suis montée pour réveiller Madame à huit heures, ainsi que je le fais tous les jours, articula Marie entre deux reniflements. Comme elle ne répondait pas, j'ai ouvert sa porte avec ma clé.

— La porte de Madame était verrouillée ? s'étonna la jeune fille.

— Oui. C'est une habitude que Madame a prise. Elle disait

qu'autrefois, elle tenait Monsieur à distance de cette façon, quand elle voulait dormir tranquille.

Le souvenir lui arracha un sourire fugace. Joséphine hocha la tête avec bienveillance.

— Donc, vous avez ouvert ?

— Oui. Et quand je suis entrée, j'ai... j'ai tout de suite vu Madame, par terre... et... et...

Nouvelle crise de larmes, nouveau tapotement sur l'épaule. Le comte prit une inspiration comme s'il s'apprêtait à dire quelque chose, avant de se raviser. Joséphine maugréa intérieurement. D'abord il lui interdisait de se mêler de cette histoire et, à présent, il la laissait mener l'interrogatoire sans même poser la moindre question. Qui était censé être *responsable* de cette enquête ?

— Avez-vous remarqué quelque chose sortant de l'ordinaire dans la chambre, lorsque vous êtes entrée ? demanda-t-elle. Hormis Madame, bien sûr.

— Quelque chose... ? Comme quoi ?

— Je l'ignore. N'importe quoi qui vous aurait paru inhabituel.

— Non... Je ne crois pas.

— La fenêtre était-elle fermée ?

— Je... Je n'ai pas fait attention. Il me semble bien que oui.

— Quelqu'un d'autre que vous possède-t-il une clé des appartements de Madame ?

— Non, c'est la seule. Je suis sa femme de chambre, elle m'en a confié un double. Le soir, elle retire sa propre clé de la serrure, au cas où elle se sentirait mal et que je devrais intervenir. Si seulement...

Elle acheva sa phrase dans de nouveaux sanglots et plongea le nez dans le mouchoir immaculé de Joséphine, qui vit avec effroi la blancheur impeccable disparaître peu à peu. S'obligeant à respirer calmement, la jeune fille attendit que la bonne s'apaise avant de reprendre :

— Êtes-vous certaine que personne d'autre ne possède de

clé, Marie ?

— Oui, absolument, pourquoi cette question ?

— Peu importe, coupa le comte tout à coup. Une bouteille de laudanum était posée sur le chevet de madame de Sept-Vans. Est-ce vous qui la lui avez apportée ?

— Oui, Monsieur. D'ordinaire, Madame en conserve toujours un flacon dans son armoire à remèdes, mais je me suis souvenue hier soir qu'il était resté dans la chambre de mademoiselle Gabrielle, qui a dû en boire en raison de... l'altercation. Alors je suis allée le récupérer.

— Vous vous êtes rendue dans les appartements de Gabrielle ?

— Oui, Monsieur. Mademoiselle dormait à poings fermés, elle ne m'a pas entendue entrer. J'ai agi aussi doucement que possible pour prendre le médicament sur sa table de chevet, puis je suis ressortie. Madame avait l'habitude de boire deux cuillérées avant d'aller se coucher.

— A-t-elle consommé autre chose ? Une tisane ? Un chocolat ? À manger ?

— Non, Monsieur. Elle n'a pas appelé du tout. Je m'en serais rendu compte : la vaisselle serait restée sur la table en attendant que je la débarrasse.

Il hocha la tête, mais l'expression de son visage ne permettait pas de savoir s'il était satisfait de ces réponses ou non.

— Est-ce que ce sera tout ? demanda Marie en s'épongeant une dernière fois les yeux. Monsieur Lavergne m'a laissé un peu de temps pour me remettre, mais je dois aller aider le personnel.

— Ce sera tout pour le moment. Merci, Mademoiselle.

Joséphine la remercia elle aussi et préféra lui faire cadeau de son mouchoir. Marie disparut rapidement de la pièce.

— Madame de Sept-Vans n'a rien mangé ni bu en dehors des plats auxquels nous avons nous-mêmes goûté, résuma la jeune femme, pensive. Gabrielle a consommé du laudanum hier soir, il ne pouvait donc pas être empoisonné, ou bien elle en aurait fait les frais à son tour.

— Vous oubliez quelque chose, mademoiselle Galtier, rétorqua le comte.

— Laquelle ?

— La porte de madame de Sept-Vans était verrouillée, mais celle de Mademoiselle ne l'était pas, puisque la bonne a pu s'y introduire. N'importe qui d'autre aurait pu entrer dans sa chambre et verser du poison dans le laudanum.

— N'importe qui sachant que la bouteille s'y trouvait, le reprit Joséphine.

— Ce qui correspond à peu près à toutes les personnes présentes dans cette demeure. Nous avons tous vu Gabrielle hystérique hier soir. C'est vous-même qui avez demandé à madame de Sept-Vans de vous ramener le laudanum. Je crois que tout le monde vous a entendue.

— Encore aurait-il fallu savoir madame de Sept-Vans en buvait tous les jours avant de se coucher. Voilà qui limite beaucoup les suspects potentiels. Gabrielle, par exemple, mais elle se trouvait dans un tel état qu'elle n'aurait pu le faire. Geoffrey devait le savoir également puisqu'il connaît bien sa mère, tout comme Édouard. D'ailleurs, celui-ci la détestait. Il ne s'en est pas vraiment caché. Il y avait en outre le personnel de la maison.

— Et votre amie Marianne.

— Oh ! Voyons ! Marianne n'aurait jamais commis une chose pareille. Et puis quelle raison aurait-elle...

Joséphine se tut en repensant aux paroles qu'elle avait surprises la veille, dans le cabinet d'Eugénie. *Je vais mettre un terme à ce mariage*. Et si Marianne ou Geoffrey l'avait entendue ? S'ils avaient eu vent de ce qu'elle comptait faire ?

— Une raison ? répéta le comte, qui attendait la suite.

— Non, oubliez cela. C'est ridicule. Marianne serait incapable d'empoisonner qui que ce soit.

— Mettons de côté l'assassin pour l'instant. Il nous

manque quelques détails d'importance. D'abord, nous ignorons de quelle substance il s'agit – s'il y a bien eu empoisonnement. Et puis nous ne savons pas s'il a bel et bien été administré par le laudanum.

— C'est la seule chose qu'elle a ingérée qui diffère du reste des invités.

— Avez-vous la moindre idée de ce que pourrait être ce poison ?

— C'est difficile à dire. Je pencherais pour une substance issue d'une plante. La ciguë ne provoque pas de convulsions comme celles dont a été victime madame de Sept-Vans. J'opterais pour...

Elle s'interrompit de nouveau, repensant à la conversation qui avait eu lieu la veille, lorsque ces dames avaient échangé quelques astuces de beauté.

— De la belladone. C'est une fleur, expliqua-t-elle en réponse au regard incrédule du mousquetaire. Sa baie est très utile en médecine pour apaiser les spasmes, mais le plus petit surdosage peut s'avérer fatal. Rappelez-vous, mademoiselle de Mercie en a parlé hier soir. Elle met des gouttes de belladone dans ses yeux pour dilater ses pupilles, et c'est exactement ce qui est arrivé à madame de Sept-Vans.

— Vous pensez que c'est mademoiselle de Mercie qui...

— Pourquoi pas ? Que savons-nous d'elle ? La connaissez-vous ?

— Non, mais je l'imagine mal assassinant quelqu'un de sang-froid.

— De toute façon, elle a apporté de la belladone pour en faire cadeau à toutes les femmes invitées à cette fête.

— N'importe laquelle pourrait donc être coupable. Vous aussi.

Joséphine inclina la tête sur le côté et fixa le comte comme s'il avait perdu l'esprit. Il redressa le menton d'un air dédaigneux.

— Et pourquoi pas, mademoiselle Galtier ? Après tout,

que sais-je de vous ?

7

— C'est exact, c'est la mode à Turin : toutes les femmes se l'arrachent. La belladone fait un regard aussi profond que l'océan : les hommes adorent cela.

Mademoiselle de Mercie se pencha en avant pour scruter Joséphine, ouvrant grands ses yeux sombres, rendus plus noirs encore par la dilatation de ses pupilles. La jeune fille consentit à un effort considérable pour avoir l'air tout à fait *char-mée* par le gouffre de ténèbres qui s'élargissait devant elle. Son regard dévia un bref instant vers la poitrine de la Précieuse, outrageusement mise en valeur par un bustier qui ne laissait guère de place à l'imagination. Comment osait-elle se montrer ainsi sans paraître gênée par ce manque de pudeur ?

— Je constate que vous en auriez grand besoin, ma chère, remarqua Clémence en s'enfonçant de nouveau dans les coussins du canapé. Sincèrement ! Vos yeux sont beaucoup trop clairs pour subjuguer les hommes.

Tout le monde avait fini par regagner sa chambre, mal à l'aise, hormis Louise et elle. Joséphine et le comte les avaient trouvées dans le salon, devisant gaiement de la bonne longueur des manches sur les robes et des parures à arborer sur les gants. Le mousquetaire aurait sans doute bien aimé pouvoir interroger mademoiselle de Mercie ainsi qu'ils l'avaient fait avec Marie, mais Joséphine, se jetant presque sur le canapé devant elle, avait préféré se mêler à la conversation avant de ramener le sujet sur la belladone.

— Joséphine ne connaît pas beaucoup les dernières modes, intervint Louise en tapotant, compatissante, la main de sa cadette. Mais je me réjouis de voir qu'elle finit par y montrer un peu de curiosité.

— Vous en avez offert à toutes les femmes présentes ? s'enquit encore l'intéressée sans relever.

— Absolument, oui ! D'ailleurs, j'en ai aussi pour vous deux. C'était un cadeau que je tenais à faire après ma visite à mes proches à Turin. J'en ai même apporté un à madame de Sept-Vans. Elle n'a pas osé refuser, mais elle avait l'air tout à fait indignée.

Le souvenir la fit éclater d'un rire chaud et profond. Joséphine scruta son visage rond, son teint hâlé et ses cheveux très noirs. Mademoiselle de Mercie devait avoir du sang italien.

— J'ignore ce qu'elle en a fait. Sans doute l'a-t-elle enterré dans le jardin.

— Pauvre madame de Sept-Vans, soupira Louise. C'est terrible, ce qui lui est arrivé. Mais je plains encore plus Marianne et Monsieur le baron. Ils doivent être bouleversés qu'un tel drame se produise le jour de leur fête de fiançailles.

— Oh ! Ils seront bien mieux sans cette vieille rombière, croyez-moi ! Au moins, Geoffrey pourra gérer le domaine ainsi qu'il le souhaite. Et Marianne sera bientôt une femme très riche.

— Vous ne semblez pas très attristée par la mort de madame de Sept-Vans, avança Joséphine.

— Non. C'est vrai. Pourquoi m'en cacherais-je ? Je n'aimais pas Eugénie et elle ne m'aimait pas. Hélas pour elle, Édouard et Geoffrey m'apprécient. Enfants, nous jouions toujours ensemble, eux et moi, ainsi que leur cousin, Edmond.

— Oui, vous avez parlé des spectacles que vous montiez.

— Oh ! oui, les spectacles ! se souvint mademoiselle de

Mercie avec un sourire rêveur. Nous étions de véritables petits artistes, à l'époque. Comme nous nous amusions ! Tout le monde prophétisait que j'épouserais Édouard, mais...

— Que s'est-il passé ? demanda Louise, encore plus intéressée par la réponse que ne l'était Joséphine.

— Eh bien, Eugénie ne l'entendait pas de cette oreille, voilà tout. Pour elle, l'héritier du domaine ne pouvait choisir qu'une fille calme, douce, réservée. Une parfaite petite femme d'intérieur, soumise à la volonté de son époux. Moi, j'étais une femme libre, une aventurière. En bref, je n'étais pas *assez bien*. Tout cela pour qu'en fin de compte, Édouard ne reçoive de rien du tout et que Geoffrey se marie à une roturière – sans jugement de ma part, entendons-nous. Cette jeune Marianne est tout à fait délicieuse.

— Pourquoi madame de Sept-Vans a-t-elle déshérité Édouard ? s'enquit Joséphine.

— Parce qu'elle détestait la façon dont il se comportait. Il buvait, jouait, fréquentait des filles de mauvaise vie... Il apportait l'opprobre sur le nom de Sept-Vans. Tout à l'inverse de Geoffrey, qui s'est engagé très jeune dans le corps des mousquetaires de Sa Majesté et qui a toujours eu la tête sur les épaules. Alors Eugénie n'a pas réfléchi bien longtemps. Elle a déshérité Édouard et promis le titre de baron à Geoffrey. Puis elle a assuré une part du gâteau à Gabrielle, la fille de son régisseur, qu'elle avait adoptée quelques années plus tôt. Vous imaginez cela ?

Joséphine ne répondit pas. Si cela était vrai, Édouard de Sept-Vans devait nourrir une profonde rancœur à l'égard de sa mère. Elle comprenait aussi beaucoup mieux l'animosité du jeune homme envers sa sœur : non seulement la douairière le privait de tout, mais elle donnait sa moitié de l'héritage à une parfaite étrangère. Cela constituait un mobile de crime tout à fait sérieux pour éliminer madame de Sept-Vans. À un seul détail près : hormis la vengeance, il n'y gagnait strictement rien.

Son regard fut attiré par un mouvement près de la fenêtre et elle remarqua que le comte, bien loin d'avoir abandonné son interrogatoire, ne perdait pas un mot de la conversation. Il semblait avoir décidé qu'une demoiselle était réellement plus à même d'en questionner une autre. Sous le couvert de la solidarité féminine, Clémence de Mercie serait peut-être plus loquace – et cela se révélait tout à fait vrai.

Joséphine s'étonnait pourtant qu'il ne réagisse pas plus que cela alors qu'il lui avait demandé de ne pas se mêler de cette affaire. Elle-même ignorait pourquoi elle se sentait si intéressée par ce fait sordide. Pourquoi avait-elle envie de savoir qui, parmi les invités, avait pu empoisonner madame de Sept-Vans ? Était-ce parce qu'elle redoutait d'être la prochaine sur la liste ? Bien sûr que non. La peur de mourir ne l'avait pas effleurée un seul instant. Alors pourquoi ? Sa curiosité naturelle, qui revenait éclater à la surface comme une bulle de savon ? Un sens aigu de la justice ? L'envie de démasquer le coupable pour afficher au grand jour son intelligence supérieure ? Non, ce n'était pas cela non plus. En réalité, la réponse lui semblait beaucoup plus prosaïque : elle venait de trouver un moyen de ne pas s'ennuyer au cours de cette semaine.

Joséphine ignora la présence du comte et tenta de se concentrer sur mademoiselle de Mercie. Elle paraissait en savoir long sur la famille de Sept-Vans. Une personne extérieure et pourtant proche se montrerait sans doute encline à partager quelques secrets que d'autres chercheraient à taire. Et puis les Précieuses, ainsi qu'elle l'avait remarqué la veille, aimaient raconter tous les ragots qu'elles connaissaient sur les individus les plus en vue du royaume. Lui arracher quelques confidences serait aisé : il suffisait de prendre exemple sur Louise. Si Joséphine n'était pas douée pour les conversations mondaines en règle générale, elle était prête à s'y efforcer pour comprendre ce qui s'était passé cette nuit-là.

— Connaissez-vous bien les autres invités de la fête ? demanda-t-elle en se penchant pour prendre un biscuit sur la table.

— Pas tous, non. Je ne connais pas cet homme, monsieur Delvaux, par exemple.

— Il s'agit du père de Marianne, confia Louise.

— Oui, évidemment. C'est donc pour cela qu'il m'est étranger. Je ne l'avais jamais vu avant, tout comme sa fille, d'ailleurs. J'ai entendu dire que Geoffrey l'avait rencontrée à Paris.

— Cela ne fait pas le moindre doute. Puisque Monsieur le baron est mousquetaire de Sa Majesté, il vit le plus souvent dans la capitale.

— Bien entendu, commenta mademoiselle de Mercie. Quant aux autres, eh bien... Je connais bien sûr Edmond, pour avoir souvent joué avec lui lorsque nous étions enfants. Le pauvre, il a toujours été le souffre-douleur d'Eugénie.

— Vraiment ? Pour quelle raison ? s'étonna Joséphine.

— Edmond n'a jamais trouvé grâce à ses yeux. Il fallait toujours qu'elle ait un mot mesquin envers lui et lui n'osait rien dire. Il est du genre sensible, vous voyez ? Ensuite... Je connais un peu cet homme, ce monsieur Cartegnier.

Elle esquissa une grimace, comme si elle venait de goûter à quelque chose d'amer.

— Il semble aimer beaucoup les femmes, tout en ne leur accordant que peu de crédit. La dernière fois que je l'ai vu, il a tenté de m'attirer dans sa chambre. Quel impudent ! Aujourd'hui, il est très épris de Gabrielle et a pour intention de l'épouser, ce me semble. J'ignore ce qu'ont donné ses tentatives de séduction.

— Ils ne m'ont pas paru très proches, intervint Louise, circonspecte. J'ai plutôt eu l'impression que Gabrielle était une jeune fille... éthérée. Un peu comme un ange, vous voyez ?

— Oui, c'est l'image qu'elle renvoie, en effet. Je ne crois pas qu'elle ait jamais manifesté le moindre intérêt pour monsieur Cartegnier, mais elle n'a jamais dit clairement qu'elle ne souhaitait pas l'épouser. À mon avis, l'affaire était entendue. Ce n'était plus qu'une question de temps.

Joséphine plissa les paupières, intriguée. Un mariage entre Gabrielle de Sept-Vans et monsieur Blaise Cartegnier ? C'était peut-être de cela que parlait madame de Sept-Vans le soir de son meurtre, quand la jeune fille avait surpris ses mots à travers la porte entrouverte de son cabinet. *Je vais mettre un terme à ce mariage*, avait-elle affirmé. Cela ne concernait peut-être pas Geoffrey et Marianne, après tout. Et si tel était le cas, si Blaise Cartegnier aimait Gabrielle, alors il aurait très bien pu vouloir éliminer sa mère adoptive avant qu'elle ne s'interpose entre eux.

Le nombre de pistes et de suspects potentiels parut tout à coup bien trop grand à Joséphine, qui leva un regard horrifié en direction du comte. Ce dernier, les yeux tournés vers la fenêtre, ne remarqua rien.

— Voici Édouard de Sept-Vans, lâcha-t-il au même instant.

Cette fois, il perçut l'attention de la jeune fille posée sur lui, mais l'expression de son visage trahissait déjà ses pensées : il ne comptait pas la laisser assister à cet interrogatoire. Qu'à cela ne tienne, Joséphine entendait bien participer malgré tout.

Le comte quitta la pièce pour accueillir Édouard. Ayant obtenu toutes les réponses qu'elle souhaitait de mademoiselle de Mercie, Joséphine prétendit vouloir se recueillir un peu et sortit du salon à son tour.

Dans le vestibule, Édouard confiait son manteau au majordome. Derrière lui se tenait un petit homme maigre, enveloppé d'une épaisse cape de laine noire. Le curé, sans le moindre doute. L'interrogatoire d'Édouard devrait attendre : les sacrements étaient prioritaires.

On conduisit le religieux à la chambre où reposait le corps

et il s'enferma pour prononcer les dernières prières pour la malheureuse. Le comte demanda à rester avec lui. Trempé et transi de froid, Édouard de Sept-Vans alla se changer. Mademoiselle de Mercie profita de cet aparté pour monter dans ses appartements elle aussi, et Joséphine demeura seule avec sa sœur.

— Tout ceci est fort déprimant, soupira Louise. Plus personne n'a le cœur à s'amuser, à présent. Nous devrions peut-être rentrer.

— Je pense au contraire que nous devrions rester. Marianne va avoir besoin de notre soutien, après tout.

— Tu as raison. Nous sommes ses meilleures amies, nous ne pouvons pas l'abandonner dans ce triste moment. Mais tout de même ! Mourir juste avant une fête de fiançailles, ce n'est pas très courtois.

— Je ne crois pas que madame de Sept-Vans l'ait fait exprès, tu sais ?

Louise esquissa une moue boudeuse. Elle semblait penser qu'un tel événement n'arrivait pas par hasard – et elle n'avait pas tout à fait tort, à bien y réfléchir. Après tout, quelqu'un avait profité de cette réunion de famille pour assassiner la vieille baronne.

Restait à établir à qui cette mort bénéficiait le plus, mais alors qu'elle avait seulement interrogé deux personnes, Joséphine se rendait compte qu'elle ne pouvait encore rayer personne de la liste des suspects, en dehors de Louise et d'elle-même. Geoffrey et Gabrielle héritaient de tout, ce qui faisait d'eux les premiers à soupçonner, mais on ne pouvait pas oublier l'animosité qu'Édouard manifestait à l'égard de la douairière ni les derniers mots de celle-ci, qui auraient pu pousser Geoffrey, Marianne ou Blaise Cartegnier à la supprimer – Joséphine refusait cependant de croire que son amie d'enfance ait pu empoisonner sa future belle-mère. Il restait aussi Edmond de Hauteuil, que mademoiselle de Mercie avait désigné comme le souffre-douleur d'Eugénie, ou même la Précieuse elle-même, qui ne s'était pas cachée de détester la baronne. Et puis, il y avait le comte...

— Tu sembles bien soucieuse, commenta Louise en se levant de son canapé. Mon Dieu, tu dois être bouleversée, bien sûr. Ce n'est pas un événement convenable pour des demoiselles comme nous.

Avec sa spontanéité naturelle, la jeune femme vint étreindre sa sœur et déposer deux baisers sur ses joues. Joséphine haussa les sourcils. Louise ne brillait certes pas par ses capacités de déduction, mais elle faisait toujours preuve d'une grande gentillesse.

— Voici ce que nous allons faire : nous allons rester pour soutenir Marianne dans cette épreuve, poursuivit-elle avec un nouvel entrain. Quand monsieur le curé aura terminé ses affaires, le corps sera transporté ailleurs en attendant sa mise en bière et tout le monde respirera de nouveau. Tout ce que nous avons à faire, c'est tenir bon jusque-là. Tu es très sensible, Jo, beaucoup plus que tu ne veux bien le montrer. Mais ne te soucie de rien. Tout se passera bien.

À cet instant, un mouvement près de la porte les fit se retourner toutes les deux. Louise poussa un petit cri et s'empressa d'aller accueillir Gabrielle de Sept-Vans. Encore plus pâle qu'à l'ordinaire, presque diaphane, ses cheveux blonds enroulés en boucles élégantes autour de sa tête, elle ressemblait à une fée.

Louise la conduisit jusqu'au canapé et plaça quelques coussins derrière son dos pour rendre son assise plus confortable. Après quoi, avec beaucoup de délicatesse, elle prit la main de la jeune fille pour la serrer dans les siennes.

— Comment vous sentez-vous, ma chère ? Mon Dieu, je n'ose imaginer ce que vous ressentez.

— C'est bien vrai, n'est-ce pas ? Maman... Maman est morte ?

— Je suis navrée, mais oui, souffla Louise.

— Comment est-ce possible ? demanda Gabrielle dans un

murmure. Elle semblait si en forme, hier soir.

— Avait-elle déjà été sujette à une crise auparavant ? s'enquit Joséphine sur un ton qu'elle espérait compatissant.

— Non, jamais. Oh, elle était plus fragile qu'autrefois. L'âge n'aidait pas, bien sûr, mais une crise… Jamais je n'aurais imaginé que…

Elle fondit en larmes, le nez plongé dans son mouchoir. Louise la prit aussitôt par les épaules pour l'attirer contre elle, avec douceur. Mademoiselle de Sept-Vans se laissa faire.

Joséphine hésita. Elle aurait bien voulu interroger la jeune fille – et ainsi empêcher le comte de lui couper l'herbe sous le pied –, mais cette dernière paraissait aussi fragile qu'un objet en cristal. La moindre question allait peut-être la briser encore plus qu'elle ne l'était déjà après l'annonce de cette tragique nouvelle. Ses yeux gonflés trahissaient les larmes qu'elle avait versées. Sa pâleur démontrait qu'elle se sentait terriblement mal. Joséphine savait ce qu'elle éprouvait. Quand leur mère, à Louise et à elle, avait perdu la vie, les deux jeunes filles n'étaient que des enfants. La souffrance, l'injustice, la colère, le déni… Elle ne se souvenait que trop bien de tout ce qu'elle avait ressenti alors, et la douleur de Gabrielle de Sept-Vans lui paraissait familière.

Cependant, elle ne pouvait pas laisser passer cette chance de l'interroger alors qu'elle se trouvait presque en tête-à-tête avec elle. À une autre femme, Gabrielle pourrait peut-être confier un ou deux secrets qu'elle ne s'autoriserait pas avec un homme. Ces messieurs n'y comprenaient rien à l'art de la conversation. Joséphine non plus, mais elle possédait un atout de taille, cette fois : Louise se tenait dans la pièce. S'il y avait bien une personne capable d'arrondir les angles et de remplir les trous dans ce qu'elle dirait, ce serait bien elle.

— Veuillez me pardonner pour cette question, mais n'avez-vous rien entendu au cours de la nuit ? demanda-t-elle alors en revenant s'asseoir dans un fauteuil, non loin de mademoiselle de Sept-Vans.

— Qu'aurais-je pu percevoir ? s'enquit cette dernière.

— Je l'ignore. Un appel, peut-être ?

— Mademoiselle Galtier, si j'avais entendu Maman appeler au secours durant la nuit, croyez-vous que je l'aurais négligée ?

— Non, bien sûr, mais...

— J'avais pris du laudanum et je me suis endormie rapidement. Mon sommeil n'a cependant pas été des plus agréables. Nombre de cauchemars m'ont assaillie – la faute à ce qui s'est passé avec Édouard hier soir. Mais je n'ai rien perçu et je ne me suis pas réveillée avant que Geoffrey ne soit venu... m'apprendre la nouvelle.

Sa voix se brisa et elle enfouit le nez dans son mouchoir, une fois encore.

— Seigneur, quel choc cela a-t-il dû être ! soupira Louise avec compassion.

— Que va-t-il se passer, à présent, pour le domaine ? s'enquit Joséphine.

— Geoffrey hérite de tout, répondit Gabrielle après un instant de silence. Du moins, il devient le nouveau baron, acquiert la propriété et le château, et la moitié de l'argent de Maman. L'autre part me revient.

— Vous étiez donc informée de la teneur de son testament.

— Maman ne nous l'a jamais caché.

— Et il n'y aura rien pour Édouard ?

— Édouard...

Mademoiselle de Sept-Vans renifla et regarda Joséphine de la tête au pied, comme si elle remarquait sa présence pour la première fois. Le jugement établi, elle répondit :

— Il s'est toujours comporté comme un goujat. Avec les femmes, surtout. Il n'a aucune considération pour nous ni le moindre respect. Il ne supportait pas que son père ait donné les rênes du domaine à Maman.

Joséphine acquiesça d'un hochement de tête. Cela n'était guère surprenant. Les hommes, peu importait leur origine et leur statut, jugeaient presque tous les membres du beau sexe comme inférieurs. Ni Louise ni elle n'avaient été élevées de cette façon, tout comme madame de Sept-Vans, semblait-il, puisqu'elle avait géré toute la baronnie d'une main de fer depuis la mort de son époux. La réaction d'Édouard n'avait rien d'étrange – encore plus si sa mère l'avait déshérité par la suite, une situation qu'il n'avait guère dû apprécier.

Plus elle y réfléchissait, plus Joséphine trouvait qu'il faisait un bon suspect. Restait à savoir quand exactement il s'était introduit dans la chambre de Gabrielle pour glisser le poison dans le flacon de laudanum.

8

Quand le prêtre eut achevé les derniers sacrements, on le conduisit au salon, où il put boire un verre d'hypocras en compagnie d'Édouard, de Geoffrey et, au grand dam du premier, de Gabrielle. Durant ce temps, Joséphine prétexta avoir besoin de se rafraîchir et rejoignit l'étage des chambres. Personne ne montait la garde devant celle de la défunte, par chance, aussi put-elle se glisser à l'intérieur sans éveiller de soupçons.

Le corps de madame de Sept-Vans reposait dans son lit, recouvert d'un drap pour dissimuler l'expression horrifiée dans laquelle l'avait figée la tétanie. La jeune fille ignora la dépouille. Durant ces dernières années, elle avait assez aidé son père au cabinet pour ne plus craindre les morts. En général, ils ne se relevaient pas.

Le tapis avait été soigneusement nettoyé par la bonne avant l'arrivée du curé et l'on avait ouvert la fenêtre pour laisser l'air froid du dehors rentrer, afin de conserver au mieux la défunte. Joséphine jeta un coup d'œil par-delà le rebord. Il n'y avait aucune trace dans la neige, hormis sur le chemin qui menait de l'entrée du château à la sortie : les pas d'Édouard, ce matin-là, ajoutés à ceux du religieux au retour. Personne n'aurait pu rentrer par cette fenêtre. De toute façon, il faisait encore bon dans la pièce lorsque Marie avait trouvé le corps, la jeune fille sur ses talons : soit madame de Sept-Vans l'avait fermée après l'éventuel passage de son assassin, soit elle ne l'avait jamais ouverte – ce qui paraissait le plus probable.

Une cassette était posée sur la coiffeuse, son couvercle relevé. Joséphine s'en approcha. Parmi les fards et les poudres communes, elle repéra ce qu'elle cherchait : un petit flacon de verre fumé, sur lequel une étiquette manuscrite indiquait « *Belladonna* ». C'était la potion que mademoiselle de Mercie avait offerte aux femmes de la maison. Joséphine la sortit de la boîte et plissa les lèvres. La bouteille était vide. La personne qui avait tué Eugénie de Sept-Vans avait donc échangé la sienne contre celle de la vieille baronne afin de laisser croire qu'elle s'était empoisonnée elle-même.

Sur la table de chevet reposait toujours le flacon de laudanum. Joséphine s'en approcha et la saisit pour en humer le parfum. Elle ne distingua rien de particulier. La petite bouteille en verre, soigneusement fermée, était presque pleine. Au moins, la piste d'une trop grande quantité de laudanum pouvait être écartée : madame de Sept-Vans ne serait pas morte pour en avoir consommé si peu.

— Puis-je savoir ce que vous fabriquez encore ici ?

Joséphine sursauta, le cœur bondissant dans sa poitrine, et faillit renverser le reste du médicament sur le tapis. Le comte se tenait sur le seuil. Les bras croisés, il l'observait d'un air suspicieux, ses épais sourcils bruns plissés au-dessus de ses yeux sombres. Il paraissait très contrarié de la surprendre en plein furetage dans la pièce.

— Je cherche des indices, répondit-elle sans se démonter. Mais si vous maintenez la porte ouverte, quelqu'un finira par nous apercevoir et comprendra qu'il se passe quelque chose de grave. Si c'est ma sœur, toutes les personnes présentes sous ce toit le sauront avant le déjeuner.

Sans un mot, le noble pénétra dans la chambre et referma derrière lui. Il n'accorda pas un regard au corps étendu sur le lit, sous son drap mortuaire, comme s'il n'en avait strictement rien à faire. Il devait en aller ainsi pour tout ce qui n'entrait pas dans son champ d'intérêt habituel : en dehors de la chasse, de la gestion de son domaine et des affaires des mousquetaires, tout le reste n'était que détails. Et les comtes ne se souciaient guère des détails.

— Vous espériez peut-être regarder si l'assassin avait laissé un petit mot à l'intérieur de la bouteille de laudanum ? ironisa-t-il.

— Non, Monsieur. À dire vrai, je pensais y goûter afin de voir si mon intuition était juste.

— Auriez-vous perdu l'esprit ? Si c'est empoisonné ainsi que vous le croyez, vous mourrez vous aussi ! Tout cela pour prouver que vous aviez raison ?

— Je ne compte pas boire toute la bouteille, ni même une cuillerée entière. Un peu de belladone ne tue pas : les sorcières s'en servent pour entrer en transe.

— Je vous trouve bien au fait de ces choses...

Il croisa les bras sur sa poitrine, la dévisageant avec un peu plus de suspicion. Joséphine sentit la moutarde lui monter au nez. Ce n'était pas un sujet dont on se moquait : en 1672, on brûlait encore des femmes sur le bûcher pour crime de sorcellerie. Elle savait fort bien ce qu'elle risquait si le comte répandait la rumeur qu'elle s'y connaissait en choses de sorcière et, pourtant, elle ne pouvait pas laisser le meurtre impuni juste parce que personne n'avait osé vérifier quel poison se trouvait dans cette bouteille.

— C'est que j'ai lu, Monsieur, et je suis fille de médecin. Si j'en goûte seulement un peu et que cela contient bien de la belladone, nous serons fixés.

— Quelle réaction êtes-vous censée avoir ?

— Je vais probablement délirer et avoir des convulsions. Rien de très grave, mais surveillez-moi quand même.

— Et si la dose s'avère trop forte ? insista le comte.

— Mieux vaut ne pas connaître tous les détails.

Elle glissa son petit doigt dans le goulot de la bouteille

pour y déposer une goutte de remède. Elle espérait que le meurtrier n'avait pas eu la main lourde sur le poison et qu'un peu du breuvage ne la tuerait pas elle aussi, mais elle n'avait guère d'autre choix.

Le liquide n'avait aucun arrière-goût, hormis celui du somnifère lui-même. Le laudanum était devenu populaire ces dernières années, avec la découverte de ses bienfaits sur le sommeil. Toutes les personnes de la bonne société en prenaient. Henri Galtier avait déjà mis ses filles en garde contre les effets pervers de cette boisson : très addictive, on se retrouvait bien vite incapable de se priver de ses bénéfices et toute surdose pouvait entraîner la mort.

Joséphine laissa passer quelques minutes, le cœur battant la chamade dans sa poitrine. Elle se doutait que la mixture n'agirait pas tout de suite, mais l'idée de devoir patienter pour connaître le résultat l'inquiétait. Le comte dardait sur elle un regard vaguement angoissé, comme s'il s'attendait à la voir exploser à tout instant. Les mains à demi tendues vers elle, il semblait prêt à la rattraper si jamais elle s'effondrait sur le tapis – ce dont elle lui sut gré, en dépit de la froideur de leur relation.

Rien ne se produisit, cependant, et après encore de nouvelles longues minutes, Joséphine dut bien se rendre à l'évidence : le laudanum ne contenait aucune trace de toxique. Mortifiée par cette découverte, elle contempla la bouteille d'un air ahuri.

— C'est impossible ! s'indigna-t-elle. Madame de Sept-Vans présente tous les symptômes d'un empoisonnement à la belladone. Et elle n'a pu être ingérée que de cette manière !

— S'il n'y a pas de belladone dans cette bouteille, c'est qu'une autre méthode a été employée, rétorqua le comte. Voyons... La bonne dit qu'elle n'a pas consommé de tisane ni de chocolat avant d'aller se coucher. Mais peut-être s'est-elle levée elle-même pour aller chercher quelque chose à boire. Après tout, les personnes de cet âge dorment rarement plus de quelques heures de suite. Elle a dû ressentir les effets de la soif – surtout après tout le vin que nous avions avalé – et vouloir se désaltérer au milieu de la nuit.

— Vous oubliez qu'elle avait ingéré du laudanum avant de se coucher, lui rappela Joséphine en agitant la bouteille. Ce qui signifie qu'elle devait au contraire dormir profondément. Les douleurs ont dû la tirer de son sommeil et de son lit.

— Mais il n'y a rien dans le flacon. Elle a donc consommé autre chose. La bonne n'a pas dit qu'elle avait pris de ce médicament immédiatement après qu'elle le lui a apporté. Elle l'a peut-être bu plus tard.

— Si elle a demandé à en avoir, ce n'était sûrement pas pour regarder la bouteille jusqu'au milieu de la nuit.

— Très bien, mademoiselle je-sais-tout. Comment, dans ce cas, a-t-elle ingéré la belladone ?

Joséphine plissa les lèvres, pensive. C'était une question à laquelle aucune réponse ne lui venait, maintenant qu'elle était certaine que le laudanum n'en contenait pas. Elle aurait pourtant tout misé sur le flacon. Par quel moyen avait-on fait absorber le poison à la douairière, si ce n'était pas de cette façon ? Pouvait-on mourir d'avoir respiré de la fumée de belladone ? Et si oui, comment aurait-on pu l'obliger à cela ?

— Il y a une autre explication, plus simple et beaucoup plus plausible, continua le comte. Elle a bu le contenu du flacon que lui a offert mademoiselle de Mercie.

— Pourquoi aurait-elle fait cela ? s'enquit Joséphine en levant les mains. Elle n'avait aucune raison de se tuer et Dieu ne lui aurait jamais pardonné de s'être donné la mort.

— Peut-être avait-elle des motifs que nous ignorons. Une mélancolie féminine ?

— Je vous en prie ! Ça n'existe pas.

— Vraiment ?

— Monsieur, cette maladie est un mythe, inventé par les hommes pour pouvoir mieux contrôler les femmes. Ce qu'on appelle « mélancolie » est une forme de mal qui touche tout aussi bien la gent masculine que le beau sexe.

Il la considéra comme s'il doutait de ses facultés mentales et Joséphine eut envie de lui envoyer la bouteille de laudanum en travers du visage. Résistant à son bouillant désir, cependant, elle reposa le flacon sur le chevet et accorda au comte un sourire melliflu. Elle savait quelque chose qu'il ignorait. La veille, madame de Sept-Vans, très loin d'une quelconque tristesse féminine, avait au contraire affirmé avec fermeté qu'elle comptait mettre un terme au mariage. Cela signifiait peut-être que Geoffrey et Marianne avaient eu vent de cette décision. Leur avait-elle parlé avant le dîner, tandis que les invités se changeaient pour la soirée ? L'un d'eux aurait-il pu vouloir lui faire avaler de la belladone ?

Joséphine fronça les sourcils. Non, c'était impossible. Marianne n'aurait jamais commis cela. Pas même pour pouvoir épouser un baron... Du moins, Joséphine le croyait. L'espérait. Elle connaissait la jeune femme depuis longtemps. Avec Louise, elles avaient si souvent joué ensemble qu'elle aurait pu être une sœur.

Mais de Geoffrey, en revanche, elle ignorait tout. C'était un mousquetaire, un homme capable de faire preuve de violence s'il le fallait. Il avait même sans doute déjà tué durant les guerres menées par Sa Majesté. Empoisonner sa mère avec de la belladone aurait pu se révéler aisé, pour lui. Il lui suffisait d'utiliser la force – ou bien la ruse. Avait-il eu l'occasion de lui verser le flacon dans son verre de vin, pendant le dîner ? Après tout, il était assis juste à côté d'elle, à sa droite, en bon héritier. Et s'il avait profité d'un moment d'inattention pour lui administrer le toxique ? Personne n'en aurait rien vu – en particulier au cours de l'altercation entre Gabrielle et Édouard, qui était survenue peu avant que tout le monde aille se coucher. La décoction aurait eu le temps d'agir pendant que l'on s'occupait de mademoiselle de Sept-Vans, puis la vieille femme, en se mettant au lit, aurait commencé à ressentir les premiers effets. Elle serait morte à peine quelques minutes plus tard.

Joséphine se promit d'interroger Geoffrey et Marianne discrètement, dès qu'elle en aurait l'occasion. Elle releva la tête, pour apercevoir le regard du comte rivé sur elle.

— Peut-on connaître le fond de votre pensée, Mademoiselle ? s'enquit-il.

— Je réfléchissais, répondit-elle, évasive. Mais cela ne mène nulle part.

— Probablement parce qu'il n'y a rien de criminel dans tout cela. Madame de Sept-Vans s'est suicidée, voilà tout.

— Non, Monsieur. Elle ne semblait pas du genre à avaler un flacon de belladone pour mettre un terme à sa vie.

— À moins de vouloir céder la baronnie à Geoffrey ? suggéra le comte.

— La veille de sa fête de fiançailles ? Non, j'en doute, ou bien elle était véritablement égoïste. Je pense qu'elle aurait choisi un moment plus propice, quand il y aurait eu moins de monde pour tenter de la sauver au cas où on l'entendrait. Un suicide me paraît tout à fait improbable.

— Donc, comment la belladone lui a-t-elle été administrée ?

— Pendant le repas ? C'est la seule occasion où quelqu'un aurait pu la lui faire ingérer sans éveiller les soupçons. C'était facile : il suffisait de la glisser dans son verre et personne n'y a rien vu.

— Si je suis votre raisonnement, Geoffrey serait le premier suspect. Il se trouvait tout près d'elle et il aurait eu l'opportunité de le faire.

— Absolument.

— Il est incapable de commettre une chose pareille. Je le connais bien. Et puis il ne possédait pas de flacon de belladone.

— Il a pu prendre celui de Marianne sans qu'elle s'en aperçoive.

— Je penche pour Gabrielle. Elle se tenait à la gauche de

madame de Sept-Vans.

— Elle est beaucoup trop empotée pour oser quelque chose de ce genre, rétorqua Joséphine en haussant les épaules. Pour moi, c'est l'un des deux frères. Avez-vous pensé à Édouard ? Il haïssait sa mère. Il aurait fort bien pu vouloir l'empoisonner pour se débarrasser d'elle une fois pour toutes.

— Pour quel motif, sinon la colère ? répliqua le comte, et Joséphine constata, avec satisfaction, qu'il raisonnait comme elle. Il me semble qu'il n'a rien à gagner à la mort de madame de Sept-Vans. Gabrielle et Geoffrey sont les seuls à hériter.

— Ça n'a peut-être rien à voir avec l'argent. D'autres auraient pu vouloir l'assassiner. Monsieur de Hauteuil, par exemple.

— Monsieur de Hauteuil ? Cet homme qui passe son temps à discuter dentelles et chiffons avec mademoiselle de Mercie ?

— Celui-là même, oui. Elle se comportait mal avec lui.

— Bien trop maniéré. Il ne possède pas les épaules pour être un meurtrier.

— Une femme comme Gabrielle le pourrait et un homme comme lui ne le pourrait pas ?

— Les femmes sont douées en matière de poison. C'est leur affaire, pas celle des hommes, même invertis.

Joséphine leva les yeux au plafond et secoua la tête. Qu'attendait-elle de la part d'un individu comme le comte, après tout ? Il était aussi pétri d'idées rétrogrades que n'importe qui parmi la noblesse. On éduquait les pairs du royaume ainsi que de véritables petites marionnettes, sans essayer de les former à réfléchir plutôt qu'à seriner les préceptes que l'Inquisition et l'Église avaient décidé de leur inculquer. Joséphine croyait en Dieu, comme toute demoiselle de son époque, mais elle ne pensait pas que le rôle d'une femme se limitait à porter le péché d'Eve jusqu'à la fin de ses jours. Et quant à voir en chacune une sorcière potentielle, cela relevait de la maladie mentale.

La jeune fille regarda une nouvelle fois en direction du lit. Il n'y avait sans doute rien de plus à tirer du corps de madame de Sept-Vans ni de la chambre elle-même.

— Il faut que nous interrogions les invités, conclut-elle. Les domestiques auraient eu bien des occasions pour empoisonner leur maîtresse sans éveiller les soupçons. Il n'y a donc aucune raison pour que l'un d'eux ait choisi justement ce soir pour cela. J'ai commencé à poser des questions à mademoiselle de Mercie, mais il nous faudra poursuivre avec tous les autres.

— Nous, mademoiselle Galtier ? répéta le comte. Il me semblait pourtant vous avoir dit que je prenais les choses en main.

— Et vous me laissez goûter à un poison mortel, interroger une domestique et une jeune fille de bonne famille, bien entendu, ironisa Joséphine.

— Il va de soi que vous êtes la plus à même de questionner les femmes discrètement, même si, grâce à mon charme, je pourrais sans doute leur tirer les vers du nez sans la moindre difficulté.

Joséphine se mit à rire, incapable de se contenir. Le comte lui retourna un regard outré. L'alliance parfaite de son beau visage, à cet instant, avec l'énormité qu'il venait de proférer ne fit que renforcer l'hilarité de la jeune fille.

— Je suis heureux de constater que ma faculté à gagner les confidences des gens vous est source de joie, déclara-t-il, pincé.

— Bien sûr, bien sûr, il s'agit là d'un avantage indéniable, pouffa Joséphine en essayant de se calmer.

— Puisque vous semblez si sûre de vous, Mademoiselle, je vous en prie : faites-moi donc part de vos plans. Qui pensez-vous interroger ? Vers qui se tournent vos soupçons ?

— Je ne vais questionner personne, Monsieur. Il y a

d'autres choses beaucoup plus importantes à accomplir.

9

Le cœur de Joséphine battait à tout rompre lorsqu'elle s'introduisit dans la chambre de Geoffrey de Sept-Vans. Elle avait bien observé le ballet des serviteurs et des convives, qui s'étaient pour le moment réunis dans le grand salon, et elle savait qu'elle disposait d'un peu de temps pour fouiller.

La possibilité que le fiancé de son amie eût pu tuer sa mère lui paraissait horrible, mais quelque chose lui disait que le merveilleux Geoffrey ne pouvait pas être aussi parfait qu'il en avait l'air – personne ne l'était. Même un certain comte, que d'aucuns auraient pris pour le prince Charmant en chair et en os, était doté de tares indiscutables : imbu de lui-même, misogyne et rétrograde – comme nombre de ses pairs dans le royaume – Jérôme de Faulcon de Montessand se montrait absolument imbuvable. Geoffrey ne pouvait pas faire exception.

Joséphine n'avait pas la moindre idée de ce qu'elle cherchait. Elle doutait que le baron garderait dans sa table de nuit une lettre de sa mère lui intimant de *mettre fin à ce mariage*, ainsi qu'elle l'avait entendue dire la veille, peu de temps avant son décès. Néanmoins, s'il y avait quelque chose à dénicher, la jeune fille sentait qu'elle en était capable.

Si on lui avait juré, un mois plus tôt, qu'elle se retrouverait à enquêter sur un empoisonnement à la fête de fiançailles de son amie d'enfance, elle aurait sans doute bien ri, et pourtant ! Elle se tenait bel et bien là, à se glisser en catimini dans la chambre d'un des suspects pour découvrir des indices et des preuves. Finalement, la réception à laquelle elle redoutait tant de participer se révélait beaucoup plus passionnante qu'elle ne l'avait craint. Nul besoin de jouer les demoiselles parfaites à minauder dans le grand salon : elle pouvait prétendre que tous ces événements l'avaient émue et qu'elle devait se reposer dans ses appartements, avant de commencer à fureter partout pour comprendre qui, parmi les convives, aurait bien pu vouloir assassiner madame de Sept-Vans.

À bien y réfléchir, la réponse se trouvait peut-être dans la personnalité même de la victime. Eugénie de Sept-Vans était une femme de poigne, apte à s'emparer de la baronnie de son défunt mari et à n'en pas céder les rênes à ses fils, pourtant en âge de porter le titre depuis longtemps. La douairière s'accrochait à son pouvoir comme une tique au dos d'un chien, abaissait un regard dédaigneux sur son aîné et son neveu, couvait sa fille adoptive et son cadet, et faisait presque régner la terreur parmi ses autres connaissances. Elle impressionnait, et quelqu'un semblait en avoir eu assez de son sentiment d'infériorité, au point de la tuer alors qu'il ne lui restait probablement plus que quelques années à vivre.

En ce sens, Edmond de Hauteuil devenait un suspect idéal. Joséphine ignorait pourquoi la vieille femme se montrait aussi acerbe à l'encontre de celui-ci, mais si quelqu'un avait voulu mettre un terme à la domination d'Eugénie, il se trouvait en tête de la liste.

Mais pour le moment, Joséphine avait décidé de fouiller dans les appartements de Geoffrey, l'enfant parfait, pour découvrir pourquoi sa mère souhaitait rompre ses fiançailles avec Marianne. Elle aurait tout le temps, plus tard, de s'intéresser au cas d'Edmond.

La chambre du cadet était très bien rangée, beaucoup mieux, en tout cas, qu'elle ne s'y attendait de la part d'un homme. Son père avait une fâcheuse tendance à laisser traîner ses affaires un peu partout dans la maison – ce qui ne manquait pas de tirer des grognements agacés aux bonnes, quand elles pensaient se trouver seules – et Joséphine avait tout naturellement imaginé qu'il en allait de même pour tous les membres de la gent masculine. Il semblait que ce n'était pourtant pas le cas de tous et, de nouveau, la jeune fille se prit à songer que ce fiancé était décidément bien trop parfait pour être honnête.

Les domestiques avaient fait le lit et aéré la pièce. Joséphine jeta un coup d'œil par la fenêtre. On se trouvait au premier étage du château. En bas, la poudreuse fraîche paraissait attendre qu'on y pose les pieds. Durant une minute, Joséphine s'imagina envoyant une boule de neige en plein dans le visage du comte, vit la stupeur outragée se peindre sur ses traits de noble, la même que lorsqu'elle avait ri de son talent à faire parler les femmes ; un sentiment de délicieuse satisfaction l'envahit à cette pensée. On ne distinguait cependant aucune trace de pas dans le manteau blanc, aussi loin que portait le regard. La fenêtre de Geoffrey donnait sur l'arrière de la demeure et il semblait que personne n'avait parcouru le parc depuis la veille. Comme l'aile des hommes se trouvait de l'autre côté de celle des femmes, cela n'avait rien de surprenant que personne ne soit passé par-là pour glisser du poison dans...

Elle interrompit le cours de ses pensées en grimaçant. Non. Personne n'avait empoisonné la bouteille de laudanum. L'assassin avait procédé différemment.

Dédaignant la fenêtre qui ne lui apprendrait rien de plus, la jeune fille se tourna vers le secrétaire, installé dans un angle de la pièce. Elle tendit l'oreille pour s'assurer que personne ne venait et ouvrit les tiroirs un à un. Ils contenaient tous de la paperasse – pas très bien rangée, et Joséphine hocha la tête en constatant que le désordre existait bel et bien dans la vie de Geoffrey de Sept-Vans et qu'il ne faisait que cacher cette tare toute masculine. Elle découvrit ainsi un paquet de lettres liées par un ruban de satin, dont l'expéditrice n'était autre que Marianne elle-même. Lire leur correspondance privée gênait Joséphine, mais elle se permit tout de même d'y jeter un rapide coup d'œil. Elle doutait que Geoffrey eût fait part de ses intentions meurtrières à sa fiancée, mais le plus petit indice aurait pu la mettre sur une piste.

La plupart des missives contenaient des termes d'affection tout à fait niais – *Mon cher ami, Mon tendre Geoffrey, Mon précieux amour* – et Joséphine gonfla les joues, agacée par ce débordement de sensiblerie. Une lettre plus récente que les précédentes attira son attention quand la jeune femme en vit le premier mot : *Geoffrey.* Voilà qui tranchait avec les sentiments qui se répandaient dans les autres messages.

> *Geoffrey,*
>
> *J'aurais souhaité que vous me parliez de tout ceci avant. Nous pouvons trouver une solution ensemble. Je ne laisserai jamais personne menacer notre bonheur et, si nous y réfléchissons tous les deux, ainsi que nous aurons à le faire une fois mariés, rien ne pourra jamais nous séparer.*
>
> *Bien à vous,*
>
> *Marianne*

Le cœur de Joséphine se mit à cogner dans sa poitrine, si fort qu'elle dut s'asseoir dans le fauteuil de Geoffrey. Voilà qui n'avait en effet rien à voir avec les douces promesses que les deux amoureux avaient échangées jusqu'à lors.

La date indiquait que Marianne avait écrit cette lettre deux semaines auparavant, soit après avoir invité tout le monde à la réception. Quatorze jours avant la mort de madame de Sept-Vans... Avaient-ils donc découvert que la vieille femme comptait rompre leurs fiançailles ? Avaient-ils réfléchi ensemble à un stratagème pour la réduire au silence avant qu'elle ne brisât tous leurs rêves de bonheur ?

Joséphine imagina son amie, la petite fille avec qui elle avait tant joué, ourdir une conspiration pour assassiner sa belle-mère. Celle-ci menaçait son futur, son avenir de baronne, tous les espoirs placés en elle par son père, et voici qu'elle mourait opportunément deux semaines seulement après que Marianne en ait eu vent. La jeune femme avait-elle vraiment pu commettre un tel acte, une telle ignominie ? Avait-elle pu damner son âme en fauchant une vie, dans le simple but de protéger son mariage, alors que Geoffrey et elle auraient pu s'enfuir et vivre heureux – déracinés, certes, et désargentés, mais heureux tout de même ?

Un bruit de l'autre côté de la porte la fit soudain sursauter. Des pas. Quelqu'un approchait. Terrorisée, Joséphine rangea précipitamment le tas de lettres dans le secrétaire, glissa la dernière dans son corsage et regarda autour d'elle. Nulle part où se cacher. Si c'était Geoffrey, elle allait être prise la main dans le sac. Comment expliquerait-elle sa présence ici ? S'il avait tué sa mère et qu'il comprenait ce qu'elle tramait dans sa chambre, il n'hésiterait sans doute pas à la jeter du haut du balcon pour se débarrasser d'elle aussi.

Le balcon !

Joséphine se précipita en direction de la haute fenêtre, l'ouvrit et se faufila à l'extérieur. Le vent glacé et mordant lui tira des frissons qui couvrirent sa peau, mais elle préférait attraper un rhume plutôt qu'être surprise en train de fouiller dans les appartements d'un gentilhomme. Se glissant hors de vue, la jeune femme se plaqua contre le mur gelé et tendit l'oreille. Quelqu'un pénétra dans la chambre ; elle perçut les pas à l'intérieur par l'entrebâillement du battant et espéra que la personne ne remarquerait pas le froid qui devait rentrer dans la pièce. Quelques instants plus tard, on se rapprochait dangereusement du balcon. Joséphine se coula jusqu'à la balustrade et tourna cette fois ses prières en une supplique pour qu'il ne sorte pas.

Ce ne fut pas le cas – par chance. Au lieu de cela – par malchance –, Joséphine entendit qu'on refermait la fenêtre. La panique s'empara d'elle. Elle ne pouvait tout de même pas se montrer et demander qu'on lui ouvrît, car il lui faudrait expliquer ce qu'elle faisait ici, sur le balcon d'un homme – et prétendre qu'elle avait voulu le surprendre et le séduire était hors de question. Elle ne pouvait pas non plus sauter : même si la poudreuse semblait épaisse, elle se tenait au premier étage du château et le sol devait s'étendre à au moins deux toises de là. Elle se briserait une cheville, deux peut-être, et elle devrait alors ramper jusqu'à l'entrée principale et raconter ce qui lui était arrivé.

Terrifiée, la jeune femme regarda autour d'elle, avant de soudain découvrir la solution. À sa gauche se trouvait un autre balcon, et elle connaissait l'identité de l'occupant de cette chambre, car elle l'avait vu en sortir ce matin-là : le comte ! Lui, au moins, savait ce qu'elle faisait et elle n'aurait pas de difficultés à lui expliquer sa mésaventure. Il lui ouvrirait la fenêtre et elle pourrait se faufiler discrètement dans le couloir.

L'idée lui parut excellente, avant qu'elle ne se rende compte d'un problème de taille : une toise et demie séparait les deux terrasses. Même sans ses jupons, elle n'aurait jamais pu franchir une telle distance sans élan, juste en sautant de balustrade en balustrade. Une mince corniche semblait bien relier les deux balcons, et une seconde au-dessus aurait pu convenir pour ses mains, mais elles étaient si étroites que la jeune femme redoutait déjà de perdre l'équilibre. À bien y réfléchir, elle n'avait pas vraiment le choix. Restait à espérer que les couches de vêtements qui l'entravaient ne l'empêcheraient pas de poser les pieds sur le rebord.

Avec lenteur, le cœur prêt à jaillir hors de sa poitrine,

Joséphine passa une jambe par-dessus la balustrade, puis l'autre. Elle avait bien grimpé aux arbres quand elle était enfant, et même une fois escaladé la façade d'une maison pour récupérer un chat sur un toit, mais elle ne portait alors pas quatre épaisseurs de tissus sous sa robe. Ses mains agrippèrent la corniche supérieure ; engourdis par le froid, ses doigts lui faisaient mal, mais la peur qu'elle éprouvait chassa cette sensation et l'obligea à se focaliser sur son objectif. L'autre rambarde. Il n'y avait qu'une toise et demie. Ce n'était qu'une affaire de quelques secondes. Son pied droit trouva la corniche inférieure, mais il fallut un instant avant qu'elle n'osât détacher le gauche de la balustrade. Alors, peu à peu, pouce après pouce, la jeune femme commença à avancer.

Par chance, personne ne se promenait dans le parc à cet instant, aussi n'aurait-elle pas à expliquer ce qu'elle faisait là, perchée à deux toises de hauteur sur la façade du château, à passer du balcon d'un homme à celui d'un autre. Ses membres tétanisés osaient à peine bouger, mais elle s'y efforça, pas après pas, le souffle court et le cœur cognant comme un fou. Quelqu'un lui avait dit un jour de ne pas regarder en bas, mais l'épaisseur de sa robe l'empêchait de toute façon de voir quoi que ce soit. Ses pieds avançaient à l'aveugle sur la corniche, si bien qu'elle gardait les yeux rivés sur ses mains, juste au-dessus d'elle. Elle progressait.

— C'est bien, Jo, continue comme ça, souffla-t-elle entre ses dents qui claquaient, sans qu'elle sût si c'était le froid ou la peur qui les y contraignait.

La pierre était glacée et rugueuse sous ses doigts. Elle sentait les minuscules aspérités pénétrer cruellement dans sa chair, comme pour l'obliger à lâcher – ce qu'elle refusait à tout prix. Elle ne tomberait pas. Elle avait encore un assassin à démasquer et, si elle s'effondrait en arrière, personne ne songerait jamais à aller fouiller dans son corsage pour y trouver la lettre de Marianne à Geoffrey. Cette seule pensée en tête, Joséphine continua d'avancer.

Puis, soudain, sa chaussure droite rencontra un obstacle. La jeune femme faillit se laisser déstabiliser par cet imprévu et se sentit paniquer, mais un coup d'œil sur le côté lui fit pousser un gémissement – tant de soulagement que de peur. La balustrade ! Elle avait réussi : elle l'avait atteinte !

Son pied tremblait lorsqu'il quitta la corniche pour se hisser sur le bord du balcon. Crispés sur celle du dessus, ses doigts refusèrent tout d'abord de lâcher. Joséphine s'efforça de les soulever, l'un après l'autre, la main droite en premier. Elle agrippa la rambarde et s'y cramponna pour ne pas glisser. Le plus dur était fait : se déplacer tout entière lui parut soudain beaucoup plus simple, et escalader le garde-corps pour se laisser tomber de l'autre côté avait des airs de promenade de santé.

Soulagée, le cœur prêt à exploser et le souffle court, la jeune femme porta la main à sa poitrine. Le froid était comme un poignard dans sa gorge chaque fois qu'elle inspirait, mais elle avait réussi : elle se trouvait sur le balcon de la chambre du comte, le seul dans le château qui ne lui poserait aucune question. Mais, bien entendu, il ne l'attendait pas dans ses appartements et il lui fallut patienter près d'une heure avant qu'il ne daigne pointer le bout de son nez.

— Pour l'amour de Dieu, mademoiselle Galtier, comment êtes-vous arrivée là ? s'écria-t-il en ouvrant la fenêtre, après qu'elle eut tapé contre la vitre pour lui signifier sa présence.

— Je viens de la chambre de Geoffrey, expliqua-t-elle.

Ses mâchoires claquaient tant que son excuse fut incompréhensible. La chaleur de la pièce lui parut si réconfortante, à cet instant, qu'elle vit dans le comte un merveilleux sauveur et oublia qu'elle ne le supportait pas.

Il saisit l'édredon sur le lit et lui en couvrit les épaules, avant de la forcer à s'asseoir dans le fauteuil près de la cheminée. Le feu qui y crépitait lui apparut comme la plus douce des récompenses après ce qu'elle venait de traverser.

— Racontez-moi ce qui s'est passé, lui ordonna le mousquetaire d'une voix sourde.

Elle lui relata sa visite dans la chambre de Geoffrey, tira la lettre de Marianne de son corsage et la lui tendit. Le jeune homme esquissa un mouvement de recul, comme s'il redoutait de prendre en main un objet issu d'un endroit aussi intime, mais Joséphine leva les yeux au ciel.

— Il n'y a rien dans cette lettre qui va vous mordre, le rassura-t-elle. Lisez !

Il finit par s'emparer de la missive et en parcourut le contenu. Aussitôt, ses sourcils se froncèrent, amenant un air sérieux sur son visage altier – le même qu'il devait afficher devant ses subordonnés lors des manœuvres des mousquetaires de Sa Majesté.

— Qu'est-ce que cela signifie ? demanda-t-il, interloqué.

— Je n'en ai pas la moindre idée, répondit Joséphine, dont les doigts commençaient à peine à se réchauffer. Hier soir, j'ai entendu madame de Sept-Vans dire qu'elle allait mettre un terme à leur mariage. J'ignore pourquoi, mais il semblerait que Geoffrey et Marianne le savaient et qu'ils comptaient réfléchir à des mesures à prendre, ensemble.

— Mademoiselle Delvaux avait en effet l'air bien décidée à entreprendre quelque chose. Elle aurait tout à fait pu entrer dans la chambre de madame de Sept-Vans après son décès et échanger son flacon de belladone vide contre celui de la baronne.

— Vous oubliez que la porte était verrouillée de l'intérieur. La seule personne qui en possédait la clé était la domestique, Marie, répliqua la jeune fille.

— Elle a très bien pu faire l'inversion entre ce matin et le moment où vous êtes allée fouiller les effets de madame de Sept-Vans, rétorqua le comte, appuyé contre le linteau de la cheminée.

— Tout le monde aurait pu opérer cet échange.

— Mais personne ne semblait avoir un aussi bon motif que votre amie, ne vous en déplaise.

Joséphine ouvrit la bouche pour répondre, mais la referma presque aussitôt. Le mousquetaire n'avait pas tort, elle devait bien le reconnaître. Marianne paraissait détenir un mobile pour tuer Eugénie de Sept-Vans, et elle avait sans doute eu nombre d'opportunités pour inverser les flacons de belladone, afin de faire passer la mort de la vieille femme pour un suicide. Mais quand lui avait-elle administré le poison ? Durant le repas ? Ce n'était pas impossible, après tout : elle était assise à côté de Geoffrey, soit tout près de madame de Sept-Vans. Il avait peut-être suffi d'un moment d'inattention pour qu'elle réussisse à verser le toxique dans le verre de celle-ci – ou bien Geoffrey l'y avait aidée. Il fallait beaucoup d'audace pour oser commettre un tel acte au vu et au su de tout le monde, mais pourquoi pas ?

Atterrée, Joséphine se mordit la lèvre, fronçant les sourcils pour mieux réfléchir. Ce ne pouvait tout de même pas être vrai. La petite fille qu'elle avait connue n'avait pas pu se changer en meurtrière, seulement pour un beau parti. Il y aurait eu beaucoup d'autres solutions – comme attendre, tout simplement, qu'Eugénie mourût de vieillesse. Si tout le monde fréquentait quelqu'un dont la vie s'étirait au-delà de la logique, ça ne durait jamais bien longtemps. La douairière aurait fini par décéder et Geoffrey et Marianne auraient pu convoler en justes noces.

Alors quoi ? Joséphine ne pouvait tout de même pas ignorer les faits. Cette missive existait bel et bien. Les mots qu'avait employés Marianne trahissaient la gravité de ce qu'elle sous-entendait : aucun surnom affectueux, pas de signature mièvre, aucune formule traduisant une quelconque langueur amoureuse. C'était la lettre que deux partenaires, engagés dans la même lutte, auraient pu échanger pour parler de cette dernière, et elle ne datait que de deux semaines avant la mort de madame de Sept-Vans.

Pourtant, un détail torturait toujours Joséphine : pourquoi ce soir-là ? Pourquoi ne pas l'avoir tuée avant, quand personne n'aurait soupçonné quoi que ce fût ? Pourquoi précisément la veille de leur réception et de l'annonce officielle de leurs fiançailles ? N'auraient-ils pas dû l'empoisonner quelques jours plus tôt ou plus tard ? À moins qu'Eugénie de Sept-Vans n'eût justement décidé de s'interposer avant la fête, ce qui aurait ensuite compromis leurs chances de faire passer le décès pour une mort naturelle.

— Je vois toutes sortes de choses assombrir votre regard, déclara soudain le comte, et Joséphine s'aperçut qu'elle avait complètement oublié sa présence. À quoi pensez-vous, Mademoiselle ?

— J'essaye de comprendre ce qui a pu se passer dans la tête de Geoffrey et Marianne. Je sais que vous la croyez coupable, mais en ce qui me concerne, je n'arrive pas à la considérer comme seulement suspecte. Je la connais trop bien !

— Ce sont les personnes que l'on s'imagine bien connaître qui nous surprennent le plus, répondit le mousquetaire d'un ton radouci.

— J'en conviens, mais... non, je ne peux pas m'y résoudre. Ça ne peut pas être elle.

Elle se leva tout à coup, repoussa l'édredon sur le fauteuil. Le comte se redressa comme pour se mettre au garde-à-vous. L'image amena un demi-sourire sur les lèvres de Joséphine.

— Je vais aller fouiller la chambre de Marianne. Si je retrouve la lettre précédente, celle que Geoffrey lui a écrite avant qu'elle ne lui retourne cela, alors nous saurons de quoi ils parlaient et si c'était un mobile de meurtre.

— Et si c'est le cas ?

Joséphine prit une longue inspiration, sans détacher son regard de celui du comte, mais il n'eut pas besoin d'entendre sa réponse.

10

Par *je vais aller fouiller*, Joséphine entendait *moi toute seule*. Elle ne s'était pas attendue à ce que le comte décidât de la suivre dans les appartements de Marianne, dans l'aile des invitées, et se glissât dans la chambre de son amie en même temps qu'elle. Comment expliqueraient-ils quoi que ce soit s'ils se faisaient prendre ? Dans un lieu aussi privé – qui n'était pas le leur, de surcroît – que pouvaient bien faire un homme et une femme ?

Joséphine aurait pu trouver une excuse pour sa présence, cette fois. Elle aurait pu prétendre chercher un accessoire cosmétique quelconque – le fameux flacon de belladone, par exemple, pour écouter les conseils que lui avait donnés mademoiselle de Mercie. Ou peut-être un ruban ou une broche. Peu importait, en réalité : elle aurait pu fournir une explication.

Mais le comte, lui, comment justifier son irruption dans la chambre de Marianne ? Que viendrait-il faire ici, en compagnie d'une bourgeoise dont il n'avait que faire ? Oh, bien sûr, ils pouvaient toujours prétendre s'être retrouvés là par hasard, s'être perdus, ou encore avoir cherché un coin tranquille pour passer du temps en tête à tête – même s'il eût été ridicule de croire qu'un noble aurait voulu se compromettre avec une simple fille de médecin, quand il pouvait avoir une riche héritière de l'aristocratie.

Il avait néanmoins pénétré dans la chambre comme si de

rien n'était, tout à fait détendu, et ils s'y tenaient à présent, tous les deux, à devoir fouiller cet endroit.

Le comte avait commencé par le secrétaire dévolu à Marianne. Sans doute espérait-il découvrir les lettres de Geoffrey, même si Joséphine trouvait plus logique qu'elle les eût laissées à Paris. Plantée au milieu de la pièce, elle regardait le mousquetaire fourrager dans les tiroirs avec l'air intéressé qu'elle avait dû afficher un peu plus tôt dans les appartements du baron de Sept-Vans. Mais, cette fois, elle ne croyait pas en la culpabilité de Marianne. Bien sûr, il y avait la correspondance, ainsi que les paroles d'Eugénie juste avant son empoisonnement, mais il n'en demeurait pas moins que Joséphine *connaissait* la jeune femme, et il lui paraissait toujours impossible qu'elle eût cherché à éliminer sa future belle-mère.

Mais de quoi parlait-elle dans ce courrier ? Que lui avait confié Geoffrey qui valût qu'ils en discutent ensemble, quelles solutions devaient-ils trouver ? Pour quelle cause s'étaient-ils retrouvés partenaires ? Joséphine ne pouvait croire au meurtre – pas, en tout cas, en ce qui concernait Marianne – alors quelle autre raison auraient-ils bien pu avoir de s'envoyer des missives aussi sérieuses ?

— Rien ici, la prévint le mousquetaire en se redressant, l'air déçu.

— Elle a dû laisser les lettres à Paris, répondit Joséphine sans vraiment s'en rendre compte.

— Ou bien elles sont ailleurs.

Il se dirigea d'un pas résolu vers l'armoire, une splendeur de chêne ornementée d'un décor de feuilles, de glands et d'arabesques moulées dans le bois. Joséphine s'empressa de le rejoindre et lui adressa un regard outré.

— Monsieur ! Il s'agit de la garde-robe d'une dame ! Vous ne pouvez pas fouiller ainsi.

— Vous semblez tellement persuadée de l'innocence de votre amie que vous ne cherchez pas beaucoup, rétorqua le comte en tournant la clé dans la serrure. Il faut bien que quelqu'un s'adonne à ces investigations. Si vous ne souhaitez pas vous en charger, je m'en occupe.

— Laissez-moi fouiller dans ses vêtements, insista Joséphine. Jetez un coup d'œil... à sa table de toilette, par exemple.

Elle désigna d'un geste vague les flacons et autres fioles que Marianne avait posés sur sa coiffeuse. Le comte acquiesça sans la contredire et se dirigea de ce côté.

Soulagée, Joséphine ouvrit l'armoire et regarda à l'intérieur. Son amie avait apporté des robes, des jupons, des corsets, des chapeaux, des chaussures, mais il ne se trouvait aucun papier entre les tissus et les dentelles ni dans les boîtes rondes où elle rangeait ses perruques. Si Geoffrey lui avait envoyé des lettres, Marianne les gardait bel et bien ailleurs – et en toute logique, dans la maison de son père à Paris.

Elle referma doucement la porte de l'armoire. Non loin, le comte achevait de lire les étiquettes inscrites sur les pots de fards et les différentes bouteilles.

— Rien de particulier, annonça-t-il quand il remarqua son regard posé sur lui. Le flacon de belladone est ici, plein, évidemment. Je crois qu'il n'a même pas été ouvert.

— Il n'y a rien non plus dans l'armoire, renchérit Joséphine. Les lettres ne sont pas dans cette pièce.

— Quel est donc votre...

Il s'interrompit tout à coup, avant d'écarquiller les yeux. Joséphine, qui n'avait rien remarqué d'anormal, l'interrogea du regard, mais il se précipita vers la fenêtre du balcon. Le loquet ne tourna pas. Serrant les dents, le mousquetaire banda ses muscles – ses manches de chemise subirent une pression inattendue –, mais la poignée refusa de s'avouer vaincue. Joséphine perçut à cet instant un bruit de pas qui se rapprochaient. Encore ? Prise de panique, elle jeta un coup d'œil autour d'elle. Elle n'allait tout de même pas se faire attraper ici, alors qu'elle avait réussi à échapper à Geoffrey tout à l'heure, et encore moins en compagnie du comte !

Horrifiée, elle tenta de réfléchir aussi vite que possible, avant de porter son attention sur l'armoire. La penderie était assez grande pour qu'ils y tiennent tous les deux. Le saisissant par la manche, elle le tira dans cette direction, ouvrit la porte et l'obligea à entrer dans le meuble. Il faillit protester, puis comprit qu'il s'agissait de leur unique chance de ne pas être découverts. Joséphine plissa ses jupons, les serra contre elle afin qu'ils ne dépassent pas hors de l'armoire, et le comte ramena le battant vers eux pour le refermer. Une odeur de lavande s'engouffra dans les narines de Joséphine. Avec effroi, elle glissa son doigt sous son nez pour s'empêcher d'éternuer au moment où la porte s'ouvrait.

— Il m'a vue, je le sais bien ! s'exclama Marianne, qui venait de pénétrer dans la chambre. Ce regard qu'il m'a lancé... Oh ! Geoffrey ! Qu'allons-nous faire ?

— Rien du tout, répondit le baron d'un ton ferme. Je suis persuadé qu'il ne se doute de rien. Vous ne devez surtout pas vous inquiéter.

— Mais s'il a compris et qu'il en parle... Tout sera terminé !

Joséphine leva les yeux vers le comte, dont elle sentait le corps tout près du sien dans l'obscurité. Son visage ne lui apparaissait pas, mais elle pouvait percevoir son parfum, ainsi que la fermeté de son bras, posé entre eux sur le fond de l'armoire. Par chance, on n'y voyait absolument rien : le mousquetaire ne put remarquer le rouge qui monta aux joues de la jeune fille à cet instant. Ils se tenaient si près l'un de l'autre que c'en était indécent – monsieur Galtier aurait eu une attaque s'il avait su que sa cadette s'était trouvée enfermée dans une penderie avec un aristocrate.

Le comte, lui, demeurait maître de lui. Sa respiration se faisait entendre, calme et sereine, comme si leur situation lui semblait tout à fait normale. Peut-être avait-il déjà vécu pire, en tant que mousquetaire de Sa Majesté ? Peut-être cette mésaventure lui paraissait-elle risible et, en définitive, une intéressante distraction dans le morne quotidien d'un noble ?

Joséphine détourna la tête pour s'empêcher d'inhaler encore le parfum du jeune homme – fleurs de chèvrefeuille ou lilas ? Ce n'était pas du tout le moment de se laisser déconcentrer par quelques artifices odorifères.

— Je vous dis qu'il ne sait rien du tout, murmura Geoffrey dans un bruissement d'étoffes. Ne vous alarmez pas, Marianne !

— Je n'arrive pas à croire que j'ai pu faire cela, gémit celle-ci comme si elle ne l'avait pas entendu. Comment ai-je pu...

Sa voix se brisa et elle éclata en sanglots. Dans l'obscurité de leur cachette, Joséphine sentit le regard du comte se tourner vers elle – ou peut-être était-ce parce qu'elle percevait son souffle, chaud et doux, sur son front. Elle plissa les lèvres et garda le silence.

Marianne pleurait, à présent, et Geoffrey murmurait des paroles de réconfort étouffées, signe qu'il l'avait sans doute prise dans ses bras. Ils n'entendaient pas vraiment ce qu'il disait, mais le ton de sa voix indiquait qu'il tentait de l'apaiser. Joséphine ne parvenait pas à y croire. Les mots de Marianne sonnaient comme un aveu. Elle aurait tout aussi bien pu dire qu'elle avait glissé le poison dans le plat d'Eugénie et que quelqu'un, durant le repas, l'avait vue faire. Qui ? Blaise Cartegnier, peut-être : après tout, il était assis juste à côté de Gabrielle et pouvait avoir remarqué Marianne verser la belladone dans le verre ou dans l'assiette. Serait-il resté silencieux ? Oui, si le geste lui avait paru anodin sur le moment, mais à présent qu'Eugénie de Sept-Vans était morte, il faisait le lien entre les événements.

Joséphine serra les poings et secoua la tête. Non, c'était impossible. Marianne était incapable de commettre un tel crime. Elle ne pouvait pas y croire, pas une seconde. Pourtant, quelque chose la troublait assez pour qu'elle fondît en larmes dans les bras de son fiancé – ce dernier savait de quoi elle parlait, car elle n'avait pas eu besoin de lui expliquer ce qui la tourmentait ainsi. Il était donc son complice.

Accoutumés à l'obscurité ambiante, les yeux de Joséphine réussirent enfin à percevoir le visage du comte dans la pénombre. Comme elle s'y attendait, il la fixait avec une expression qui semblait affirmer : *je vous l'avais bien dit*. La jeune femme fit un signe de dénégation. Elle refusait d'y croire tant qu'elle n'avait pas une preuve tangible de ce qui s'était passé. Elle interrogerait Blaise Cartegnier et Édouard de Sept-Vans s'il le fallait, mais elle ne demeurerait pas sans réagir. Marianne avait forcément une autre raison pour s'effondrer ainsi.

Quelque chose la tourmentait, cependant, et elle s'en rendit compte lorsque son bras, comprimé contre la paroi de l'armoire, commença à lui faire mal : ils ne pourraient pas rester enfermés ici indéfiniment. Si Marianne et Geoffrey tardaient à quitter la chambre – pire encore, s'ils décidaient de s'y éterniser ensemble –, le comte et elle seraient contraints de patienter jusqu'à ce qu'ils en sortent, et il était hors de question pour elle d'assister à des manœuvres de réconfort d'un homme envers sa fiancée. La pensée d'écouter leurs ébats lui donnait la nausée. Le mousquetaire dut éprouver le même sentiment, car il pointa la porte de l'armoire du doigt et l'interrogea du regard, dans la pénombre qui leur permettait enfin de se distinguer l'un et l'autre. Joséphine leva à demi les mains, impuissante. Que voulait-il qu'elle fît ? Bien que se cacher dans la penderie eut été son idée, elle n'avait aucun contrôle sur les faits et gestes de leurs amis, et ils ne pouvaient pas non plus simplement sortir en s'excusant et traverser la chambre avec un flegme à toute épreuve.

— Vous devriez prendre un peu de repos, suggéra tout à coup Geoffrey, de l'autre côté de la porte. Restez ici, étendez-vous et dormez un peu. Je vais m'occuper du reste.

— Je ne pourrai pas, rétorqua Marianne. J'aurais l'impression de devenir folle si je ne faisais rien.

— Alors, passez un peu de temps avec Gabrielle et Louise. Vous avez besoin d'un peu de compagnie et je suis persuadé qu'elles sauront vous distraire.

— Comment pourrais-je penser à autre chose ?

— Mon amour...

Joséphine leva les yeux au ciel, réprimant à grand-peine un soupir, quand Geoffrey se répandit en paroles sucrées et en douces promesses que oui, tout irait bien et que non, elle n'avait à s'inquiéter de rien, à présent.

Le comte posa un doigt sur ses lèvres pour lui enjoindre le silence. Elle faillit lui décocher un coup de pied dans le tibia pour lui apprendre à lui donner des ordres. Quel homme insupportable ! Même enfermé au fond d'une armoire, dans une situation tout aussi gênante que la sienne, il trouvait le moyen de se comporter en seigneur ! Joséphine détestait cela, comme elle détestait la noblesse et la pédanterie de ces hommes qui se croyaient toujours plus malins que tout le monde. Elle n'était ni idiote ni incapable : bien sûr qu'elle savait devoir rester silencieuse. Mais s'il lui plaisait peut-être, à lui, d'écouter les mièvreries de Geoffrey, elle aurait préféré, elle, se retrouver très loin d'ici, dans une position plus confortable, avec une bonne tisane et un livre.

— Je vous raccompagne au salon, si vous le désirez, dit Geoffrey un peu plus fort.

— S'il vous plaît, ne me laissez pas avec lui. Je refuse qu'il me regarde à nouveau de cette façon, implora Marianne d'une petite voix.

— Ne vous inquiétez pas. Je trouverai quelque chose pour l'occuper.

Il y eut un bruit de baiser, vaguement écœurant, puis des pas et une porte qu'on ouvrait et refermait. Le comte risqua un coup d'œil hors de l'armoire et poussa un soupir de soulagement quand il put enfin s'extraire de là. Tendant une main charitable en direction de Joséphine, il l'aida à s'extirper de leur cachette ; elle découvrit avec déplaisir combien ses muscles s'étaient engourdis à force de rester enfermée dans la penderie.

— Je vous l'avais dit, souffla le mousquetaire, triomphant. C'est elle qui a empoisonné madame de Sept-Vans. Quelqu'un l'a vue faire. Il nous suffit de trouver qui et nous aurons notre preuve.

— Je n'y crois pas un seul instant, rétorqua Joséphine dans un murmure.

— Vous avez entendu à quel point elle est bouleversée par ce qui s'est passé ? Qu'est-ce qui pourrait la mettre dans un tel état, si ce n'est d'avoir versé de la belladone dans le repas de madame de Sept-Vans ?

— Je l'ignore ! Mais vous oubliez quelque chose, monsieur le mousquetaire.

— Ah oui ? Quoi donc ?

— Si Marianne est la coupable, Geoffrey est au courant de ses actes et il consent à mentir pour dissimuler ce qu'elle a commis. Par conséquent, il est tout aussi passible de la pendaison qu'elle.

Le comte se redressa, la bouche ouverte, prêt à rétorquer quelque chose – qui ne lui vint jamais aux lèvres. Vexé, il serra le poing avant de se détourner.

— Admettons. Mais convenez qu'il s'agit de nos suspects les plus plausibles à l'heure actuelle.

— J'en conviens, certes, acquiesça Joséphine en remettant de l'ordre dans ses jupons. Mais pour l'instant, nous ne pouvons rien prouver du tout. Nous n'avons pas la moindre certitude hormis ce que nous avons entendu.

— Et la lettre de Marianne à Geoffrey, rétorqua le mousquetaire.

Elle approuva d'un hochement de tête. Même si cela ne lui plaisait guère, elle devait bien admettre que le comte avait raison.

— Très bien… Dans ce cas, nous devons trouver l'homme qui l'a vue verser le poison durant le repas.

— Eh bien, ce n'est pas moi, et je suppose que si c'était son père, elle n'aurait pas de craintes le concernant, énuméra le noble. Il nous reste donc monsieur Cartegnier et Edmond de Hauteuil.

Joséphine ouvrit des yeux ronds. Elle avait complètement oublié Edmond.

— Oui, en effet. Et Édouard de Sept-Vans, ajouta-t-elle, levant trois doigts pour représenter leurs trois témoins potentiels.

— Certes. Mais il ne se trouvait pas avec nous durant le repas. Je doute qu'il ait pu voir quoi que ce soit.

— Nous ne pouvons tout de même pas l'écarter. Voici ce que je vous suggère : vous interrogez monsieur Cartegnier pour savoir s'il a aperçu Marianne et je me charge de monsieur de Hauteuil.

— Entendu. Rendez-vous ce soir pour échanger nos conclusions ?

— Quand ? Où ?

— Dans le salon. Si cela vous agrée, je vous proposerai une partie d'échecs et nous pourrons discuter à notre aise durant celle-ci. Vous connaissez les règles ?

— Bien sûr.

— Très bien. À ce soir, donc, mademoiselle Galtier.

Il se dirigea vers la porte, l'entrouvrit pour jeter un coup d'œil dans le couloir et sortit. Joséphine décida d'attendre quelques minutes pour lui laisser le temps de disparaître sans éveiller de soupçons. Elle avait encore quelque chose à faire avant le dîner. C'était sans nul doute la réception la moins ennuyeuse de l'année.

11

Edmond de Hauteuil avait véritablement quelque chose d'étrange, sur laquelle Joséphine ne parvenait pas à mettre le doigt. Assis dans le salon en compagnie de mademoiselle de Mercie et de Louise – qu'il ne semblait plus vouloir quitter –, le jeune homme savourait une tisane et devisait sans se préoccuper du corps de madame de Sept-Vans qui reposait là-haut, dans sa chambre. Peut-être n'avait-il pas compris que sa tante avait trouvé la mort, car il paraissait étonnamment guilleret.

— Comment te sens-tu, Jo ? demanda Louise alors que sa sœur s'installait près d'elle.

— Mieux, je te remercie.

En réalité, Joséphine était exténuée et avait mal à peu près partout. Ses muscles s'étaient contractés lorsqu'elle avait dû marcher sur la corniche, puis quand elle s'était retrouvée enfermée dans l'armoire avec le comte. À cette pensée, d'ailleurs, une bouffée de chaleur l'envahit. Quelle honte ! Si quelqu'un les avait surpris là... Si Marianne, désirant se changer pour la soirée, avait ouvert la penderie pour y prendre une nouvelle robe... Joséphine frissonna. Par chance, rien de cela ne s'était produit. Elle pouvait respirer librement : tout allait bien. Personne ne les avait repérés, le comte et elle, dans une situation fort compromettante, et aucune rumeur ne circulerait donc sur eux.

Louise posa la main sur son front et afficha une petite

moue soucieuse.

— Tu es toute rouge, commenta-t-elle, et pourtant tu frissonnes. J'espère que tu n'as pas attrapé un refroidissement.

— Ce n'est rien, ne t'inquiète pas. J'ai juste pris l'air sur le balcon de ma chambre. Il me faut un peu de temps pour m'habituer à la température du salon.

Sa sœur hocha la tête. La réponse paraissait lui convenir.

— De quoi parliez-vous ? questionna Joséphine, sans vraiment être intéressée.

— De la soirée, figure-toi, lui apprit Louise. Nous nous demandions comment elle allait se dérouler, maintenant que madame de Sept-Vans n'est plus. As-tu une idée à ce sujet ? Je n'ai pas vu Marianne depuis un petit moment, j'espère qu'elle se sent bien.

— Elle doit être bouleversée, lui rappela Joséphine, heureuse de ne pas avoir à forcer la conversation vers le décès de la baronne. Sa belle-mère est morte, après tout.

— Oui, quel horrible événement ! soupira sa sœur.

— Qu'en pensez-vous, monsieur de Hauteuil ? Madame de Sept-Vans était votre tante, vous devez être ému, vous aussi.

Le jeune homme se redressa dans son fauteuil et battit des paupières sur ses yeux gris. Il avait l'air d'un chiot, avec son regard triste, mais aucune larme ne perlait. Il but une gorgée de tisane avant de répondre :

— Oui, bien entendu. C'est vraiment très dommage. Mais elle était âgée, vous savez… Tôt ou tard, cela allait arriver.

— Il est quand même bien malheureux que cela se produise la veille des fiançailles de Geoffrey et Marianne, commenta Louise.

— C'est la vie.

Il haussa les épaules. Joséphine le regarda, interloquée. S'il ressentait la moindre émotion à la mort de sa tante, ce n'était assurément pas de la tristesse ou du désespoir. Il paraissait s'en moquer comme d'une guigne, ou peut-être même s'en réjouir. Haïssait-il madame de Sept-Vans à ce point ? La torture dont avait parlé mademoiselle de Mercie ce matin-là l'avait-elle tant marqué ?

Joséphine l'étudia un peu mieux, tout en piochant un biscuit sur le plateau devant elle pour donner le change. Les vêtements du jeune homme étaient coupés à la dernière mode et il portait une perruque ravissante qui bouclait sur ses épaules. Fardé et maquillé, comme nombre d'aristocrates de la Cour, il arborait une mouche sur la joue gauche, au-dessus de sa lèvre. Ses mains longues et fines appartenaient à un individu peu habitué à les utiliser autrement que pour s'éventer ou jouer du piano ; contrairement au comte et à Geoffrey, qui portaient tous les deux quelques cicatrices dues sans doute à leur rang de mousquetaires, ses doigts étaient parfaits.

— Vous ne semblez pas très triste, remarqua Joséphine, optant pour l'approche directe et sans détour.

— Non. Je ne le suis pas. Je suppose que Clémence peut comprendre ce que je ressens : ni elle ni moi n'appréciions vraiment ma tante. C'était une femme exécrable, qui ne supportait rien ni personne. Elle ne me manquera pas. Je crois même pouvoir assurer qu'elle ne manquera à personne, hormis peut-être à Gabrielle. Mais elle était la seule à trouver grâce aux yeux de sa mère, alors...

— Et Geoffrey, suggéra Joséphine.

— Oui, Geoffrey aussi, c'est vrai. Lui et Marianne avaient au moins l'approbation de la vieille.

À ce commentaire, Mademoiselle de Mercie gloussa et s'empressa de boire une gorgée de tisane.

— Mais que voulez-vous ? Si vous n'étiez pas l'héritier, le fils prodigue, vous ne représentiez rien, pour Eugénie. Regardez Édouard : elle l'a rayé de sa vie sans le moindre état d'âme. Tout ça parce qu'il n'entendait pas suivre ses ordres et vivre comme elle le lui enjoignait. N'est-ce pas la vérité,

Clémence ? Édouard et toi étiez fiancés, après tout. Elle a ruiné toutes vos chances pour sa seule satisfaction. Peut-être allez-vous vous marier, maintenant qu'elle n'est plus là.

— Peut-être, qui sait ? minauda l'intéressée avec un rougissement parfait, juste au bon moment.

— Vous étiez fiancés ? répéta Louise, surprise mais ravie d'apprendre de nouvelles rumeurs. Que s'est-il passé ?

— Édouard m'avait demandé ma main. C'était il y a quelques années, avant même que Gabrielle n'entre dans la famille. Mais Eugénie ne l'entendait pas de cette oreille. Elle refusait, tout simplement, que je devienne la future baronne, alors elle a déshérité Édouard et m'a repoussée. Nos fiançailles ont été rompues quelque temps après. Édouard voulait essayer de convaincre sa mère de ne pas l'effacer de son testament et pour cela, nous devions agir comme s'il n'y avait plus rien entre nous. Ce qui ne l'empêchait pas de m'aimer en secret.

— Avez-vous continué à vous fréquenter ? s'enquit monsieur de Hauteuil, tout aussi passionné par l'histoire que pouvait l'être Louise.

— Non, hélas. Il voulait à tout prix que notre histoire reste discrète, et puis j'ai dû partir en Savoie. Ma mère avait menacé de m'envoyer au couvent. Je me suis tenue éloignée d'ici, mais nous nous écrivions toujours, Édouard et moi. Il ne le disait pas, mais je savais qu'il m'aimait. Hier soir, lorsque nous nous sommes revus, après toutes ces années... Je n'ose évoquer la nuit que nous avons partagée.

Louise plaqua sa main sur sa bouche d'un air faussement choqué alors que monsieur de Hauteuil éclatait d'un rire aigu. Joséphine, elle, plissa les paupières. Édouard de Sept-Vans avait donc passé la nuit en compagnie de mademoiselle de Mercie. Elle ignorait ce qu'elle pouvait tirer d'une telle information, mais celle-ci trouva une place dans son esprit, rubrique « au cas où ». Ce n'étaient pas les renseignements qu'elle espérait obtenir, mais après tout... Cela restait intéressant.

Il fallait néanmoins ramener la conversation sur ce qui l'intriguait, à savoir si monsieur de Hauteuil avait vu Marianne empoisonner la nourriture de madame de Sept-Vans. Joséphine toussota donc et, prenant pour excuse le fait qu'elle ne voulait pas parler des jeux auxquels s'adonnait mademoiselle de Mercie durant la nuit, dévia ostensiblement le sujet sur la mort de la baronne :

— Tout de même, ce décès, à ce moment précis... Ce n'est pas de chance pour Marianne. Elle se réjouissait tant de ces fiançailles.

— Le croyez-vous ? s'enquit monsieur de Hauteuil, fronçant le nez d'un air dédaigneux.

— Bien sûr ! Elle aime profondément Geoffrey, réagit Louise.

— Hm.

Ce « hm », si dubitatif et froid, convainquit Joséphine que l'aristocrate savait quelque chose au sujet de son amie. S'il avait aperçu la main de Marianne se tendant vers le verre ou l'assiette de madame de Sept-Vans, peut-être estimait-il qu'elle n'avait profité des fiançailles que pour empoisonner sa future belle-mère ? En réalité, cela n'avait pas le moindre sens, car si Marianne avait bel et bien tué la baronne – ce que Joséphine refusait toujours d'envisager –, c'eût été uniquement pour protéger son union avec Geoffrey. Il n'y avait donc pas de doute à entretenir sur la question.

— Par le Ciel, chuchota Louise en se tournant vers son acolyte, croyez-vous qu'elle ne l'aime pas ?

— Oh, je l'ignore, ma chère, répondit Edmond en haussant les épaules. Je me demande si elle n'est pas plus intéressée par quelqu'un d'autre, voilà tout.

Louise et mademoiselle de Mercie se regardèrent un bref instant, avant de se pencher toutes les deux vers monsieur de Hauteuil. Trop heureux d'avoir un avis qui passionnait ses partenaires de conversations, l'aristocrate prit un air de conspirateur et souffla :

— Je voulais parler à Geoffrey, hier soir, mais il ne se trouvait pas dans sa chambre. Alors je suis allé me promener. Et quand je suis revenu, j'ai aperçu Marianne qui quittait l'aile des hommes.

— Elle venait sans doute de discuter avec son père, intervint Joséphine en haussant les épaules. Après tout, il est logé dans cette aile tout comme vous.

— Détrompez-vous ! Elle n'avait pas l'air de quelqu'un qui vient chercher le réconfort paternel. Elle semblait… furtive.

— Furtive ? répéta la jeune fille. Peut-être que, comme vous, elle espérait voir Geoffrey. Ne l'ayant pas trouvé, elle s'est empressée de regagner sa chambre.

— Ce n'est pas impossible, acquiesça Louise. Deux amoureux ne devraient pas se fréquenter avant leur mariage – veuillez me pardonner, Clémence.

L'intéressée haussa les épaules avec un petit sourire amusé.

— Alors si on les avait surpris, peut-être aurait-elle été embarrassée. Voilà pourquoi elle vous a semblé furtive.

— Hm… Peut-être, mais je n'y crois pas un seul instant. Je pense qu'elle rendait visite à monsieur de Faulcon de Montessand.

Joséphine fronça les sourcils, songeuse. C'était donc ce qu'avait vu monsieur de Hauteuil. Marianne n'avait pas empoisonné l'assiette de madame de Sept-Vans : elle avait passé une partie de la soirée avec quelqu'un dans l'aile des hommes. Mais si ce n'était ni son père ni monsieur de Hauteuil, en éliminant le comte qui l'aurait sans doute avoué et Édouard qui partageait le lit de mademoiselle de Mercie, il ne restait en effet que Geoffrey… et monsieur Cartegnier. Mais pourquoi aurait-elle rendu visite à un marchand de tissus ?

Et si elle s'était vraiment rendue dans la chambre du noble ? Cela aurait pu expliquer pourquoi ce dernier avait insisté pour l'accompagner lors de la fouille des appartements de Marianne. Peut-être lui avait-il offert un gage d'amour qui aurait pu les compromettre tous les deux. Après tout, la jeune femme connaissait les mousquetaires puisqu'elle fréquentait l'un d'eux. Rien ne disait qu'elle n'avait pas succombé au fameux charme de monsieur de Faulcon de Montessand.

Joséphine but un peu de tisane, le regard perdu dans le vague. Si Marianne avait réellement une liaison avec le comte, en aurait-elle parlé à Geoffrey ? Lui aurait-elle confié ce qui s'était passé et les craintes qu'elle nourrissait d'avoir été aperçue par monsieur de Hauteuil ? Bien sûr que non. Jamais elle n'aurait avoué à son fiancé une relation avec un autre homme. Sa présence dans cette partie de la maison devait avoir une autre signification.

Et si c'était, tout simplement, parce qu'elle avait empoisonné madame de Sept-Vans et qu'elle avait souhaité discuter de son forfait avec Geoffrey ? Ou bien était-ce lui qui était chargé d'accomplir la basse besogne, et avait-elle voulu le rejoindre dans sa chambre pour savoir s'il avait réussi son crime ? Oui, c'était peut-être l'explication la plus logique. Monsieur de Hauteuil avait surpris Marianne au moment où elle venait demander à Geoffrey comment s'étaient déroulés les événements, mais son fiancé n'en avait pas encore terminé avec sa mère et n'était pas revenu. Préférant ne pas être vue dans l'aile des hommes pour que personne ne soupçonnât quoi que ce fût, elle avait filé en catimini, espérant passer inaperçue… mais c'était sans compter monsieur de Hauteuil et son insomnie.

— Quelle heure était-il ? s'enquit soudain Joséphine en relevant la tête vers l'aristocrate.

— Plaît-il ?

— Lorsque vous avez vu ce que vous dites avoir vu, cette nuit. Quelle heure était-il ?

— Oh ! Eh bien…

Il tapota ses lèvres d'un index pensif dans une mimique empruntée.

— Il me semble que l'horloge venait de sonner vingt-trois heures trente.

Joséphine hocha la tête pour le remercier. Vingt-trois heures trente, cela pouvait correspondre avec l'heure de la mort d'Eugénie de Sept-Vans, si elle se basait sur la raideur du corps quand elle l'avait découvert. Donc, Geoffrey pouvait tout à fait se trouver dans la chambre de sa mère à cet instant et Marianne ne l'avait pas rencontré. Rongée par l'angoisse, elle était alors retournée dans l'aile des femmes pour essayer de dormir. Oui, cela paraissait plausible.

La fête de fiançailles aurait dû avoir lieu le soir même, mais personne ne se sentait d'humeur à festoyer en ce moment tragique. Le repas, préparé par les domestiques, fut néanmoins aussi somptueux qu'il aurait dû l'être. Geoffrey s'était assis au bout de la table, à la place du maître de maison, tandis que Marianne se tenait à sa droite et Gabrielle à sa gauche. Joséphine se retrouvait cette fois au milieu des convives, ce dont elle sut gré à Geoffrey pour sa prévenance. Coincée entre monsieur Delvaux et monsieur de Hauteuil, son regard croisait cependant celui du comte à intervalles réguliers. Elle aurait bien aimé lui parler de ce qu'elle avait découvert et savoir si, lui aussi, avait pu tirer quelque chose d'Édouard de Sept-Vans.

Mais le moment n'était pas bien choisi, et même si l'idée de devoir faire la conversation pour ne rien dire l'agaçait toujours autant, elle se prêta à l'exercice avec patience.

— Aviez-vous déjà rencontré madame de Sept-Vans avant ces derniers jours ? s'enquit-elle auprès de monsieur Delvaux, alors qu'on servait la poularde.

— Oui, en effet. Nous étions proches, lorsque nous étions plus jeunes. Accompagner Marianne ici était pour moi l'occasion de la revoir.

— Vraiment ? s'étonna Joséphine.

Elle jeta un bref coup d'œil au comte, mais celui-ci, la tête tournée vers Gabrielle de Sept-Vans, ne paraissait pas du tout s'intéresser à cette conversation.

— Oui, nous étions… presque fiancés, voyez-vous ? Mais je n'étais qu'un modeste tailleur, et elle avait d'autres ambitions. Elle a rencontré le baron et leur mariage a été célébré trois mois plus tard.

Joséphine acquiesça comme si elle comprenait et compatissait, mais son esprit, lui, engrangeait ces nouvelles informations. Ainsi donc, le père de Marianne avait connu la mère de Geoffrey. Mieux que cela : ils avaient entretenu une liaison amoureuse. Bien sûr, il n'y avait aucune parenté entre les deux fiancés, mais cela rendait leur relation un peu particulière. Joséphine s'étonna que la baronne eût pu consentir à marier son fils cadet à une jeune femme issue de la bourgeoisie, quand elle n'avait pas voulu unir son aîné à une aristocrate comme mademoiselle de Mercie. Était-ce en souvenir de son expérience avec Philippe Delvaux ? Leur histoire commune avait-elle infléchi son cœur pour lui permettre d'accepter cette fiancée qui ne possédait rien – hormis la fortune qu'avait gagnée son père en fournissant la Cour de ses meilleures créations ?

Intriguée, Joséphine chercha à en savoir plus sur la relation qu'entretenaient les deux anciens amoureux. Se voyaient-ils toujours, après toutes ces années ? Non, répondit monsieur Delvaux, chacun avait pris son chemin et il n'y avait plus de place pour eux. Avaient-ils échangé des lettres ? Non plus. Madame Delvaux n'aurait sans doute pas apprécié qu'une maîtresse du passé envoyât des courriers à son époux, ce que Joséphine pouvait comprendre. Qui avait donc rompu leur idylle ? Madame de Sept-Vans, bien sûr, puisqu'elle aspirait à mieux qu'un simple tailleur pour mari. Ah ! Si elle avait su que celui-ci ferait fortune, peut-être aurait-elle changé d'avis, ajouta-t-il avec nostalgie.

Avec un hochement de tête, Joséphine reporta son

attention sur son repas. Le comte n'avait rien perçu de cet échange pourtant fort intéressant, preuve, s'il en fallait, qu'il n'était qu'un médiocre enquêteur. Monsieur Delvaux ne semblait pas nourrir de rancune à l'encontre de madame de Sept-Vans, mais qui pouvait vraiment dire ce qui se passait dans l'esprit des autres ? Personne ne possédait le pouvoir de lire dans les pensées – ce que Joséphine trouvait singulièrement ennuyeux – et il aurait fort bien pu dissimuler ses véritables sentiments. Un peu de belladone plus tard, madame de Sept-Vans payait pour l'humiliation qu'elle avait fait subir à l'homme qui l'aimait jadis. Restait à déterminer comment celui-ci s'était approprié le poison. Peut-être avait-il rendu visite à madame de Sept-Vans au cours de la nuit. Peut-être avait-il profité d'une conversation un peu houleuse ou au contraire de retrouvailles chaleureuses pour verser le toxique dans le laudanum et...

Non.

Le laudanum n'avait pas été empoisonné. Joséphine piqua une carotte avec vigueur pour se venger de cet affront. La thèse de la belladone dans la nourriture était bien sûr la bonne ; elle devait oublier la bouteille de médicament. Son regard se porta sur son couvert. Était-il si facile de glisser quelque chose dans un verre ou une assiette ? Pouvait-on réellement verser tout un flacon de produit dans un plat sans que personne ne s'en rendît compte ? La jeune fille posa une miette de pain au creux de sa paume et tendit la main en direction du comte pour attirer son attention. Dans le même geste, elle laissa tomber le fragment dans le vin de monsieur Delvaux. Il n'eut pas la moindre réaction. Le mousquetaire, lui, tourna un regard interloqué vers Joséphine.

— De la sauce, expliqua-t-elle après un instant d'hésitation. Vous avez de la sauce sur votre manche, Monsieur.

Il fronça les sourcils et baissa les yeux sur son poignet, vierge de toute tâche. Pourtant, contre toute attente, le comte prit sa serviette et en tamponna sa chemise avec application.

— Merci, Mademoiselle. Je n'avais pas remarqué. Vous m'évitez la disgrâce.

— Je vous en prie.

Elle soupira de soulagement et glissa un regard vers monsieur Delvaux, qui lui retourna un sourire bienveillant. La conversation passa sur le père de Louise et Joséphine, que le tailleur n'avait pas revu depuis longtemps, mais à aucun moment il ne fit allusion à la miette égarée dans son verre. Satisfaite de son stratagème mais pas pour autant convaincue, Joséphine se promit de réessayer avec un flacon rempli de vin. Faire tomber un morceau de pain était une chose, vider une fiole entière en était une autre. Si elle avait la main agile pour de petits objets, rien ne garantissait qu'elle saurait imiter l'assassin avec la même dextérité.

12

Le soir venu, après le dîner, les convives se retirèrent au grand salon. Le comte se tint devant le canapé et proposa une partie d'échecs à la ronde ; Joséphine bondit sur ses pieds comme un diable hors de sa boîte et consentit à l'affronter. Louise lui adressa un regard en coin. Sa sœur y lut toute l'appréciation que la jeune femme portait à son empressement : elle devait imaginer que Joséphine tentait de séduire le mousquetaire.

Ils s'installèrent un peu à l'écart du groupe, autour de la table sur laquelle reposait l'échiquier. Le comte, qui bien entendu avait choisi les blancs, commença la partie. Joséphine suivit.

— Alors ? souffla-t-elle après quelques coups.

— Édouard n'a rien vu de particulier. Il a passé toute la nuit avec mademoiselle de Mercie et ne l'a quittée qu'au petit matin.

— Voilà pourquoi il se trouvait dans l'aile des femmes au moment où la bonne découvrait le corps de madame de Sept-Vans.

Le comte acquiesça d'un hochement de tête et lui prit son cavalier. Joséphine fronça le nez. Elle n'allait tout de même pas lui laisser le plaisir de gagner alors qu'elle avait toujours été douée aux échecs.

— Et vous, de votre côté ? s'enquit son adversaire d'un air détaché.

— C'est monsieur de Hauteuil qui a vu Marianne. Il l'a aperçue à vingt-trois heures trente dans l'aile des hommes.

— Où se rendait-elle ?

— Elle partait, mais il ignore de quelle chambre elle venait. Je penche pour celle de Geoffrey.

— Cela semble logique, en effet. Deux fiancés se retrouvant la nuit, cela n'a rien d'anormal.

— Mais le fiancé en question ne se trouvait pas dans ses appartements, puisque monsieur de Hauteuil voulait lui parler un peu plus tôt et qu'il n'obtint aucune réponse, fit remarquer Joséphine, avant d'envoyer son deuxième cavalier dévorer celui du comte. De plus, quand la promise fond en larmes le lendemain en croyant avoir été aperçue, cela ne présage rien de bon.

Il approuva d'un hochement de tête. Durant quelques instants, ils se concentrèrent sur la partie sans rien dire. Le comte était un excellent joueur. Joséphine avait appris les échecs avec son père, qui lui-même pratiquait ce jeu depuis des années, quand les règles officielles avaient été établies. Il lui avait expliqué le roque et même quelques-unes des ouvertures qu'il avait commencé à mettre au point. Le mousquetaire semblait en maîtriser lui aussi, car la jeune fille reconnut sa première séquence de coups – et put la parer avant que la débâcle n'intervînt dans ses rangs.

— Quelle est votre opinion sur la question ? s'enquit le comte alors qu'elle réfléchissait à son prochain mouvement.

— Je pense que Geoffrey a assassiné madame de Sept-Vans, chuchota Joséphine. Marianne connaissait ses plans et a voulu le retrouver pour savoir où il en était, mais il n'avait pas encore terminé. Elle est repartie sans l'avoir vu mais a dû percevoir le regard de monsieur de Hauteuil sur elle. Elle craint qu'il ne se doute de quelque chose. Geoffrey, lui, est entré dans la chambre de sa mère et lui a fait boire son propre flacon de belladone. Peut-être lui a-t-il apporté un verre de quelque chose pour l'aider à mieux dormir, dans lequel il aura versé la fiole. Il se sera ensuite débarrassé du contenant.

— C'est une possibilité, oui, consentit le comte.

— Auriez-vous une meilleure explication ?

— Pas le moins du monde. Je ne veux pas tirer de conclusion hâtive – et vous ne le devriez pas, vous non plus. Après tout, c'est peut-être bien Marianne qui a tué madame de Sept-Vans, et elle sera venue pour se confier à Geoffrey.

— Mais où se trouvait celui-ci, dans ce cas ? C'était le seul à ne pas se reposer dans sa chambre.

— Ainsi que mademoiselle Delvaux et monsieur de Hauteuil. D'ailleurs, où était-il allé, celui-ci ? Vous l'a-t-il avoué ?

Joséphine dut convenir que non, et le comte profita de son inattention pour envoyer son fou *ad patres*. Ennuyée, la jeune fille considéra le plateau. Elle était à peu près certaine que le mousquetaire la faisait parler pour mieux la distraire et la battre aux échecs.

— De qui sommes-nous véritablement sûrs ? demanda-t-elle tandis qu'il se concentrait. Voyons... Je me porte garante de Louise, elle n'avait aucune raison de tuer Madame de Sept-Vans. Mademoiselle de Mercie a passé la nuit avec Édouard, tous les deux peuvent témoigner l'un pour l'autre.

— Ce qui ne constitue pas un alibi valable, rétorqua le comte. Après tout, ils pourraient très bien avoir décidé de supprimer madame de Sept-Vans pour pouvoir enfin se marier.

— C'est une possibilité. D'après ce que j'ai pu constater, ils se sont retrouvés avec autant de plaisir qu'autrefois, semble-t-il.

— On peut dire cela, en effet. Édouard m'a confié qu'il se doutait que mademoiselle de Mercie serait là pour la fête. C'est en grande partie pour cette raison qu'il est venu.

— Nous ne pouvons donc pas les rayer de notre liste de suspects.

— Je me porte garant de moi-même, si cela peut vous aider à en réduire le nombre. Je suppose que nous pouvons aussi éliminer Gabrielle. Elle dormait à poings fermés dès neuf heures du soir et le laudanum n'était pas empoisonné.

Joséphine hocha la tête. Ils se concentrèrent sur la partie durant quelques instants, avant que la jeune fille ne se perde à nouveau en conjectures.

— Saviez-vous que monsieur Delvaux avait eu une relation avec madame de Sept-Vans, autrefois ?

— Je l'ai entendu, oui.

— Vous l'avez entendu ? répéta Joséphine, interloquée.

— Pensez-vous que je n'écoute rien de ce qui se passe autour de moi ?

— Vous sembliez passionné par votre échange avec mademoiselle de Sept-Vans.

— Gabrielle ? Elle est plus intelligente qu'elle n'y paraît. Sa conversation indique qu'elle est bien éduquée et qu'elle a de la culture. Je crois que son air niais vient de sa blondeur et de la façon dont elle se vêt. Un peu comme votre sœur.

— Vous vous trompez, Monsieur : Louise est exactement ce qu'elle semble être.

Le comte esquissa un sourire amusé. Durant un bref instant, il leva les yeux vers Joséphine et leurs regards se croisèrent ; il y avait un soupçon de malice dans celui du mousquetaire. Joséphine toussota pour s'empêcher de rire.

— Vous pensez donc que monsieur Delvaux pourrait faire un bon suspect ? reprit le noble quelques secondes plus tard.

— Pourquoi pas ? Il connaissait bien madame de Sept-Vans et elle l'avait éconduit pour épouser le baron. Peut-être ne lui a-t-il jamais pardonné. Selon son caractère, elle a très bien pu faire une réflexion déplacée sur les gens du bas peuple, ou quelque chose du même acabit, et monsieur Delvaux a vu rouge. Il a demandé à s'entretenir avec elle le soir venu, ils se sont disputés, il lui a fait avaler la belladone.

— Tout ceci est fort intéressant, mademoiselle Galtier,

mais je vois mal une femme telle que madame de Sept-Vans buvant de son plein gré un flacon d'un produit qu'elle sait létal.

— Alors ils ont pris un verre de vin ensemble, il a versé le poison dans celui de Madame la baronne, et elle est morte.

— Voilà qui paraît plus plausible, mais cela ne réduit pas pour autant la liste de nos suspects.

Nos suspects. Quand il parlait d'eux en tant qu'équipiers, le cœur de Joséphine se gonflait d'orgueil. Au premier abord, elle avait vu en lui un insupportable noble imbu de lui-même et aux airs supérieurs, surtout lorsqu'il avait tenté de l'écarter de l'enquête, mais à présent, il semblait au contraire la considérer ainsi qu'une véritable partenaire. Et comme elle aimait cela ! Ne pas être rabaissée parce qu'elle n'était qu'une femme, se sentir impliquée, respectée, savoir que son avis et ses opinions comptaient – car il paraissait les partager –, tout cela lui donnait envie de se redresser et de bomber le torse. Un bel aristocrate, mousquetaire de Sa Majesté, approuvait ses théories et la considérait telle une alliée. Elle n'était pas réduite au rang de Précieuse, non : elle était une enquêtrice, tout comme lui.

Il ne sembla pas s'apercevoir de la fierté qui envahit la jeune fille, concentré qu'il était sur la partie, et Joséphine put à loisir savourer cette petite victoire et son sentiment de supériorité. Elle n'avait jamais voulu se comporter comme Louise, ce qui lui avait souvent valu de rester à l'écart lors des réceptions mondaines, mais cette fois-ci, quelqu'un trouvait cela intéressant. Cette certitude l'emplissait de joie.

— Comment envisagez-vous la suite de ces investigations, Mademoiselle ? demanda le comte en déplaçant sa tour.

— J'aimerais en apprendre un peu plus sur monsieur de Hauteuil et ses allées et venues hier soir. Après tout, comme vous l'avez dit, lui non plus ne se reposait pas dans sa chambre. Je dois également réinterroger Clémence de Mercie. Peut-être vais-je aller fouiller ses appartements, à elle aussi.

— Vraiment ? Cela devient une habitude, attention.

— N'est-ce pas ainsi qu'un enquêteur doit se comporter ? Étudier chaque suspect, parcourir les différents endroits à la recherche de preuves et questionner tout le monde. Nous avons pu écarter certaines personnes, mais en définitive, il en reste encore beaucoup que nous ne pouvons pas éliminer de notre liste.

— Je me charge de monsieur de Hauteuil, si vous voulez. Je vous laisse le soin de vous occuper de mademoiselle de Mercie.

— Entendu.

— Mademoiselle...

Il releva la tête, rivant son regard bleu acier dans le sien. Joséphine sentit un frisson la parcourir, le même qu'elle avait ressenti lorsqu'ils s'étaient retrouvés enfermés dans le placard de Marianne, cet après-midi-là.

— Restez prudente, lui intima le comte, très sérieux. Je vous rappelle que nous avons affaire à quelqu'un qui a tué une personne de sang-froid. Si jamais l'assassin se rend compte que vous enquêtez, vous pourriez très bien finir sur sa liste.

— Je comprends, Monsieur, rassurez-vous. Je ne ferai rien d'inconsidéré.

Pour toute réponse, le mousquetaire se contenta de la fixer avec encore plus d'intensité. La température dans la pièce parut prendre quelques degrés. Le comte tendit la main ; elle crut, durant un bref instant, qu'il allait la lever jusqu'à son visage. Pourquoi aurait-il fait cela ? Il était noble, elle était fille de médecin. Ils ne se supportaient que moyennement et la seule raison qui les poussait à discuter était l'enquête qu'ils menaient ensemble. Quand le moment viendrait de révéler l'identité du coupable, il s'arrangerait pour récupérer tous les honneurs, ainsi qu'un homme le faisait toujours avec les exploits d'une femme.

La main du comte se posa sur sa deuxième tour, qu'il déplaça sur le plateau.

— Échec et mat, mademoiselle Galtier.

Joséphine mit un temps fou à s'endormir, cette nuit-là. Elle ne cessait de repenser à toutes ses théories – beaucoup trop nombreuses à son goût. Une personne avait empoisonné madame de Sept-Vans. Une qui aurait eu d'excellentes raisons de le faire. Geoffrey ou Marianne étaient les premiers suspects, si l'on s'en tenait aux mots qu'elle avait surpris dans la bouche de la baronne – et qui la troublaient sans qu'elle sût pourquoi. Mais ce n'étaient pas les seuls à voir leur union menacée. On lui avait dit que mademoiselle de Sept-Vans était presque fiancée à monsieur Cartegnier : peut-être s'agissait-il de ce mariage auquel la douairière voulait mettre un terme. Si Gabrielle n'avait pas eu l'occasion de l'empoisonner après le repas, elle avait eu tout le loisir de le faire durant celui-ci, puisqu'elle se trouvait assise juste à côté d'elle. Blaise Cartegnier, quant à lui, aurait pu tenter de la tuer un peu plus tard, en versant la belladone dans un verre de vin, qu'il aurait partagé avec elle. Elle ne pouvait pas oublier monsieur de Hauteuil, dont la haine pour sa tante paraissait connue de tous, ni Édouard et Clémence, qui avaient soi-disant passé la nuit ensemble mais qui avaient tous les deux une bonne raison de vouloir la voir morte. Monsieur Delvaux, lui, aurait-il pu attendre toutes ces années avant de se venger de son ancienne amante ?

Allongée sous les couvertures, Joséphine se tournait et se retournait dans son lit, incapable de trouver le sommeil. Comment allait-elle pouvoir dénouer cette pelote tout en demeurant discrète sur ses recherches ?

13

Le matin vint, bien trop rapidement à son goût. Elle avait fini par s'endormir au cœur de la nuit, mais le manque de repos se faisait à présent cruellement ressentir.

— Ne vous inquiétez pas, Mademoiselle. Un peu de fard et il n'y paraîtra plus ! assura Francine.

Elle arrêta son plan tandis que sa femme de chambre la préparait. Durant la matinée, après le petit-déjeuner, elle interrogerait Clémence de Mercie. La Précieuse était peut-être une intrigante, mais avec un peu de doigté, Joséphine ne doutait pas de lui arracher la vérité. Ensuite, elle s'occuperait du cas de mademoiselle de Sept-Vans : si la jeune fille avait tué sa mère pour l'empêcher de rompre ses fiançailles avec monsieur Cartegnier, elle le découvrirait aussi.

Forte de ces nouvelles résolutions, Joséphine descendit l'escalier pour rejoindre la salle à manger, où les domestiques avaient dressé le petit-déjeuner. Monsieur Lavergne, le majordome, remplit sa tasse de tisane ; elle remarqua le bandage qui nouait sa main gauche et s'inquiéta de le voir blessé.

— Mademoiselle est trop bonne, répondit le serviteur avec un sourire reconnaissant. Ce n'est rien, juste une entaille.

— Vous seriez-vous coupé en tranchant la brioche ? Avez-vous bien appliqué de l'alcool dessus ? C'est le meilleur moyen pour qu'il n'y ait aucune infection. Voulez-vous que j'y jette un coup d'œil ? Mon père est médecin, je sais très bien soigner ce genre de plaie. Je peux même vous recoudre si c'est nécessaire.

Le majordome se mit à rire.

— Un simple bandage suffira, Mademoiselle, ne vous inquiétez pas pour moi. La blessure n'est pas si profonde. En réalité, j'ai glissé dans la cour en allant chercher le lait. Une plaque de verglas m'a pris par surprise. En voulant me rattraper, je me suis coupé sur un morceau de verre.

— À cet endroit ? s'étonna la jeune fille.

— Oui. Il y en avait plusieurs, d'ailleurs. Je les ai ramassés pour que personne ne se blesse comme moi.

— Vous êtes très prévenant, monsieur Lavergne, mais soigner votre main était la priorité. Êtes-vous certain de ne pas vouloir que je vous ausculte ?

— Ne vous inquiétez pas pour cela, je vous en prie.

Elle hocha la tête, non sans recommander au majordome de la consulter si la plaie venait à enfler et à suppurer.

— Tu ne devrais pas te comporter comme ça avec lui, lui souffla Louise quand les serviteurs furent sortis de la pièce. C'est un domestique, pas un invité.

— Papa le soignerait, domestique ou seigneur, lui rappela Joséphine. Tout le monde devrait pouvoir accéder à des traitements de qualité, peu importent ses moyens.

— En attendant, nous ne sommes pas à la maison ni au cabinet de Papa. Alors, comporte-toi en demoiselle respectable, s'il te plaît.

— Oui, Maman, soupira Joséphine en secouant la tête.

Sa sœur lui envoya un coup de pied sous la table. La jeune fille grimaça et se frotta la jambe pour chasser la douleur.

— Eh bien, vous semblez d'excellente humeur, ce matin, fit remarquer Geoffrey en venant s'asseoir à la place naguère occupée par sa mère. Tant mieux, c'est exactement ce qu'il nous faut. Je comptais profiter de ce soleil pour proposer une promenade sur la colline. Avec toute cette neige, ce sera sûrement très agréable et beau à voir.

— Quelle merveilleuse idée ! s'enthousiasma aussitôt Louise. Cela fera du bien à tout le monde, je le sens.

Geoffrey acquiesça. Une heure plus tard, tous les convives étaient informés de son souhait de partir en excursion, et ils y participèrent avec plaisir. Ils quittèrent le château vers dix heures, couverts de pied en cap. Joséphine avait revêtu un manteau épais par-dessus sa robe et un chapeau d'hiver, mais son élégance ne rivalisait pas du tout avec celle de sa sœur, qui avait l'air d'une rose au beau milieu d'un champ de neige. Monsieur de Hauteuil lui proposa son bras et elle acquiesça avec empressement.

Du coin de l'œil, Joséphine aperçut Édouard de Sept-Vans et mademoiselle de Mercie en pleine conversation. Elle ralentit l'allure pour mieux entendre.

— Je vous dis que c'est impossible, soufflait Édouard d'une voix sourde.

— Pourquoi ? demanda Clémence de Mercie. Votre mère est morte, Édouard, nous ne sommes plus obligés de nous cacher.

— C'était une erreur. Lorsque je vous ai retrouvée, j'ai cru que nous pourrions tout recommencer comme autrefois, Clémence, mais je me fourvoyais. Trop d'années ont passé.

— Voulez-vous dire que cette nuit n'a pas compté ? Que tout ce que nous avons partagé n'était qu'un mensonge ?

Joséphine s'éloigna à pas pressés, aussi discrètement que possible. Édouard était en train de rompre avec mademoiselle de Mercie et cela ne la concernait pas.

Durant la promenade, la jeune fille jeta de fréquents coups d'œil à la Précieuse, espérant trouver un moment opportun pour lui parler. Celle-ci fulminait. Les poings serrés, la mâchoire crispée, elle adressait des regards noirs à son ex-soupirant, voulant lui faire comprendre toute la colère qu'elle devait ressentir à cet instant. Bien loin de s'effondrer comme une amoureuse éconduite, elle bouillonnait de rage. Édouard, lui, ne lui prêtait aucune attention.

Quand ils atteignirent le sommet de la colline, tout le monde contempla la vallée en contrebas avec émerveillement. La neige avait tout recouvert. Au loin, le château émergeait tel un palais féérique, ses tours rondes élancées vers le ciel de plomb et la poudreuse partout autour de lui. Joséphine aperçut les fenêtres du premier étage et se rendit compte de leur hauteur : si elle était tombée de la corniche, la veille, elle se serait tuée sur le coup. En bas de la colline, le village voisin apparaissait comme une gravure dans un livre. La neige sur les toits, la fumée qui s'échappait des cheminées, les enfants, qu'on devinait en de petits points, glissant sur des luges devant les maisons, les chevaux qui tentaient de se frayer un chemin dans les rues encombrées, tout formait un tableau enchanteur. Ce ne serait plus aussi agréable quand tout commencerait à fondre et transformerait le paysage en marécage, mais pour le moment, tout semblait absolument parfait.

— Comment vous sentez-vous ? demanda Joséphine en s'approchant de mademoiselle de Mercie, qui paraissait avoir recouvré un peu de son calme.

— Très bien, je vous remercie, cracha la Précieuse d'un ton acide.

— J'ai entendu votre conversation avec monsieur de Sept-Vans, expliqua Joséphine.

Elle lui tendit son mouchoir, que Clémence de Mercie prit pour essuyer ses yeux humides.

— Je ne désirais pas écouter aux portes, j'en suis désolée, car cela ne me concerne pas. Mais son comportement est très incorrect.

— Incorrect ? Inadmissible, voulez-vous dire ? Mais vous avez raison : cela ne vous concernait en rien. Je vous remercie pour votre sollicitude, Joséphine, mais vraiment, restez en dehors de cela.

Les larmes aux yeux, mademoiselle de Mercie s'éloigna à grands pas, le bas de sa robe rouge sombre trempé de neige. Joséphine préféra ne pas insister. Si la Précieuse voulait du temps, mieux valait le lui accorder. Elle se rendrait compte par elle-même que son attitude ne seyait pas à une dame.

Elle n'eut pas besoin de se rapprocher de Gabrielle pour que celle-ci vienne à elle, une lueur d'interrogation dans le regard.

— Elle ne semble pas aller bien. Que se passe-t-il ?

— Je ne sais si c'est à moi de vous le dire, commença Joséphine, un peu embarrassée tout de même par les paroles cinglantes de mademoiselle de Mercie.

— Cela concerne Édouard, n'est-ce pas ? C'est un véritable goujat, je ne serais pas étonnée qu'il lui eût manqué de respect.

— Eh bien, oui, en effet. Il semble qu'il ait rompu leur relation après avoir passé la nuit avec elle.

Gabrielle eut l'air horrifiée. La main posée sur ses lèvres, elle resta immobile un instant, avant de lever un regard troublé sur Joséphine.

— Mon Dieu ! souffla-t-elle. Il ne se rend pas compte de ce qu'il fait. Quelle grossièreté ! Mère avait raison de chercher à les séparer : il ne la méritait vraiment pas.

— Voulez-vous dire qu'elle les a poussés à se quitter à cause de lui, non par la faute de mademoiselle de Mercie ? s'étonna Joséphine.

— Cela me paraît évident. Mère ne supportait pas les frasques d'Édouard. Il était toujours... si désinvolte, si frivole. Rien ne l'intéressait hormis son propre plaisir. Il n'a guère changé, à ce que je constate.

— Vous ne vous entendez pas très bien avec lui, n'est-ce pas ?

— Il n'a jamais accepté que je fasse partie de la famille. Lorsque j'étais enfant, nous nous appréciions, je crois, mais je n'étais que la fille du régisseur. Il m'a détestée dès que

Mère m'a adoptée.

— Mais pourquoi ? Avait-il besoin de se montrer cruel envers vous ?

— Il estime que je ne suis qu'une intrigante qui ne désire qu'une part de l'héritage, ce qui est entièrement faux. Mère me recueillit parce que j'étais seule au monde, après la mort de mes parents. Elle fut toujours bonne à mon égard, et maintenant...

À ces mots, ses grands yeux bleus s'emplirent de larmes et elle enfouit ses sanglots dans un grand mouchoir brodé.

— Vous n'êtes pas seule. Geoffrey semble tenir à vous, et Marianne vous apprécie beaucoup également, assura Joséphine en posant la main sur son bras. Sans compter monsieur Cartegnier.

Cette fois, les pleurs de Gabrielle se tarirent. Elle leva un regard surpris sur Joséphine, l'air interdit.

— Monsieur Cartegnier ? répéta-t-elle.

— Oui, je... J'ai entendu dire qu'il avait l'intention de vous épouser. Me serais-je fourvoyée ?

— Oh ! Non... Il est vrai qu'il avait manifesté son souhait à Mère. Mais je doute que nous nous marierons.

— Le croyez-vous ? Vous êtes très jolie, bien éduquée, et maintenant fort riche. Vous pouvez tout à fait vous marier avec lui si vous en éprouvez l'envie.

— En toute honnêteté, c'était la volonté de monsieur Cartegnier. Mère était certes d'accord sur le principe, mais elle espérait toujours me voir épouser un membre de la noblesse. C'est d'ailleurs pour cette raison que Geoffrey a été autorisé à inviter monsieur le comte – qui est fort bel homme, je le concède, mais peut-être un peu trop sérieux à mon goût.

— Ainsi vous n'aviez pas l'intention de devenir madame Cartegnier ?

— Eh bien... Ce n'était pas mon désir, voilà tout. Maintenant que Mère n'est plus, j'avoue que je préférerais l'éconduire, du moins si Geoffrey est d'accord. Ils sont tous deux d'excellents amis. C'est d'ailleurs la raison principale de sa venue ici.

Joséphine se garda bien de répondre que, durant tous les repas, le tisserand avait systématiquement été placé à côté de Gabrielle. Il avait fallu attendre le décès de madame de Sept-Vans pour qu'il soit relégué vers le fond de la table. La raison principale de sa présence au château ne devait pas être la vieille amitié qu'il portait à Geoffrey.

— Auriez-vous un autre parti en tête ? interrogea-t-elle d'un air complice. Monsieur de Hauteuil, peut-être ?

Gabrielle éclata de rire, un rire si clair qu'il ressemblait à l'écoulement d'une cascade sur un lit de pierres blanches. Quelques regards convergèrent vers elle – celui de Blaise Cartegnier, presque tout de suite, mais également celui de Marianne, d'Édouard et de Louise.

— Ma chère, vous n'y pensez pas ! s'amusa Gabrielle en prenant le bras de Joséphine comme si elles étaient de vieilles amies. Monsieur de Hauteuil ? Je crains de ne pas être son type. Nous nous ressemblons beaucoup trop, lui et moi : nous aimons les vêtements, la mode, le maquillage, et probablement aussi le même genre d'hommes.

— Je ne... oh !

Joséphine se tut, réalisant tout à coup ce que voulait dire la jeune fille. Bien sûr, cela paraissait évident, à présent que Gabrielle exposait la situation sans fard. Monsieur de Hauteuil n'éprouvait aucune attirance pour la gent féminine : il se rangeait plutôt du côté des mignons que de celui des soldats.

Comprenant sa méprise, Joséphine secoua la tête. Mademoiselle de Sept-Vans se remit à rire et serra son bras contre elle.

— Je plains tellement votre sœur, lui glissa-t-elle en coulant un regard en direction de Louise, en pleine conversation avec Edmond. Quand elle se rendra compte du malentendu, elle tombera de haut.

— Elle s'en remettra, je pense, soupira Joséphine avec une grimace. Mais alors... était-ce pour cette raison que votre mère se montrait si dure envers lui ?

— Mère ne supportait pas le comportement d'Edmond. Elle avait une haute estime de ce que devait être un homme : un modèle de virilité, de solidité, un chasseur hors pair et bien entendu un seigneur jusqu'au bout des ongles. Geoffrey a toujours été le parfait représentant de ce qu'elle désirait pour ses fils, mais ni Édouard ni Edmond ne rentraient dans ce moule.

— Ne s'était-elle pas opposée au mariage de Geoffrey et de Marianne ? Après tout, elle n'appartient pas à la noblesse.

— Eh bien...

Gabrielle se mordit la lèvre un instant, avant de se pencher vers Joséphine pour lui confier à mi-voix :

— Ne le répétez pas, mais je crois que cette union était nécessaire. Le château coûte extrêmement cher à entretenir et la baronnie n'est qu'un titre mineur dans l'aristocratie. Mère espérait un beau mariage pour Geoffrey, oui, mais le père de Marianne est très riche et elle est enfant unique. Je pense que Mère n'a pas réfléchi en termes de lignage, pour une fois.

— Oh, je suis désolée d'apprendre que vous avez des difficultés financières.

— Rassurez-vous, nous possédons encore de quoi subsister très largement, sourit Gabrielle. Entre ce qu'il nous reste et la dot de Marianne, Geoffrey va vivre de façon tout à fait enviable.

— Et vous aussi, nota Joséphine.

— Oui, j'en conviens. Qui sait, peut-être irai-je moi aussi à la capitale ?

Et sur ces mots, guillerette et joyeuse, Gabrielle s'éloigna. Joséphine demeura un moment immobile, les yeux rivés sur la jeune fille. Si l'argent venait à manquer dans la famille, les motivations de Geoffrey et de Gabrielle s'effondraient comme un château de cartes. En revanche, monsieur de Hauteuil semblait tout à coup en posséder un tout à fait plausible : agacé par les remontrances de sa tante, qui passait son temps à l'humilier en raison de ses préférences amoureuses, il aurait très bien pu en avoir assez et décider de l'empoisonner. Mademoiselle de Mercie ne lui avait pas offert de belladone, mais il aurait pu utiliser le flacon de madame de Sept-Vans pour en verser dans sa nourriture.

Joséphine fronça le nez et se mordit l'ongle du pouce. Non, cela ne se pouvait. Monsieur de Hauteuil se tenait beaucoup trop loin de la douairière pour pouvoir contaminer son assiette. Il n'avait de plus jamais quitté sa place durant les repas. À aucun moment il n'aurait pu lui administrer le toxique. Elle devait d'ailleurs toujours réaliser son expérience et vérifier s'il était possible de vider un flacon dans un verre sans que la personne concernée ne s'en aperçût. Elle avait prévu d'essayer au cours du déjeuner. Si tout demeurait comme d'habitude, elle serait assise entre monsieur Delvaux et Edmond de Hauteuil. Elle tenterait de verser une dose de vin dans le verre de ce dernier et verrait si quelqu'un remarquait son manège.

Il faisait froid et un peu venteux, au sommet de la colline, aussi ne tardèrent-ils pas à rentrer au château. Ils y trouvèrent un chaleureux feu dans la cheminée, du chocolat chaud pour tout le monde et des serviteurs prêts à les aider à se changer. Joséphine profita de se retirer dans ses appartements pour vider un flacon de parfum dans sa cuvette, avant de le tendre à Francine.

— Pourrais-tu le remplir de vin, je te prie ? Je dois essayer quelque chose.

— Bien sûr, Mademoiselle. Dois-je vous le rapporter juste après ?

Joséphine hocha la tête. Sa femme de chambre s'empressa de disparaître pour accomplir son devoir. Il ne restait plus qu'à attendre, à présent. L'heure du déjeuner viendrait bientôt.

Une crainte, cependant, saisissait son cœur. Lorsque la neige commencerait à fondre, les invités de la réception plieraient bagage et s'en iraient les uns après les autres. Louise ne tarderait pas à décréter la fin de leur séjour. Si elle ne se trouvait plus ici, comment allait-elle bien pouvoir résoudre le mystère de la mort de madame de Sept-Vans ? Devrait-elle abandonner les rênes de son enquête au comte, qui la laisserait sans doute entre les mains d'un magistrat incompétent ? La justice pouvait se montrer expéditive, lorsqu'il s'agissait d'affaires de nobles. Quelqu'un lui graisserait la patte et tout rentrerait dans l'ordre, comme si de rien n'était. Plus personne ne se poserait de questions sur la mort d'Eugénie de Sept-Vans ; son meurtrier, lui, serait libre d'aller et venir à sa guise.

Pour le moment, il faisait toujours froid. La neige n'était pas sur le point de fondre et personne n'eût été assez fou pour prendre une voiture alors que de hautes congères s'élevaient sur les chemins. Joséphine avait encore un peu de temps devant elle : à elle de ne pas le gâcher.

Elle attendit le retour de Francine, qui lui rapporta sans encombre le vin dans la fiole. La jeune fille la glissa dans sa ceinture, avant de tendre l'oreille. Les portes commençaient à s'ouvrir et à se fermer : elle perçut celle de Gabrielle, puis de Louise et, en dernier, celle de mademoiselle de Mercie. Marianne n'était pas encore sortie de sa chambre. Joséphine ne s'inquiéta pas d'elle, puisque c'étaient les appartements de la Précieuse qu'elle comptait visiter, cette fois-ci, avec en poche une nouvelle excuse : celle de lui reprendre le mouchoir qu'elle lui avait prêté là-haut, sur la colline.

Elle se glissa dans la pièce, poussant doucement sur la poignée. L'endroit était vide, comme elle s'y attendait. Joséphine referma derrière elle et s'autorisa un soupir. Personne ne l'avait vue pénétrer ici.

La chambre était grande et donnait sur le jardin, derrière

le château. Bien illuminée en dépit des lourds nuages qui promettaient encore un peu de neige, elle comportait un lit, une table de chevet, une armoire et un petit secrétaire, exactement comme dans les appartements occupés par Marianne. Les murs étaient peints en blanc et l'on avait représenté, çà et là, des scènes champêtres, avec des angelots nus tirant des flèches sur des amoureux au bord d'un lac ou d'une rivière. Des fleurs stylisées offraient à la vue des pétales d'or du goût le plus exquis. Joséphine, qui avait une chambre beaucoup plus simple, fut surprise de voir avec quels égards on traitait mademoiselle de Mercie, alors même que celle-ci se plaignait d'avoir été haïe par la maîtresse de maison.

Sans attendre plus ni s'extasier devant les moulures et les lustres au plafond, Joséphine se hâta d'ouvrir l'armoire. Un flot de dentelles et de froufrous s'échappa du meuble. Priant pour réussir à tout rentrer un peu plus tard, elle fouilla les poches, les sacs, les chaussures, sous les jupons et les corsets, mais ne trouva rien de particulier. La porte se referma non sans mal, mais elle ne prit pas le temps de s'attarder plus. Cette fois, Joséphine ouvrit les tiroirs du secrétaire un à un, mais il n'y avait aucun document à l'intérieur. Mademoiselle de Mercie n'avait pas jugé bon d'écrire quelque chose, ni même d'emporter avec elle sa correspondance privée. Sa table de nuit était également vide.

Sur la coiffeuse reposaient ses fards et ses parfums ; Joséphine y trouva un flacon de belladone entamé, ainsi que d'autres produits qu'elle ne connaissait pas. Certains portaient des mentions en italien : la Précieuse avait dû les rapporter de Turin, où elle avait passé une partie de sa vie. Il y avait aussi une bouteille de laudanum, mais elle ne ressemblait pas à celle qu'elle avait vue dans la chambre de madame de Sept-Vans. Par acquit de conscience, la jeune fille y plongea le bout de son petit doigt pour goûter. Comme elle n'éprouvait toujours aucun vertige quelques minutes plus tard, elle en déduisit que ce laudanum non plus n'était pas empoisonné.

Bientôt, elle dut se rendre à l'évidence : mademoiselle de Mercie n'avait rien caché dans ses tiroirs. Si c'était elle qui avait tué la vieille baronne, il ne restait aucune trace de son forfait ici.

Avec un soupir, la jeune fille referma tout et se glissa dans le couloir, jetant un rapide coup d'œil à la ronde pour s'assurer que personne ne la surprendrait. Mais tout le monde se trouvait en bas et, quand la cloche du déjeuner retentit, Joséphine sut que le moment était venu.

Elle s'installa à sa place et laissa à chacun le temps de se plonger dans le repas. L'ambiance était bien meilleure que la veille et Geoffrey commençait à évoquer la réception en l'honneur des fiançailles, malgré tout – c'était ce qu'aurait voulu sa mère, s'empressa-t-il d'ajouter. On convint que le soir même serait parfait. Marianne, pourtant, paraissait encore plus pâle qu'à l'ordinaire. Bien loin de la réjouir, l'idée de fêter quelque chose sembla au contraire la plonger dans un abîme de perplexité. Ses yeux hagards se posèrent sur Geoffrey quand il lui demanda son avis, et la jeune femme, troublée, ne sut que répondre. Joséphine, elle, profita de cet intermède pour déboucher son flacon sous la table. L'air de rien, elle tendit le bras vers le verre d'Edmond de Hauteuil, qui le saisit aussitôt en protestant :

— Attention, Mademoiselle ! Vous vous trompez, il me semble.

— Oh ! Veuillez m'excuser, je croyais qu'il s'agissait du mien, répondit Joséphine, confuse. C'est mon médicament contre… la mélancolie féminine.

Il hocha la tête comme s'il comprenait et elle vida la fiole de vin dans son verre. Soit elle n'était pas douée pour empoisonner subrepticement quelqu'un, soit monsieur de Hauteuil avait l'œil aiguisé… soit il était juste impossible de verser le contenu d'un flacon dans l'assiette ou le verre de quelqu'un sans se faire repérer. Quoi qu'il en soit, Eugénie de Sept-Vans était de son vivant une femme intelligente et perspicace : elle aurait sans nul doute remarqué quelqu'un tentant de l'intoxiquer.

Son regard accrocha celui du comte, qui arqua un sourcil, sans cependant poser de question. Joséphine haussa les épaules et esquissa un sourire un peu crispé. Le mousquetaire demeura de marbre. Il devait sans doute se demander à quoi elle jouait – mais s'il ne le comprenait pas de lui-même, alors il était bien moins brillant qu'elle ne l'avait cru tout d'abord.

Ajustant sa serviette de table comme si de rien n'était, elle plongea les lèvres dans son verre et sirota la double dose de vin qu'elle venait de s'offrir par maladresse. Madame de Sept-Vans n'avait donc pas été empoisonnée par sa nourriture. Restait à trouver par quel moyen.

14

Joséphine n'avait pas encore eu l'occasion de s'entretenir avec Édouard de Sept-Vans, mais elle ne comptait pas l'effacer de sa liste de suspects tout de suite. Le jeune homme haïssait sa mère tout autant qu'il détestait sa sœur adoptive, mais il avait un solide alibi pour la nuit du décès. À présent que mademoiselle de Mercie et lui avaient rompu, elle consentirait peut-être à le trahir et à révéler qu'il avait quitté la chambre à un certain moment, trouvant ainsi l'opportunité de tuer madame de Sept-Vans. Étant l'aîné de la défunte, il s'était peut-être vu accorder une entrevue avec celle-ci avant qu'elle ne se mît au lit – d'autant plus qu'elle avait réclamé une discussion avec lui après son arrivée au château.

Au cours de la soirée, donc, Joséphine entreprit de se rapprocher du fils honni. Ce ne fut pas très difficile. Privé de la présence de la Précieuse, qui entendait bien ne plus lui adresser la parole, Édouard sirotait un verre d'hypocras, debout contre le linteau de la cheminée du grand salon. Il avait revêtu une somptueuse veste de brocard bleu nuit à manches brodées d'argent – Louise aurait sans doute trouvé à redire sur la modernité de ce qu'il portait, mais Joséphine estimait que cela lui allait parfaitement. Tout le monde, d'ailleurs, s'était paré de ses plus beaux atours. Comme pour se venger de la façon dont Édouard de Sept-Vans avait rompu avec elle, mademoiselle de Mercie était apparue drapée d'une robe d'un rouge vif aux motifs de fleurs, qui rehaussait son teint hâlé et l'éclat noir de ses yeux. Elle n'était pas la seule : chacun avait pris le soin d'honorer leurs hôtes de sa tenue de fête.

Gabrielle avait entrepris de jouer un morceau de musique au piano ; debout non loin d'elle, monsieur Cartegnier semblait bien décidé à conclure son affaire de mariage, en dépit de ce qu'elle avait bien voulu dire à Joséphine durant la promenade. Geoffrey et le comte se trouvaient en pleine conversation sur les dernières tactiques du capitaine d'Artagnan, tandis que Marianne, un peu absente, patientait sur le sofa, à côté de son père, dont le teint rouge indiquait qu'il avait trop abusé de l'hypocras. Mademoiselle de Mercie, monsieur de Hauteuil et Louise, comme à leur habitude, discutaient gaiement sur le canapé.

Joséphine, qui avait opté pour une robe bleu pastel ornée de dentelle relevée sur les poignets, à la façon des hommes – « Cela se porte ainsi ! » avait affirmé Louise en brandissant son *Mercure Galant* tandis qu'elles bouclaient leurs valises –, franchit la distance qui la séparait d'Édouard et s'autorisa un sourire qu'elle espérait avenant.

— C'est une belle soirée, commenta-t-elle.

Le gentilhomme fit tinter sa coupe contre la sienne pour trinquer.

— Tout aussi belle que vous, répondit-il.

Elle eut envie de lui envoyer son hypocras au visage. Quel mufle ! Oser la galantiser alors qu'il avait rompu avec mademoiselle de Mercie le matin même ! Comment pouvait-il se comporter avec tant de désinvolture ?

Lui renverser son verre dessus aurait fait tache, néanmoins, et pas seulement sur sa magnifique veste de brocart. On ne se conduisait pas ainsi, surtout pas lorsqu'on était censée représenter la douceur et la compassion, et encore moins face à un noble. Car même si Édouard de Sept-Vans avait été déshérité, il n'en restait pas moins le frère d'un baron et, dans la hiérarchie sociale, Joséphine n'était qu'une fourmi à ses côtés.

Elle se composa donc un visage de dinde flattée et gloussa comme il se devait. Le sourire que lui retourna le gentilhomme lui indiqua qu'il s'agissait de la bonne réaction à adopter.

— J'ai appris votre rupture avec mademoiselle de Mercie, lança la jeune fille d'un air innocent. Vous ne souhaitiez pas concrétiser votre relation ?

Édouard de Sept-Vans lui adressa un regard amusé, comme s'il remarquait dans ses mots quelque chose qu'elle n'avait pas voulu sous-entendre.

— Je suis un esprit libre, Mademoiselle. Je ne suis pas prêt à me lier pour l'éternité à quelqu'un.

— Je comprends, Monsieur. Elle ne l'a hélas pas perçu de la même façon.

— Clémence a toujours aimé tourner tout au tragique. C'est son côté latin. Croyez-moi : une telle union n'aurait rien apporté de bon, ni pour elle ni pour moi. Il était plaisant de la retrouver. J'admets que la revoir a... réveillé de vieux souvenirs et m'a donné envie d'éprouver certaines émotions à nouveau. Je n'aurais pas dû lui donner de faux espoirs avec cette nuit. Désormais, elle est libre de se trouver un parti intéressant.

— Mon Dieu, vous êtes donc réellement resté toute la nuit avec elle ? souffla Joséphine, affichant un air presque choqué. Je n'avais pas osé y croire lorsque mademoiselle de Mercie me l'avait raconté.

— Oh, si, c'était vrai. Je ne suis pas très fier de mon comportement, soyez-en sûre, mais je dois bien reconnaître que Clémence a réussi à me retenir dans ses rets toute cette nuit. C'est une qualité qu'on ne peut lui retirer : elle sait combler les hommes comme personne.

Joséphine détourna la tête pour dissimuler sa révulsion. Cet homme n'avait décidément aucun amour-propre ni la moindre honte. Il racontait ce qui s'était passé à une parfaite inconnue, comme si de rien n'était, et vantait les « talents » de sa maîtresse comme il l'aurait fait d'une prostituée.

Il n'y avait donc pas de tendres sentiments pour mademoiselle de Mercie dans le cœur d'Édouard de Sept-Vans. La jeune fille doutait qu'il y en ait eu une seule once un jour. Il la considérait comme un objet, une aventure… un divertissement. Alors qu'elle désirait lui donner sa main, qu'elle lui avait offert sa virginité en pensant qu'il l'épouserait tôt ou tard, ce qu'elle éprouvait pour lui n'était absolument pas réciproque et il ne s'en cachait même pas. Ce goujat aurait mérité une paire de gifles et un ou deux coups de pied bien placés, pour lui apprendre à réfléchir avec sa tête et non avec autre chose.

Horrifiée, Joséphine serra les dents pour s'empêcher de lui crier quelques vérités à la face. Il était peut-être un malappris, mais il n'avait pas eu l'occasion d'empoisonner Eugénie de Sept-Vans durant le dîner. Et s'il avait vraiment passé toute la nuit avec mademoiselle de Mercie, il n'avait pas non plus eu la possibilité de lui fausser compagnie pour forcer sa mère à avaler la belladone. Même si elle lui aurait volontiers fait endosser le rôle du coupable, Joséphine devait se rendre à l'évidence : c'était un goujat, mais pas un assassin. Elle ne pouvait donc pas le traiter comme tel.

Se gardant bien d'exprimer ses opinions tout haut, la jeune fille but une gorgée d'hypocras. Elle devait continuer de donner le change jusqu'à avoir tiré tout ce qu'elle pouvait d'Édouard.

— Vous êtes une amie de Marianne, si j'ai bien compris ? l'interrogea soudain ce dernier. Quelle mauvaise surprise que ma mère soit décédée précisément maintenant !

— Perdre la vie lorsqu'on a des invités est fâcheux, répondit Joséphine. Hélas, ce n'est pas quelque chose que l'on décide spontanément, à moins de se donner la mort. Je doute que madame de Sept-Vans ait choisi cette option.

— Oh ! Ma mère s'accrochait à l'existence comme une tique. Jamais elle n'aurait laissé la moindre contrariété envahir son champ de vision. Elle l'aurait arrachée telle une mauvaise herbe, l'aurait piétinée puis aurait continué de martyriser tout le monde.

— Vous a-t-elle donc à ce point torturé, Monsieur ? On dit qu'elle n'avait pas bon caractère et que vous ne vous entendiez guère...

— C'est un doux euphémisme, grinça Édouard en faisant tournoyer le liquide sombre dans son verre. Ma mère et moi étions aux antipodes l'un de l'autre. J'adorais la vie, voyez-vous, mais pas celle qu'elle espérait pour moi. La gestion de ce domaine et toutes les responsabilités qui allaient avec, ce n'était pas pour moi. En somme, vous savez... je me suis senti plutôt libéré lorsqu'elle a désigné Geoffrey comme le nouveau baron.

Joséphine plissa les lèvres. Elle pouvait bien croire que le poids de la noblesse pesât trop lourd sur les épaules d'un homme comme Édouard de Sept-Vans, mais il oubliait de parler de l'héritage. Un homme dans sa situation, prompt à se rendre dans n'importe quelle soirée et à impressionner les femmes, avait besoin d'argent. Une fois ses vivres coupés par sa mère, il ne restait à Édouard plus aucune possibilité de continuer à mener ce train de vie. Cela ne pouvait pas l'avoir laissé aussi indifférent.

Comme s'il avait lu dans ses pensées, pourtant, Édouard hocha la tête, acquiesçant à ce qu'elle venait d'émettre mentalement.

— Oui, oui, je sais très bien ce que vous avez à l'esprit. Vous vous dites que je n'ai pas pu éprouver le même soulagement à propos de ma part sur l'héritage, n'est-ce pas ?

— Monsieur, je...

— Non, vous avez raison. Je n'ai pas supporté qu'elle me retire ce à quoi je pouvais légitimement prétendre. Geoffrey fera un bien meilleur baron que moi, mais tout cet argent appartenait à mon père, pas à elle. Elle n'avait pas le droit de me priver de ce qui me revenait, encore moins pour le donner à Gabrielle.

— Vous ne semblez pas beaucoup la porter dans votre cœur, elle non plus, remarqua Joséphine avec une légère grimace.

En temps normal, toutes ces confidences lui auraient paru tout à fait déplaisantes. Elle détestait quand les gens venaient se plaindre auprès d'elle, haïssait lorsqu'on lui racontait des choses qu'elle n'était pas censée connaître. Mais tandis que Monsieur de Sept-Vans lui offrait ses sentiments les plus intimes sur un plateau, bien qu'elle eût dû s'en trouver gênée et chercher une excuse pour partir, elle se sentait tout à coup excitée par toutes ces révélations. Non parce qu'elle aimait les commérages, comme Louise, mais parce qu'elle en apprenait ainsi plus sur Eugénie de Sept-Vans et sur ses enfants, et parce qu'elle était persuadée que la clé de la mort de la baronne résidait dans sa personnalité. Aussi ouvrait-elle grand ses oreilles et espérait-elle qu'Édouard ne remarquerait pas son intérêt un peu malsain pour sa vie et ses petits secrets.

Le jeune homme ne parut pas se formaliser, cependant. Buvant une gorgée de son hypocras, il leva le regard en direction de sa sœur adoptive, assise dans le canapé en compagnie de Louise, Gabrielle, mademoiselle de Mercie et monsieur de Hauteuil. Soudain, une lueur étrange embrasa ses yeux sombres ; Joséphine y vit une flamme de colère, si brûlante qu'elle ne pouvait passer inaperçue.

— Cette fille n'est qu'une intrigante. Elle n'a supporté ma mère que pour pouvoir un jour s'emparer de l'héritage. Et c'est chose faite. Regardez-la se pavaner comme une Précieuse. Ah ! Si je le pouvais...

— Que feriez-vous, Monsieur ? s'enquit Joséphine, qui s'attendait déjà à un aveu d'envies de meurtre.

— Je mettrais en lumière sa cupidité et toutes ses manigances. Je la montrerais à tous telle qu'elle est véritablement. Tout le monde verrait alors qu'elle n'est restée ici que pour l'argent. Hélas, j'ai déjà tenté de faire annuler les dernières volontés de Mère. J'ai un excellent ami notaire, qui ferait tout pour moi, figurez-vous, mais il m'a certifié qu'il ne pouvait rien contre ce testament. Quelle peste...

— Il me semble... Enfin, pour les avoir observées ensemble toutes les deux, je pense qu'elles s'entendaient plutôt bien. Votre mère l'appréciait beaucoup et c'était réciproque.

Édouard lui jeta un regard en coin, dans lequel elle lut un mépris certain, accompagné d'un sourire ironique. Il n'ajouta rien et Joséphine serra les lèvres. Cet homme débordait d'une profonde colère, nourrie depuis des années par le rejet de sa mère. Il aurait tout à fait pu la tuer... s'il en avait eu l'occasion. Mais entre son éloignement d'elle durant le repas, le fait qu'Eugénie s'était enfermée dans sa chambre après l'altercation et la nuit qu'il avait passée avec mademoiselle de Mercie, sans la quitter un seul instant, il n'avait pas pu l'assassiner. Sans compter que s'il avait dû éliminer quelqu'un, cela aurait sans doute dû être Gabrielle plutôt qu'Eugénie.

Elle ne se rendit compte qu'Édouard l'avait laissée seule devant la cheminée que lorsqu'elle releva la tête, et ce n'était pas le jeune homme face à elle. Blaise Cartegnier lui adressait un regard amusé, vaguement inquisiteur.

— Vous vous perdez souvent dans vos pensées, mademoiselle Galtier, constata-t-il d'une voix onctueuse. Lorsque vous disparaissez ainsi, vos yeux s'agrandissent et deviennent plus sombres. Vous l'avait-on déjà fait remarquer ?

— Vraiment ? Eh bien... Non, c'est la première fois qu'on me le dit.

Elle ne s'était pas encore retrouvée en tête-à-tête avec le drapier depuis le début du séjour. Bien résolue à tirer parti de cette rencontre fortuite, la jeune fille reprit contenance et relégua Édouard de Sept-Vans dans un coin de son esprit.

— La fête vous plaît-elle, Monsieur ?

— C'est un agréable divertissement, reconnut-il, inclinant la tête. Et vous, Mademoiselle ?

— Je ne suis pas habituée à tout cela. Ma sœur Louise doit se trouver bien plus à son aise que moi.

Elle préféra continuer aussitôt, avant de laisser à monsieur Cartegnier la possibilité de poser de nouvelles questions :

— Connaissiez-vous bien madame de Sept-Vans ?

— Oui, plutôt bien, répondit-il après un instant de silence. C'était une femme extraordinaire, qui menait sa maison d'une main de fer.

— Comment l'avez-vous rencontrée ?

— Par l'intermédiaire de Geoffrey. C'est un vieil ami. Nous nous fréquentons depuis quelques années, maintenant. Nous aimons jouer aux cartes et aux dés ensemble. Je suis venu dans cette maison plusieurs fois, depuis. J'ai eu l'occasion de discuter avec Eugénie.

— Sa mort a dû vous étonner...

Il haussa les épaules, peu ému par la situation.

— Elle était âgée. Son heure allait arriver tôt ou tard.

— Certes, mais c'était tout de même soudain.

— Elle avait une bonne santé, je vous le concède. Mais elle était tracassée, ces derniers temps, et la mauvaise surprise de recevoir Édouard a dû lui faire un choc.

— Tracassée, dites-vous ? s'étonna Joséphine, l'air de rien. Qu'est-ce qui aurait bien pu ennuyer une femme de son tempérament ?

— Des problèmes d'argent, bien sûr, répondit Cartegnier du tac au tac. La fortune de la famille de Sept-Vans n'est plus aussi reluisante qu'autrefois, la faute à des dépenses fort coûteuses pour la réfection du château. Depuis la mort de monsieur de Sept-Vans, les choses vont de mal en pis.

— Il me semblait pourtant qu'elle laissait un héritage considérable à Geoffrey et à Gabrielle.

— Rien n'est moins sûr, rétorqua le drapier en haussant les épaules. Gabrielle l'ignore, bien sûr, mais pas Geoffrey. Voilà pourquoi Eugénie avait consenti à ce qu'il épouse cette chère Marianne : la fortune de son père leur permettra de redorer le blason familial.

Joséphine tourna le regard vers son amie, un peu plus loin. Les paroles de monsieur Cartegnier éclairaient d'un jour nouveau ce qu'elle avait tenu pour acquis jusqu'à présent. Il ne s'agissait pas que d'amour, entre Geoffrey et Marianne, mais aussi d'argent.

— Vous vous perdez de nouveau dans vos pensées, Mademoiselle, susurra soudain le mercier. Vous ai-je dit combien je trouvais vos yeux captivants ?

Sa main s'égara sur l'épaule de Joséphine. La jeune fille tressaillit à ce contact inattendu. Stupéfiée, elle vit Blaise Cartegnier se rapprocher d'elle, si près qu'elle sentait le parfum capiteux dont il s'était couvert avant les réjouissances.

— J'aimerais beaucoup prendre un peu plus de temps pour... discuter avec vous. En tête-à-tête, nous serions plus à l'aise pour faire connaissance.

Joséphine se redressa pour regarder Cartegnier, décontenancée par ses mots – et surtout par le ton de sa voix, doucereux et suave. Elle surprit une lueur de concupiscence dans son expression, un désir qu'elle n'avait jamais perçu chez aucun homme avant lui.

Sidérée, elle sentit un frisson la parcourir et elle recula d'un pas. Son pied écrasa quelque chose. Le talon de sa bottine s'enfonça dans une chaussure et le propriétaire de celle-ci poussa un gémissement étouffé. Prise au dépourvu, Joséphine laissa échapper un petit cri ; son verre d'hypocras lui glissa des mains et se renversa sur la veste de monsieur Cartegnier, qui à son tour émit une exclamation. En quelques secondes, l'attention de tous les convives s'était dirigée vers eux.

— Monsieur le comte ! s'écria-t-elle, à la fois soulagée et consternée. Oh ! mon Dieu ! Vous ai-je fait mal ? Je suis absolument navrée, je ne vous avais pas entendu arriver.

Quelle manie avait-il, aussi, de surgir derrière elle quand elle s'y attendait le moins ? Maladroite, elle se confondit en excuses et s'assura qu'il pouvait toujours marcher. Le mousquetaire acquiesça avec une grimace à peine dissimulée.

— Vous désiriez sans doute vous entretenir avec monsieur Cartegnier ? demanda-t-elle avant de se retourner vers l'intéressé. Oh, Seigneur ! Je suis navrée pour votre manteau, Monsieur.

Elle attrapa un napperon sur le linteau de la cheminée et entreprit d'éponger l'hypocras, tandis que le tisserand lui promettait que ce n'était rien et qu'elle n'avait pas à se sentir coupable. De l'autre côté, le comte ne semblait pas prêt à lui accorder la même clémence.

— Je vais vous laisser discuter entre vous, s'excusa la jeune fille en reculant. Je suis absolument désolée !

Elle s'empressa de filer, tant pour cacher son embarras que pour pouvoir s'éloigner. Mais lorsqu'elle atteignit le couloir, une main ferme la saisit par le coude. Le comte, bien sûr.

— Écoutez, Monsieur, je ne faisais que l'interroger ! Vous n'avez pas à...

Non, il ne s'agissait pas du mousquetaire, comme elle put le constater en se retournant. Les bras croisés sur sa poitrine, Louise la foudroyait du regard.

— Est-ce que je peux savoir à quoi tu joues, Jo ? gronda-t-elle dans un souffle. Qu'est-ce que c'était que ça ? Et ce petit numéro avec le vin, pendant le repas ? Tu ne suis aucun traitement, alors j'aimerais bien comprendre ce qui t'a pris.

Tu as un comportement très étrange. Hier, tu faisais des messes basses avec le comte et maintenant, ça. Que se passe-t-il ?

Louise semblait estimer que les discussions en aparté entre le noble et sa sœur ne pouvaient pas s'avérer d'ordre sentimental. Vexée, Joséphine fronça les sourcils. Cela signifiait-il que Louise la trouvait si insipide qu'un homme tel que lui ne pourrait pas s'intéresser à elle ? Bon, bien sûr, c'était le cas : il ne lui parlait que parce qu'ils savaient tous les deux de quoi il retournait et que les observations de Joséphine se révélaient importantes pour l'enquête. De plus, elle était la mieux placée pour discuter avec les suspectes, qui lui confiaient leurs secrets sans se douter de rien.

Mais tout de même ! Sa sœur aurait pu montrer un peu plus de foi en ses charmes. Même si elle se savait loin d'être aussi jolie que Louise et mademoiselle de Mercie, Joséphine n'avait pas le sentiment d'être un laideron incapable de plaire à un homme.

Croisant les bras sur sa poitrine, elle baissa le regard, renfrognée. Il y aurait toujours un moment où elle se sentirait inférieure à Louise ou aux autres femmes. Même si elle était plus intelligente et plus aventureuse, cela ne suffisait pas, aux yeux de son entourage, pour faire d'elle quelqu'un d'intéressant.

— Absolument rien, ne t'inquiète pas, bougonna-t-elle. J'étais en train de…

— D'*interroger* monsieur Cartegnier ? À propos de quoi ? Qu'est-ce que ça signifie ? Te souviens-tu de ce que nous a recommandé Papa avant que nous ne quittions Paris ? Pas de problèmes. Pas de vagues. Jo, cette semaine est la première que nous passons hors de la maison sans lui. Nous assistons à une réception avec des gens bien nés, peut-être même mon futur époux. J'aimerais que tu ne gâches pas tout en te comportant comme une enfant. Si tu agis mal, sais-tu ce qui en découlera ? Monsieur Delvaux contactera Papa, lui racontera tout, et nous serons privées de fêtes jusqu'à la fin de nos jours, s'il ne nous envoie pas au couvent. Alors pour l'amour du Ciel, dis-moi ce qui t'arrive !

— Rien, je t'assure. Tu devrais te calmer, ça n'arrange pas ton teint.

— Ne me prends pas pour une idiote ! Tu n'as jamais su me cacher lorsque tu te comportais mal. Explique-moi ce qui se passe, ou bien je te jure que je raconte tout à Papa.

— Je ne peux pas te le dire, je risquerais de te mettre en danger.

L'expression courroucée de Louise disparut aussitôt, remplacée par de l'effroi. Elle décroisa les bras pour poser ses deux mains sur ceux de sa sœur et la secouer.

— Que veux-tu dire ? Que fais-tu de périlleux ?

— Ne cherche pas à savoir. Tout va bien, je me porte bien et il ne m'arrivera rien.

— Joséphine, arrête de me raconter n'importe quoi. J'exige la vérité, maintenant, sinon je te jure que j'écris à Papa dès ce soir.

La jeune fille serra les lèvres. Le comte lui avait pourtant bien stipulé de n'en parler à personne. Connaissant Louise, si elle lui confiait quoi que ce soit, toute la maison serait au courant avant le lendemain matin.

— Il faut que tu me promettes de ne rien dire du tout, Lou, gronda-t-elle entre ses dents.

— Et comment que je vais le dire, rétorqua son aînée, le regard flamboyant de colère. Si tu ne m'expliques pas ce que tu fabriques, je raconte tout à Papa. Choisis !

— Très bien, très bien. Mais si je le confie, tu dois me jurer de n'en parler à personne. Quoi que ce soit, d'accord ?

— C'est si grave que cela ?

— Plus encore. Alors ? Tu le promets ?

Louise hésita. Bien sûr, elle connaissait sa propre inaptitude à conserver un secret, mais pouvait-elle résister au besoin de se trouver dans la conspiration ?

— Entendu, je te le promets, soupira-t-elle.
— Jure-le sur l'âme de notre mère.
— Jo ! s'indigna Louise.
— Jure-le !
— Très bien, oui, je le jure sur l'âme de Maman : je ne parlerai de cela à personne.
— Bon…
Joséphine se mordit la lèvre et entraîna sa sœur un peu plus loin dans le couloir.
— Eugénie de Sept-Vans n'est pas décédée de mort naturelle. J'ai eu la possibilité de voir son corps juste après qu'on l'a découvert, et je suis certaine qu'elle a été empoisonnée à la belladone.
— Par le Ciel, Jo ! s'exclama Louise, si fort qu'elle plaqua aussitôt une main sur sa bouche.
— Tais-toi, je t'en prie… Comprends-tu maintenant pourquoi je ne pouvais rien te dire ?
— Mais qui aurait commis une telle ignominie ? chuchota Louise, horrifiée par cette perspective.
— Je n'en sais rien. Je cherche, justement.
— Toi ? Mais pourquoi ?
— Pourquoi pas ? Je suis la seule à m'être rendu compte qu'elle a ingéré du poison. Travailler avec Papa m'a appris à reconnaître certains symptômes, rappela Joséphine alors que sa sœur allait protester contre cette possibilité. Je suis catégorique en ce qui concerne la mort de madame de Sept-Vans. Il n'y a pas d'erreur. C'est un assassinat.
— C'est sûrement un domestique, souffla Louise. Ils sont fourbes et méchants.
— N'importe quoi. En réalité, beaucoup des invités avaient un bon motif pour la tuer. Édouard la détestait, Edmond était son souffre-douleur, mademoiselle de Mercie ne l'aimait pas et elle se mettait en travers de son chemin pour épouser Édouard, Gabrielle aurait pu vouloir hériter tout de suite, monsieur Cartegnier souhaitait peut-être

sauver ses fiançailles avec Gabrielle, ou bien Geoffrey et Marianne...

Louise hoqueta d'horreur et secoua la tête en signe de dénégation. Joséphine lui prit la main pour l'apaiser.

— Tu ne dois pas te mêler de cette histoire, Jo, insista son aînée. Imagine que l'assassin se rende compte que tu enquêtes. S'il a empoisonné madame de Sept-Vans, il pourrait très bien décider d'en faire de même avec toi.

— C'est bien pour cela que je n'ai rien dit à quiconque avant aujourd'hui. Si tu le racontes, Lou, tu auras peut-être ma mort sur la conscience, alors prends bien garde à ce que tu laisseras échapper.

— Je t'ai promis de garder le secret. Ne me fais-tu donc aucune confiance ?

Joséphine esquissa une moue dubitative, qui fit ouvrir la bouche à Louise d'un air indigné. Hélas pour elle, sa sœur connaissait très bien sa propension à trop parler. Une fois, elle avait raconté comment sa cadette et elle s'étaient échappées par la fenêtre de leur chambre pour aller voir un spectacle donné dans la rue, un peu plus haut – leur père était bien sûr entré dans une colère noire en apprenant qu'elles avaient filé en douce. Une autre fois, elle avait vendu la mèche quand Joséphine, en secret, s'était introduite dans le cabinet du médecin pour lui dérober des instruments. Là encore, la jeune fille avait hérité d'une punition – sans doute mérité mais parfaitement injuste.

Les deux mains posées sur les hanches, Joséphine scruta le visage de sa sœur pour y déceler une once de culpabilité, mais Louise la regarda bien en face. L'honnêteté n'était pas à mettre en doute quand elle promettait quelque chose. C'était sa capacité à tenir sa langue qui demeurait hasardeuse.

— Bon. De toute façon, à présent, tu es dans la confidence, soupira Joséphine. Il ne me reste plus qu'à te faire confiance.

— Absolument, confirma Louise. Et je t'assure que pas un

mot ne franchira mes lèvres à ce sujet. Mais promets-moi de faire attention, Jo.

— Je te le promets, ne t'inquiète pas.

— Oh ! Et je veux tout savoir de ton enquête, bien sûr.

— Je te dirai où j'en suis, oui.

Elle ne précisa pas à quel moment elle lui confierait son avancée. Mieux valait laisser Louise dans le flou à ce sujet.

— Est-ce que le comte participe à cette enquête, lui aussi ? questionna encore cette dernière. Est-ce pour cela que vous échangiez à voix basse durant votre partie d'échecs d'hier soir ?

— Oui. Il était présent lorsque j'ai examiné le corps de madame de Sept-Vans et je lui ai fait part de mes conclusions.

— Ah ! je comprends mieux.

De nouveau, Joséphine sentit la colère l'envahir. Non, décidément, Louise ne pouvait pas envisager sa sœur comme un parti acceptable pour un homme.

Elle préféra estimer que cela n'avait pas la moindre importance. De toute façon, la seule chose qui comptait était de retrouver l'assassin de madame de Sept-Vans avant que la neige ne fondît.

15

Il faisait toujours un temps glacial, le lendemain. La neige qui ne fondait pas empêchait toute possibilité d'enterrement de madame de Sept-Vans. Les domestiques avaient été contraints de déplacer le corps dans une aile inoccupée du château, fenêtre ouverte pour laisser entrer l'air froid et conserver autant que possible l'état de la dépouille jusqu'aux funérailles. Les invités, eux, commençaient à trouver le temps long.

Mademoiselle de Mercie évoqua la première l'idée de partir, durant le petit-déjeuner. Puisque la fête de fiançailles avait finalement eu lieu et que tous les convives avaient pu adresser leurs félicitations au futur couple de barons, elle envisageait de plier bagage et de s'en aller.

— Je retourne à Turin, annonça-t-elle d'un air impérial.

Les cernes sous ses yeux noirs et le gonflement de ses paupières trahissaient la nuit blanche qu'elle avait passée à pleurer.

Joséphine l'étudia un long moment durant le repas, se demandant si une femme comme elle pouvait avoir les épaules pour tuer quelqu'un – si c'était le cas, Édouard de Sept-Vans n'avait qu'à bien se tenir, car cela ne tarderait pas à lui arriver. Joséphine savait que la belladone était une arme tout à fait utilisable par une dame, quel que fût son rang. Clémence de Mercie, de plus, avait vécu beaucoup d'années en Savoie. Tout le monde connaissait la réputation des Italiens en tant que grands empoisonneurs – on avait beaucoup parlé de Giulia Tofana, qui avait été pendue quelques années auparavant, à Rome, pour avoir fourni un toxique aux épouses souhaitant se débarrasser d'un mari un peu trop encombrant. Mademoiselle de Mercie aurait donc tout à fait su comment utiliser la belladone à son avantage pour éliminer la vieille baronne dans l'espoir d'unir sa vie à celle d'Édouard. Malheureusement, elle n'avait pas prévu ce qu'il adviendrait ensuite de sa relation avec ce dernier…

Édouard, d'ailleurs, semblait plus serein que jamais à présent qu'il avait rompu avec elle. Au petit-déjeuner, il se montra de fort bonne humeur et plaisanta avec monsieur de Hauteuil et le comte au sujet d'une partie de chasse hilarante. Se réjouir de cette façon était peut-être indécent alors que sa mère venait tout juste de mourir, mais cela n'avait rien d'étonnant, puisqu'il ne l'aimait pas. Joséphine se demanda comment elle aurait réagi, elle, si quelqu'un qu'elle détestait avait trépassé ainsi un beau matin. Sans doute aurait-elle été satisfaite… C'était, en tout cas, ce qu'il semblait pour monsieur de Sept-Vans et son cousin.

Joséphine observa celui-ci à la dérobée au cours du petit-déjeuner, intriguée. Elle ne connaissait que peu de choses au sujet d'Edmond de Hauteuil, hormis ce que lui en avaient dit les autres convives. Il ne paraissait pas du genre à étrangler ou à poignarder quelqu'un, mais il aurait fort bien pu empoisonner sa tante. Restait à déterminer à quel moment, puisque la tentative de la veille avait appris à Joséphine qu'il fallait beaucoup de dextérité et de discrétion pour parvenir à verser quelque chose dans un plat sans que personne ne s'en aperçût.

Mais si l'on admettait la chose possible – et aucune piste n'était à écarter –, alors Edmond avait tout autant de raisons que n'importe qui de vouloir éliminer madame de Sept-Vans. Elle ne l'avait pas beaucoup épargné au cours des jours précédant son décès. Joséphine et les autres avaient tous été témoins de la façon dont elle lui avait parlé, et elle s'était montrée si grossière qu'ils s'étaient sentis gênés pour ce pauvre homme. Par conséquent, cela constituait un motif valable pour la tuer. Joséphine se consacrerait donc à monsieur de Hauteuil ce jour-là, ainsi qu'à monsieur Delvaux et à monsieur Cartegnier.

Philippe Delvaux avait en effet entretenu une relation sentimentale avec la défunte, durant leur jeunesse. Un mot de travers, un regard ou un geste avait pu raviver la douleur d'avoir été éconduit. Monsieur Delvaux avait tout à fait pu décider de se venger de cette femme sans cœur, qui lui avait préféré un baron alors qu'il n'avait que son amour à lui offrir.

Quant à monsieur Cartegnier, sa relation étrange avec Gabrielle de Sept-Vans aurait pu faire de lui un suspect. Si madame de Sept-Vans avait choisi de s'opposer à leur union, ainsi que l'indiquaient ses paroles dans son bureau, peut-être avait-il opté pour une solution extrême afin de mettre toutes les chances de son côté.

Autant de coupables potentiels et rien pour les écarter définitivement, les uns ou les autres. Joséphine n'avait rayé qu'un seul nom de sa liste, pour le moment : celui d'Édouard, qui n'avait pas eu l'opportunité d'empoisonner sa mère. Tous les autres pouvaient fort bien être responsables de ce décès. Restait à trouver la personne qui avait commis le crime.

Après le petit-déjeuner, Geoffrey proposa aux hommes une promenade sur la colline afin de repérer d'éventuelles proies pour la chasse. Joséphine surprit le regard du comte qui se tournait vers elle à cet instant. Que souhaitait-il lui dire, par ce coup d'œil discret ? Qu'il allait interroger ses compagnons durant cette partie ou qu'elle devait mettre ce temps à profit pour s'introduire dans leurs appartements ? Elle esquissa un bref sourire. Quelle que fût son intention, elle-même comptait bien profiter de ces moments de tranquillité pour poursuivre ses investigations. Et cela commencerait par la chambre de monsieur de Hauteuil.

Le pauvre n'avait eu pour seul choix que d'accompagner les autres à la promenade – le comte avait insisté, indiquant qu'il ne pouvait se priver d'une compagnie si agréable. Edmond s'était rengorgé comme un coq, avait minaudé que la chasse n'était pas son passe-temps favori, avant de finalement se laisser convaincre par la fermeté du noble. On ne refusait pas grand-chose à un homme tel que Jérôme de Faulcon de Montessand, semblait-il. Même quelqu'un d'aussi éminemment pacifiste que monsieur de Hauteuil ne pouvait pas s'opposer à sa volonté. Joséphine se demanda ce qui arriverait si le mousquetaire se plantait devant tous les convives réunis et exigeait du coupable qu'il avoue son crime. Quelqu'un fendrait-il la foule pour se jeter à ses pieds et battre sa coulpe en implorant son pardon ?

Cela ne se produirait sans doute jamais, et le comte semblait de toute façon bien trop réservé sur son propre rang pour tenter un tel coup d'éclat. Joséphine l'aurait essayé, elle. Après tout, cela paraissait être une solution parfaite pour régler les problèmes en quelques secondes.

Tandis que les dames se réunissaient au salon pour jouer aux cartes, la jeune fille prétexta une migraine pour s'éclipser à l'étage. À peine eut-elle atteint le palier qu'elle soulevait ses jupons pour courir vers l'aile des hommes. Elle n'avait pas la moindre idée de l'endroit où se trouvaient les appartements de monsieur de Hauteuil, mais avec trois suspects sur sa liste, elle pouvait bien entrer dans n'importe lesquels et fouiller. Cela n'avait que peu d'importance. Ouvrant donc une porte au hasard, elle se glissa dans la pièce et referma derrière elle, sans un bruit.

La chambre dans laquelle elle avait pénétré était parfaitement rangée. Le lit avait déjà été fait par les domestiques, qui avaient même pris soin d'aérer quelques instants, comme en témoignait l'air pur qui régnait ici. Aucun désordre ne traînait sur les meubles ni sur le secrétaire. Joséphine repéra la malle près du lit et s'empressa d'aller fouiller à l'intérieur. Il devait s'agir de la chambre de monsieur Cartegnier, à en juger par les vêtements entreposés là. Le tisserand n'avait pas cru bon de vider son bagage pour investir l'armoire. Avec méthode, sachant que rien ne viendrait la troubler avant un moment, Joséphine plongea ses doigts sous les vestes et les chausses, chercha dans les poches, les recoins, sans rien dénicher de probant. Son regard se tourna alors vers un sac de cuir, posé non loin de la fenêtre. S'il y avait des documents intéressants, sans doute se trouvaient-ils à l'intérieur.

Elle ouvrit la besace et mit la main sur plusieurs titres, des lettres, un journal et trois livres. Monsieur Cartegnier semblait être un amateur de théâtre, si l'on se fiait à ses lectures. Parmi les papiers qu'il avait emportés, Joséphine tomba sur un acte de naissance à son nom, un autre de baptême auprès de l'église de Tours, une missive de son notaire résumant l'ensemble de ses biens – et d'après cette liste, le tisserand menait une existence fort confortable et détenait plus de cinq milles louis en pièces sonnantes et trébuchantes. De quoi constituer un excellent parti pour une certaine fille adoptive... Madame de Sept-Vans se serait-elle vraiment montrée insensible à tout cela ? S'il avait rapporté tous ces papiers, c'était sans doute pour prouver son rang et le train de vie qu'il pourrait offrir à Gabrielle, une fois les noces célébrées. De plus, l'acte de naissance indiquait qu'il n'était pas encore marié, et Eugénie l'avait peut-être demandé pour accomplir les formalités auprès de l'Église. Cela sentait donc bien les fiançailles à plein nez, contrairement à ce qu'espérait Gabrielle.

Monsieur Cartegnier devait se réjouir de cette union à venir – associer son nom à celui de la famille de Sept-Vans faisait de lui un homme du monde, plus seulement un riche fournisseur de tissus à la mode. Il devenait une personne avec laquelle il fallait compter dans l'aristocratie. Ses propres enfants, une fois nés, pourraient épouser des gens de petite noblesse et peut-être grimper les échelons de la société peu à peu. Et si madame de Sept-Vans avait soudain changé d'avis, en décidant de *mettre un terme à ce mariage*... Tous les espoirs de Blaise Cartegnier auraient été réduits à néant.

Mais pourquoi ce brusque revirement, alors qu'elle avait proposé au drapier d'apporter les papiers nécessaires à la publication des bans ?

Joséphine rangea les documents à leur place et ouvrit le journal du commerçant. Sa dernière entrée remontait à la veille du meurtre.

> *J'ai grand plaisir à revoir ma très chère Gabrielle, aussi douce que dans mon souvenir. Madame de Sept-Vans m'a invité à la rejoindre dans son bureau dans deux jours pour discuter de notre prochaine union. Il me tarde de rendre les choses officielles et de pouvoir appeler Gabrielle ma femme.*

Intriguée, Joséphine plissa les paupières. Voilà qui confirmait que madame de Sept-Vans, peu de temps avant d'être assassinée, comptait toujours marier monsieur Cartegnier à sa fille. Si la douairière avait décidé de mettre un terme à leur union, quelque chose l'avait donc fait changer d'avis dans l'intervalle. Mais quoi ? Qu'avait-elle découvert qui l'eut poussée à modifier ses plans ? Pourquoi, soudain, le tisserand était-il devenu un mauvais parti pour Gabrielle ? Cela avait-il un lien avec son comportement scandaleux envers les femmes ? Joséphine aurait donné cher pour s'introduire dans le bureau de madame de Sept-Vans et fouiller dans ses affaires. La pièce avait cependant été fermée à clé par Geoffrey après sa mort et personne ne pouvait y pénétrer. Du moins, pour l'instant...

Le journal retrouva sa place parmi les documents de monsieur Cartegnier, puis Joséphine s'attaqua à la table de chevet et au secrétaire. Elle y trouva une lettre commencée mais pas terminée, destinée, à ce qu'il semblait, à l'associé du tisserand. La missive parlait de leur entreprise – cela n'avait rien à voir avec le meurtre. Une autre, cependant, retint son attention :

Blaise,
Je vous conjure de patienter encore quelques jours. J'aurai la somme sous peu. Vous savez que je suis un homme de parole.
G.S.V.

G.S.V. ? Geoffrey de Sept-Vans, bien entendu. Le sang de la jeune fille ne fit qu'un tour : ainsi, le nouveau baron devait de l'argent à monsieur Cartegnier. Pour quelle raison ? Subissait-il un chantage de la part du tisserand ? Faisaient-ils affaire ensemble ? De quelle somme le baron parlait-il dans sa lettre ? Pensait-il toucher bientôt un fort apport comme... un héritage ? Une dette importante – le ton du courrier paraissait urgent – aurait-elle pu pousser Geoffrey à assassiner sa mère pour obtenir plus vite la fortune familiale, ou bien monsieur Cartegnier, las de devoir patienter, avait-il un peu accéléré les choses ? Joséphine se mordit la lèvre, soucieuse. La missive constituait un indice substantiel. Elle ne pouvait pas l'abandonner derrière elle. Par réflexe, elle la plia pour la glisser dans son corsage et referma le tiroir du secrétaire.

Rien d'autre ne lui donna de preuve suffisante pour accuser monsieur Cartegnier, mais elle connaissait désormais deux faits. Le premier, c'était que madame de Sept-Vans avait eu l'intention de marier Gabrielle avec lui. Il s'était produit un événement qui l'avait poussée à reconsidérer l'avenir et Joséphine devait trouver de quoi il s'agissait. Le second, c'était que Geoffrey devait une certaine somme d'argent à monsieur Cartegnier et avait promis de le rembourser sous peu. La lettre était datée de trois semaines avant la mort de madame de Sept-Vans et, comme par miracle, celle-ci décédait en léguant sa fortune et son titre à son cadet. Si ce n'était pas une merveilleuse coïncidence...

La fouille des appartements ne révéla rien de plus. Le cabinet de toilette attenant ne contenait rien hormis quelques fards et une perruque de belle facture. Il ne s'y trouvait pas de flacon de belladone – comme on pouvait s'y attendre.

Joséphine ouvrit la porte de la chambre avec prudence et jeta un coup d'œil dans le couloir. Personne. Doucement, elle quitta la pièce et referma derrière elle, avant de se diriger vers la suivante. Avec un peu de chance, elle tomberait cette fois sur celle de monsieur de Hauteuil.

— Jo ?

La voix de sa sœur la fit sursauter et elle se retourna vivement, la main sur la poitrine, alors qu'elle s'apprêtait à pénétrer à l'intérieur. Le cœur battant comme un fou derrière ses côtes, la jeune fille poussa un long soupir.

— Tu m'as fichu une de ces peurs ! s'indigna-t-elle. Tu ne devrais pas surgir derrière les gens de cette façon.

— Et toi, tu ne devrais pas t'introduire dans les chambres des autres. Je me doutais bien que tu n'avais pas de migraine et que tu n'avais prétendu cela que pour aller fureter quelque part.

— Je ne furète pas, protesta Joséphine. Je cherche des preuves.

— Et en trouves-tu ?

— Peut-être. Je ne sais pas encore.

Elle ouvrit la porte de la chambre et se faufila à l'intérieur. Sa sœur se précipita sur ses talons.

— Oh ! mon Dieu ! souffla Louise, le rouge aux joues. Si jamais on nous surprenait ici...

— Parle moins fort et cela n'arrivera pas. Les hommes sont sortis et ils ne reviendront pas avant le déjeuner.

— Qu'as-tu découvert, alors ?

— Monsieur Cartegnier avait bel et bien l'intention d'épouser Gabrielle. Il avait rapporté des papiers prouvant qu'il était bien célibataire et qu'il avait les moyens de l'entretenir.

— Gabrielle m'a dit qu'il n'y aurait pas de mariage, chuchota Louise en jetant un coup d'œil autour d'elle.

— En effet, parce qu'elle-même ne le souhaitait pas vraiment. Maintenant que sa mère est morte, elle est libre de choisir qui elle veut – si du moins Geoffrey y consent.

— Monsieur Cartegnier est son ami, rappela l'aînée, mais il n'est pas un excellent parti pour Gabrielle. C'est un bourgeois, comme nous, pas un aristocrate. Je suppose que même Geoffrey espérerait mieux pour sa sœur.

— Madame de Sept-Vans acceptait pourtant que Geoffrey épouse Marianne, qui n'est pas plus noble que toi et moi, lui rappela Joséphine qui, commençant à chercher dans les malles, avait découvert avec satisfaction qu'il s'agissait bien de la chambre de monsieur de Hauteuil. Et elle y consentait parce que la fortune de monsieur Delvaux allait renflouer les caisses de la baronnie. Je pense néanmoins qu'elle comptait ne pas donner suite à l'offre de monsieur Cartegnier. Elle a dû se rendre compte de quelque chose qui ne lui plaisait pas chez lui. Il faudra que je fouille son bureau pour savoir quoi.

— C'est très excitant de jouer les enquêteurs !

Joséphine leva le regard vers sa sœur, qui affichait le même sourire enchanté que si elle avait découvert la cachette de bonbons de leur père. La jeune fille poussa un soupir et secoua la tête. Elle n'aurait peut-être jamais dû avouer ce qu'elle faisait à Louise, qui ne pourrait pas s'empêcher de se comporter comme une enfant jusqu'à la fin de ses investigations.

— Que recherchons-nous, au juste ? demanda Louise, qui

respirait l'odeur d'un flacon de parfum.

— Je l'ignore. Des indices qui indiqueraient qu'il est coupable.

— Tu sais, Jo, je doute que les gens écrivent *J'ai tué madame de Sept-Vans* sur un morceau de papier qu'ils gardent bien en évidence dans leur chambre.

— Ce n'est pas tout à fait à ce genre d'indices que je faisais allusion, remarqua Joséphine, agacée. Ça pourrait être n'importe quoi. Des documents qui pourraient trahir un chantage, un livre de comptes, une lettre injurieuse ou menaçante, n'importe quoi.

— Monsieur de Hauteuil ne se compromettrait pas en assassinant quelqu'un. C'est un homme bien. Charmant, poli, agréable...

— Et pas du tout attiré par les femmes, Lou.

— Oh, je sais bien, oui.

Joséphine arqua un sourcil et darda sur sa sœur un regard incrédule. Louise avait-elle réellement percé à jour la personnalité de monsieur de Hauteuil ?

— Allons, Jo ! Je ne suis pas née de la dernière pluie. Il n'y a qu'à voir la façon dont il se tient pour comprendre qu'il serait plutôt un mignon d'Henri III qu'un mousquetaire de Sa Majesté. Mais je l'aime bien malgré tout. Je peux tout à fait dire que c'est un ami.

— Tu ne sais rien de lui.

— Je sais que madame de Sept-Vans le terrorisait depuis toujours parce qu'elle l'estimait trop peu viril à son goût, rétorqua Louise en haussant ses jolies épaules blanches. Edmond le vivait très mal, bien sûr. Et elle s'est montrée parfaitement odieuse avec lui durant notre séjour ici.

— Ne trouves-tu pas que cela lui donnerait un parfait mobile pour la tuer ? questionna Joséphine, qui consultait les quelques paperasses que le jeune homme avait emportées avec lui.

— Le connaissant, je pense plutôt qu'il en a été fort affecté, comme à chaque fois, et qu'il s'est senti très choqué. Je ne crois pas que cela fasse de lui un assassin.

— Au contraire, cela pourrait constituer un très bon motif de meurtre.

— Monsieur Cartegnier n'était-il pas ton principal suspect, il y a un instant ?

— Tout le monde reste suspect tant que je n'ai pas découvert ce qui s'est réellement passé, déclara Joséphine avec fermeté.

— Je ne comprends vraiment pas pourquoi tu te plonges dans cette enquête. S'il y a eu meurtre, tu devrais le dire afin que le conseil vienne tous nous interroger. Tu sais, c'est le travail de l'échevin.

— Nous sommes coincés ici par la neige. Le temps que quelqu'un monte de la ville, l'assassin aura pris ses jambes à son cou dès que j'aurai annoncé que je soupçonne un crime. Ça, ou bien je mourrai empoisonnée comme madame de Sept-Vans.

— Raison de plus pour laisser les professionnels se charger de cela, répliqua Louise. C'est bien trop dangereux et tu n'es pas une enquêtrice.

— Je ne vois pas pourquoi je ne le serais pas. Après tout, si je n'avais pas été là, personne n'aurait jamais su qu'il y avait eu empoisonnement.

— Tu ne l'as deviné que parce que tu as des connaissances en médecine. Cela ne fait pas de toi un détective.

— Cela fait quand même de moi quelqu'un de plus malin que n'importe qui d'autre dans cette maison.

Louise poussa un soupir à pierre fendre et se laissa tomber sur le lit d'un air désespéré. Joséphine, elle, jugea bon de ne rien ajouter et se concentra sur ses recherches.

Après tout, c'était bien la vérité : avoir découvert ce qui était arrivé à madame de Sept-Vans démontrait sa perspicacité. De plus, elle préférait continuer de mener l'enquête plutôt que de jouer les parfaites petites demoiselles de compagnie. D'ailleurs, pourquoi Louise avait-elle cessé de discuter en bas pour la rejoindre ? Passer du temps loin des contingences sociales n'était pas dans ses habitudes. Était-ce uniquement pour suivre les faits et gestes de sa sœur ?

— Tu devrais regagner le salon, affirma Joséphine en se redressant.

— Pourquoi serais-tu donc la seule à t'amuser ? J'ai envie de t'aider.

— Sais-tu ce qui m'aiderait ? Que tu surveilles le retour des hommes et que tu me préviennes aussitôt qu'ils seront là. Cela m'évitera de me faire prendre.

— Cela te servirait-il vraiment ? s'enquit Louise, dont les yeux pétillaient déjà.

— Absolument. Je n'aurai pas besoin de regarder par la fenêtre en permanence.

— Très bien ! Je peux faire cela. Mais descends me le signaler, si tu finis avant leur venue, que je ne froisse pas mon teint juste pour cela.

Et sur ces mots, elle quitta la chambre de monsieur de Hauteuil sans rien demander de plus. Joséphine esquissa un sourire. Sa sœur était beaucoup trop naïve.

16

La fouille des appartements de monsieur Delvaux n'amena aucun indice supplémentaire. Si Joséphine avait espéré y trouver une lettre d'amour enflammée de madame de Sept-Vans, ce ne fut pas le cas. Les quelques affaires que le tailleur avait emportées ne contenaient absolument rien de compromettant.

Déçue, Joséphine quitta sa chambre avec une moue boudeuse et regagna le grand salon, exactement au moment où la porte du hall s'ouvrait sur les hommes, de retour de leur promenade. Les flocons dans leurs cheveux indiquaient qu'il neigeait encore.

— Mademoiselle Galtier ! s'exclama Édouard de Sept-Vans avec un sourire affable. Il est rare de vous trouver en bas à cette heure de la journée. Vous esquivez les conversations, d'ordinaire.

— Certes non, monsieur, se défendit-elle. Le voyage m'avait beaucoup fatiguée, voilà tout. Comment s'est déroulée votre promenade ? Avez-vous pu repérer quelque proie ?

— Rien de plus qu'un faisan, intervint le comte, qui adressa un regard en coin à la jeune fille. Mais nous avons beaucoup discuté.

La façon dont il appuya sur ce dernier mot convainquit Joséphine qu'il souhaitait lui transmettre certaines informations. Elle hocha la tête et sourit :

— Vous m'en voyez très heureuse, ce devait être fort intéressant. Ma matinée s'est révélée fort productive également.

— Qu'avez-vous donc fait de si réjouissant ? questionna Édouard avec curiosité.

— Oh, des choses qui ne vous plairaient sans doute pas, Monsieur, s'amusa-t-elle. Des choses de femme.

Le comte hocha la tête comme s'il comprenait très bien ce à quoi elle faisait allusion. Il prenait un air débonnaire pour répondre, mais elle savait qu'il devait bouillonner intérieurement, à l'imaginer fouiller dans les chambres des autres invités.

À cet instant, Louise jaillit du salon en hâte et s'arrêta en apercevant sa sœur. Ses joues rougirent dès qu'elle constata qu'elle se trouvait en grande conversation avec les hommes.

— Ah ! tu es là, fit-elle, la voix un peu tremblante. Je venais te chercher, justement.

— J'ai terminé, annonça Joséphine avec un sourire. Merci de t'être déplacée.

Elle glissa son bras sous celui de sa sœur et l'entraîna en direction du salon, tandis que les gentilshommes, eux, montaient se changer pour le déjeuner.

— Mon Dieu, j'ai eu si peur, soupira Louise. Je ne les ai pas entendus tout de suite. Marianne ne se sent pas bien, je me trouvais avec elle.

— Comment cela, elle ne se sent pas bien ? s'inquiéta Joséphine.

Mais son aînée la guida jusqu'à une pièce plus petite, aux murs lambrissés chargés de bibliothèques bien garnies. Joséphine faillit pousser une exclamation de ravissement en découvrant pour la première fois cette pièce dont personne ne lui avait vanté l'existence. Une haute fenêtre s'ouvrait sur un côté, offrant une clarté magnifique qui jetait de froids éclats dans cet endroit, entre deux rideaux de velours pourpre. Au-dehors, les flocons de neige tourbillonnaient.

Quelques fauteuils étaient disposés au centre, autour d'une table basse sur laquelle on avait posé un plateau comportant tisanes et petits biscuits.

Marianne avait pris place dans une des bergères à oreilles. Bouleversée, elle tenait contre sa bouche et son nez un mouchoir, alors que ses joues brillaient dans la lumière. Ses yeux encore gonflés trahissaient les larmes qu'elle avait versées peu de temps auparavant. Intriguée, Joséphine s'approcha. Louise et elle s'installèrent autour de la jeune femme.

— Mon Dieu, Marianne, souffla Joséphine, peinée et néanmoins curieuse de savoir ce qui la mettait dans un tel état. Que se passe-t-il ?

— Elle n'a pas consenti à me le dire, lui glissa Louise à mi-voix. Je pense pourtant que cela lui ferait le plus grand bien.

— Marianne ? Ne veux-tu pas nous expliquer ce qui te bouleverse à ce point ?

Son amie secoua la tête. Joséphine prit sa main libre dans les siennes et la pressa avec délicatesse.

— Cela aurait-il un rapport avec le décès de madame de Sept-Vans ? s'enquit-elle.

Cette fois, Marianne acquiesça. Joséphine se pencha un peu en avant. Comptait-elle passer aux aveux ? Savait-elle quelque chose, un secret qui aurait pu la mettre dans un tel état ? Geoffrey lui avait-il expliqué son plan pour assassiner sa mère et lui avait-elle fourni son flacon de belladone pour cela ?

— Elle était si bonne avec moi, bredouilla Marianne, réprimant au mieux ses sanglots. Elle se montrait toujours si attentionnée.

La jeune femme se tamponna les yeux.

— Je n'arrive pas à croire qu'elle soit morte.

Louise glissa un regard vers sa sœur, mais Joséphine, d'un froncement de sourcils, lui intima le silence. Si elle commençait à parler, tout le monde, et en particulier l'assassin, saurait qu'elles soupçonnaient quelque chose. Soit il prendrait la fuite et on ne le retrouverait jamais, soit elles finiraient avec de la belladone dans leur tisane du petit-déjeuner.

— Son heure était venue, avança Louise avec bienveillance. C'est ainsi.

— Oui… Mais c'était beaucoup trop tôt.

— As-tu passé la nuit seule dans ta chambre, quand elle est décédée ? demanda innocemment Joséphine.

Marianne leva les yeux vers elle, surprise. Joséphine se fustigea en silence. Pourquoi avait-elle posé une question pareille dans un tel moment ? Sa curiosité se révélait bien trop forte ; elle aurait pu choisir une meilleure occasion pour interroger son amie – et surtout se montrer bien plus subtile.

Sa colère contre elle-même s'évanouit lorsqu'elle se rendit compte que Marianne n'avait pas seulement l'air étonnée : elle paraissait stupéfaite, presque affolée. Cette fois, Joséphine se félicita. Elle avait au contraire mis le doigt sur un détail que la jeune femme ne voulait pas divulguer et qu'elle ne s'attendait pas à voir questionné, tout à coup.

— Pourquoi… ? Oui. Non. Je suis… allée rendre visite à Geoffrey. Nous avons passé la nuit ensemble.

— Oh… Toute la nuit ? minauda Louise avec un sourire. Vous ne pouviez pas patienter ?

— Oui. Toute la nuit.

Joséphine garda le silence mais fronça les sourcils. Marianne lui jeta un coup d'œil où se lisait l'effroi. Bien sûr, elle mentait : monsieur de Hauteuil l'avait vue quitter l'aile des hommes à vingt-trois heures trente. Geoffrey ne se trouvait pas dans sa chambre. Pourquoi avait-elle besoin de cacher ce qu'elle avait fait cette nuit-là ? Pourquoi ne disait-elle pas la vérité ? Et surtout, que faisait Geoffrey hors de ses appartements alors que tous les autres dormaient ?

Ses mains étreignirent celles de Marianne un peu plus fort et elle s'obligea à lui sourire pour la rassurer. Pour le moment, mieux valait qu'elle ne se doute pas des soupçons qui pesaient sur elle et sur son fiancé. Mais plus Joséphine y réfléchissait, plus la culpabilité de Geoffrey devenait évidente. Cette somme d'argent, qu'il devait à monsieur Cartegnier, la nécessité d'hériter pour obtenir ce qu'il désirait, les mots de madame de Sept-Vans juste avant le dîner, l'absence du jeune homme à vingt-trois heures trente, qui pouvait très bien correspondre à l'heure à laquelle madame de Sept-Vans avait ingéré le poison... Tout semblait le désigner, lui, et Marianne le savait. Voilà pourquoi elle était si bouleversée.

Joséphine prit une longue inspiration avant d'assurer à son amie que tout se passerait bien, même si elle n'en avait pas la moindre certitude. Que devait-elle faire, à présent ? Tout paraissait accuser Geoffrey, à un détail près : comment avait-il pu administrer la belladone à sa mère ? Avait-il empoisonné son assiette durant le repas, alors qu'elle-même n'avait pas réussi à verser quelque chose dans le vin de monsieur de Hauteuil ? Avait-il ensuite échangé le flacon de Marianne contre celui de la baronne, avant de rendre une fiole pleine à sa fiancée ? Tout semblait se tenir, en effet. La jeune femme devait se sentir coupable d'avoir fourni le toxique à son amant. Voilà pourquoi elle se mettait dans des états pareils. Tout s'emboîtait parfaitement.

Oui, mais glisser la belladone dans le plat de madame de Sept-Vans aurait nécessité une adresse toute particulière. S'il était aisé de laisser tomber une miette de pain dans un verre, renverser tout le contenu d'un flacon était une autre histoire. Alors comment Geoffrey s'y était-il pris ? Et Joséphine avait beau tenter de s'en convaincre, elle ne parvenait pas à croire que Marianne aurait sciemment facilité l'assassinat de sa future belle-mère. Les deux femmes avaient l'air de bien s'entendre – si l'on admettait que madame de Sept-Vans parlait des fiançailles de monsieur Cartegnier et de Gabrielle, quand elle avait décrété vouloir y mettre fin. Pourquoi son amie n'avait-elle pas demandé de l'argent à son père plutôt que d'en arriver à une solution aussi extrême ?

Ne pouvant trouver aucune réponse à ces questions pour l'instant, Joséphine résolut de discuter de ses récentes découvertes avec le comte. Il lui avait signifié avoir de nouvelles informations et elle devait lui faire part de ses conclusions. Il faudrait profiter d'un autre moment et d'un lieu adéquat pour lui parler en tête-à-tête, et la bibliothèque aurait tout à fait pu remplir cet office.

Durant le déjeuner, la jeune fille joua des coudes pour s'asseoir à côté du mousquetaire, mais mademoiselle de Mercie fut plus prompte qu'elle. La belle Italienne d'adoption semblait avoir décidé de se rapprocher de l'aristocrate – sans doute pour rendre jaloux son ex-amant et peut-être même tenter de séduire un bon parti. Joséphine réussit cependant à se placer de l'autre côté du comte. Elle n'avait pas besoin de l'accaparer pendant tout le repas : quelques secondes suffirent pour, à voix basse, lui donner rendez-vous dans la bibliothèque.

Il acquiesça d'un bref hochement de tête, puis s'intéressa à la conversation de mademoiselle de Mercie. Joséphine leva les yeux au ciel en les entendant s'esclaffer et discuter de sujets aussi anodins que la dernière mésaventure d'un baron maladroit à la Cour de Sa Majesté, qui avait fait rire toute l'assemblée et même le Roi-Soleil. La jeune fille eut envie de leur envoyer son assiette de haricots au visage. Comment le mousquetaire parvenait-il à s'amuser ainsi alors qu'ils enquêtaient sur un meurtre ? Mademoiselle de Mercie était peut-être coupable, puisqu'elle haïssait madame de Sept-Vans, qui se mettait en travers de son chemin pour épouser Édouard. Le comte s'acoquinait avec une suspecte. Voilà qui n'était pas très professionnel – même si, bien sûr, ni lui ni elle n'étaient de véritables limiers.

Le repas terminé, les convives se retirèrent dans leur

chambre ou au salon afin de jouer aux cartes. Joséphine, elle, se dirigea vers la bibliothèque d'un pas tranquille. Louise connaissait son amour des livres et tout le monde dans le château savait qu'elle détestait la société. Personne ne verrait donc un inconvénient à ce qu'elle disparaisse un moment parmi les livres.

Elle faillit laisser échapper une exclamation de dépit en entrant dans la pièce : monsieur Delvaux s'y trouvait déjà, les mains jointes derrière son dos et le regard perdu sur les couvertures des ouvrages. Il était resté bel homme en dépit des années, bien que son nez et ses oreilles eussent continué de grandir avec le temps. Ses cheveux disparaissaient sous une magnifique perruque brune et il portait une veste de brocart marron aux manches bordées d'or, coupée à la dernière mode. En tant que tailleur, il ne pouvait se permettre d'apparaître dans des vêtements déjà dépassés.

— Tiens, Joséphine, fit-il avec un sourire en la voyant entrer dans la pièce. Vous aussi êtes venue admirer la collection des Sept-Vans ?

— Je l'ai remarquée tout à l'heure, oui. Personne ne m'avait informée qu'il y avait une bibliothèque d'une telle splendeur dans la maison.

— Eugénie a toujours apprécié les livres. Oh, elle ne lisait presque jamais, mais elle aimait en posséder beaucoup. Cela lui donnait l'air d'une femme cultivée, voyez-vous.

— Elle me paraissait en être une, fit remarquer Joséphine.

— Assurément, elle l'était, confirma monsieur Delvaux avec un sourire. Mais elle s'intéressait surtout aux nouvelles, à ce qu'elle pouvait apprendre du monde. La littérature de fiction, les pièces de théâtre, les ouvrages de réflexion, tout cela ne la concernait pas.

— Vous semblez avoir conservé beaucoup de souvenirs d'elle.

— Oui...

Il effleura la tranche d'un livre d'une main légère, l'air

absent. Joséphine lui laissa le temps de méditer quelques secondes.

— C'était une femme extraordinaire, vous savez, murmura-t-il avec lenteur, comme s'il pesait ses mots. Dans sa jeunesse, elle était magnifique, brillante...

— Vous avez dû beaucoup souffrir lorsqu'elle a rompu vos fiançailles.

— Oui... Oui, beaucoup. Mais je me dis que c'était peut-être mieux ainsi. Marianne a rencontré Geoffrey et voilà qu'ils s'aiment.

— N'avez-vous jamais essayé de revoir madame de Sept-Vans, plus tard ? s'enquit Joséphine.

Monsieur Delvaux esquissa un sourire qui ressemblait à une excuse. Il se tourna vers elle et haussa les épaules.

— Je l'admets, oui. Quand j'ai appris qui était ce jeune homme que désirait épouser ma fille, j'ai repris contact avec Eugénie. Pendant un instant, je me suis imaginé ce qu'il adviendrait si... si...

Il ne termina pas sa phrase, mais Joséphine, en son for intérieur, compléta pour lui : si elle consentait à fréquenter de nouveau son ancien fiancé. Si elle acceptait de redevenir sa maîtresse. Voire de l'épouser, à présent qu'ils étaient tous les deux veufs depuis plusieurs années. Mais madame de Sept-Vans avait dû doucher les espérances de monsieur Delvaux, une fois encore. Après tout, on ne s'unissait pas au père de sa future bru. En avait-il éprouvé du ressentiment ? De quelle façon l'avait-elle éconduit ? Avait-elle usé de sa froideur coutumière ou des mêmes sarcasmes qu'elle employait face à monsieur de Hauteuil ? Monsieur Delvaux en avait-il pris ombrage ?

— Enfin, tout ceci est terminé, à présent. C'est mieux ainsi. Eugénie ne ressentait plus rien pour moi depuis longtemps et je ne souhaitais pas souffrir à nouveau.

— Sa mort doit tout de même vous peiner.

— Oui... oui, bien entendu. Excusez-moi.

Il tourna les talons et quitta la bibliothèque, la laissant seule. Joséphine pinça les lèvres. En réalité, monsieur Delvaux ne semblait pas si attristé que cela.

Elle patienta quelques instants puis s'assit dans l'une des bergères, une pièce de Racine sur les genoux. Elle se plongeait avec délectation dans l'histoire de Bérénice quand le comte pénétra dans la salle, jeta un coup d'œil autour de lui et traversa l'espace qui le séparait d'elle à grandes enjambées.

— Madame de Sept-Vans a été assassinée à vingt-deux heures, annonça-t-il de but en blanc.

— Comment ? Qu'est-ce qui vous fait penser cela ?

Avec un sourire fort satisfait, le mousquetaire s'installa dans le fauteuil en face d'elle.

— La veille du meurtre, madame de Sept-Vans avait menacé monsieur de Hauteuil d'écrire à ses parents pour leur demander de le marier au plus vite – une catastrophe selon lui, qui préférait rester encore célibataire un moment. Il se montre... hum... plutôt insistant sur certaines choses.

Joséphine réprima au mieux un sourire. Elle imaginait déjà le comte subir les tentatives de séduction d'Edmond de Hauteuil. Le pauvre avait dû se sentir attaqué dans sa virilité.

— Bref. Elle lui aurait également dit qu'elle recommanderait à ses parents de lui couper les vivres tant qu'il n'aurait pas fondé une famille.

— Ça n'en fait pas un assassin, répondit Joséphine, intriguée. Ça n'explique même pas pourquoi vous pensez qu'elle a été empoisonnée à vingt-deux heures.

— Monsieur de Hauteuil n'arrivait pas à dormir. Il est sorti de sa chambre pour essayer de discuter avec sa tante et lui demander de ne pas contacter son père. La question le tracassait un peu trop. Il s'est donc rendu dans l'aile des dames et a surpris madame de Sept-Vans en pleine conversation avec quelqu'un à vingt-deux heures. Manifestement, elle était en colère, car il a entendu des éclats de voix.

— En êtes-vous sûr ?

— Eh bien, moi, non, mais monsieur de Hauteuil s'est montré catégorique.

— Se trouvait-elle avec un homme ou bien avec une femme ?

— Il n'a pas pu me le dire. Il n'a entendu que madame de Sept-Vans et n'a pas compris ce qu'elle disait, mais elle semblait furieuse.

— C'est incroyable... Nos chambres n'étaient pas si éloignées et je n'ai rien remarqué. Êtes-vous certain qu'il vous racontait la vérité ? Il aurait pu inventer cette histoire pour expliquer qu'il se trouvait dans l'aile des femmes à cette heure de la nuit.

— Oh ! je doute qu'il m'aurait avoué qu'il rôdait de votre côté en pleine nuit, s'il avait quelque chose à se reprocher. En revanche, le fait qu'il y eût quelqu'un avec sa tante prouve qu'elle vivait encore à vingt-deux heures. Elle a dû mourir peu de temps après.

Joséphine posa un doigt pensif sur ses lèvres et contempla la couverture de son livre en silence. Geoffrey aurait pu passer la voir dans sa chambre pour lui demander de l'aide. Elle se serait emportée contre lui et il aurait alors décidé de la tuer.

— Vous froncez les sourcils, Mademoiselle. Quelque chose vous tracasse.

— Oui. Ça n'a pas vraiment de sens...

— À quoi pensez-vous ?

— J'ai découvert que Geoffrey devait une certaine somme d'argent à monsieur Cartegnier. J'ignore combien exactement, mais il devait s'agir d'un montant conséquent, puisqu'il ne pouvait pas le réunir immédiatement. Nous savons par monsieur de Hauteuil qu'il ne se trouvait pas dans sa chambre à vingt-trois heures trente. Il aurait pu aller supplier madame de Sept-Vans de lui prêter cette somme et elle aurait refusé avec véhémence, mais il ne faut pas une heure et demie pour empoisonner quelqu'un. Qu'a-t-il donc fait durant ce laps de temps ?

— Geoffrey n'aurait jamais tué sa mère, rétorqua le comte, catégorique. C'est quelqu'un de bien.

— Quelqu'un de bien avec de fortes dettes, Monsieur, riposta Joséphine, et qui hérite miraculeusement de toutes les possessions de sa famille trois semaines après avoir demandé un délai à son créancier. Il avait un motif plausible et le moyen de se procurer de la belladone.

— Par l'entremise de mademoiselle Delvaux ?

— Tout à fait. Cela me navre tout autant que vous, mais tout semble les incriminer. Plus je trouve d'indices et plus je me rends compte qu'ils sont très suspects.

— C'est impossible, insista le comte. Geoffrey est un excellent élément, un homme d'honneur et de parole. Jamais il n'a failli à son devoir de mousquetaire, et jamais il ne compromettrait son nom en assassinant sa propre mère, la veille de ses fiançailles.

— La date importe peu si ce n'était pas... oh, non.

— Que se passe-t-il ?

Joséphine claqua des doigts, avant de secouer la tête.

— Nous sommes des benêts, Monsieur. Edmond de Hauteuil n'a entendu que madame de Sept-Vans ?

— Oui, c'est ce qu'il m'a rapporté.

— Alors elle est morte peu de temps après vingt-deux heures, en effet. La quantité de belladone qu'elle a ingérée a dû la tuer très rapidement. Je dirais... moins d'une heure, peut-être même seulement trente minutes. Ce qu'a entendu monsieur de Hauteuil n'était pas une conversation entre sa tante et quelqu'un d'autre. Elle devait délirer.

— Délirer ?

— Cette substance provoque en premier lieu des hallucinations. Je vous ai expliqué, lorsque j'ai plongé mon doigt dans le laudanum, que je risquais de divaguer s'il était empoisonné. C'est ce qui a dû arriver à madame de Sept-Vans après avoir ingéré le toxique : elle a commencé à avoir des hallucinations et s'est mise à parler seule.

— Cela voudrait donc dire qu'il n'y avait personne avec elle à ce moment-là, résuma le comte.

Avec un hochement de tête, Joséphine acquiesça en silence. Cela signifiait aussi que peu importait si Geoffrey avait tenté de discuter avec sa mère à vingt-trois heures trente : elle était sans doute déjà morte. La belladone n'avait pu lui être administrée qu'entre vingt-et-une heures et vingt-et-une heures trente, si l'on estimait qu'elle délirait au moment où monsieur de Hauteuil avait espéré lui rendre visite. Cela changeait beaucoup de choses.

— Elle n'a pas pu être empoisonnée durant le repas, fit soudain le comte. Nous avons dîné de dix-huit heures trente jusqu'à vingt heures. Ce produit aurait commencé à agir bien avant vingt-deux heures.

— Oui, je le pense aussi, acquiesça la jeune fille. Elle a donc ingéré la belladone d'une autre manière.

Le mousquetaire se laissa retomber contre le dossier de son fauteuil, l'air hébété.

— Mais quand ? Et comment ? C'est impossible, je n'y comprends absolument rien. La porte était verrouillée de l'intérieur et hormis le laudanum, elle n'a rien consommé, d'après la bonne.

— Celle-ci s'est peut-être trompée, rétorqua Joséphine. Ou bien elle nous a menti.

— Vous pensez qu'elle aurait pu tuer sa maîtresse ? Mais pourquoi ?

— Cela, elle seule pourra nous le dire. Je suppose qu'elle doit s'être remise de ses émotions, à présent. Nous devrions l'interroger de nouveau.

— Je vais m'en charger.

— Monsieur, sans vouloir vous vexer, vous êtes toujours un homme, et vous ne tirerez rien d'une femme de chambre si vous la terrorisez en tête-à-tête.

— Vous oubliez mon charme, répliqua le comte en se rengorgeant.

— Je doute que vous puissiez vous en servir pour accuser une domestique de meurtre. Il semble qu'elle se soit jouée de nous une fois. Elle a très bien feint d'être éplorée en découvrant le corps de sa maîtresse. Elle pourrait vous abuser de nouveau.

— Alors que suggérez-vous ?

— Nous y allons tous les deux. Vous faites les gros yeux, je prendrai le rôle de son alliée. Elle aura peur de vous mais me fera confiance, et nous pourrons savoir absolument tout ce que nous désirons sur ce qui s'est passé.

Le comte se renfrogna un peu, presque vexé qu'on puisse douter de l'importance de son charme. Il n'en manquait pas, c'était indéniable. Son visage parfait, ses yeux clairs qui étincelaient, son air négligé et pourtant très étudié, tout semblait voué à un seul but : plaire. La gent féminine – comme mademoiselle de Mercie – devait se sentir tellement transportée quand un gentilhomme comme lui posait son regard d'acier sur elle. Joséphine elle-même devait bien admettre qu'il y avait quelque chose de particulièrement attirant chez lui, mais ce n'était pas que son physique. Il était intelligent. De cela, elle était certaine, car aucun autre homme n'aurait cru avec autant de confiance qu'elle disait la vérité en affirmant que madame de Sept-Vans avait été assassinée. Il fallait être quelqu'un de réfléchi pour convenir qu'une femme pût se montrer au moins aussi perspicace qu'un homme, dans ce monde où la valeur des dames n'était mesurée qu'à l'aune de leur décolleté.

Joséphine esquissa un sourire, incapable de le contenir. Le comte avait beau être intelligent, il n'en demeurait pas moins sûr de sa propre perfection et assez vaniteux pour prendre ombrage quand on ne l'appréciait pas. Quel dommage qu'il n'eût pas assez d'humour pour reconnaître ses faiblesses et en rire !

— Enfin, je suppose que votre idée est meilleure que la mienne, comme toujours, concéda-t-il soudain. Je me demande juste ce qu'il va nous arriver, à présent. Allons-nous finir séquestrés dans une armoire ou suspendus à la façade du château ? Peut-être cette jeune Marie nous enfermera-t-elle dans un cachot oublié... Ou bien nous empoisonnera-t-elle avec de la lessive.

— Voyons, Monsieur, désapprouva Joséphine en secouant la tête. Auriez-vous peur de vous retrouver en fâcheuse posture ? Je prenais les mousquetaires de Sa Majesté pour de courageux gentilshommes, pas pour des hommes tremblant à l'idée d'être confinés quelque part.

— Je suis claustrophobe, Mademoiselle, rétorqua le comte.

— Vous ne sembliez pas l'être lorsque nous nous cachions dans la chambre de Marianne.

— Sans doute parce que vous vous trouviez avec moi à ce moment-là.

— Est-ce une façon de tenter de me charmer ?

— Si vous l'avez remarqué, c'est que je m'y suis mal pris.

— Admettre vos erreurs n'est pas si difficile, glissa Joséphine avec un sourire amusé. Vous progressez.

— Est-ce donc l'opinion que vous avez de moi ? Un aristocrate narcissique, imbu de ma personne et incapable de reconnaître mes torts ?

— Seriez-vous autre chose, Monsieur ?

Elle porta la main à ses lèvres, consciente, cette fois, d'être allée beaucoup trop loin. Le comte était un noble. Il ne supporterait sans doute pas d'être insulté par une jeune fille dont l'existence ne comptait même pas sur l'échiquier social du royaume.

Contre toute attente, pourtant, une lueur de malice pétilla dans les yeux clairs du mousquetaire. Il se pencha en avant, appuyant ses avant-bras sur ses genoux, et chuchota :

— Je suis beaucoup d'autres choses, Mademoiselle, mais

il est encore un peu tôt pour que je puisse vous les dévoiler.

Joséphine se sentit rougir. S'il tentait d'user de ses charmes pour la mettre mal à l'aise, c'était réussi. Bondissant de son siège comme si celui-ci l'avait mordue, elle réajusta ses jupes et se tourna vers la porte.

— Nous devrions aller interroger Marie. Puisqu'elle va probablement mieux, à présent, nous devrions la sonner et lui demander de venir.

Sur ces mots, elle tira le cordon pour appeler les domestiques et se dirigea d'un pas résolu vers la fenêtre. Elle se sentait terriblement ridicule, tout à coup. Le comte n'avait fait que la prendre à son propre piège en s'amusant de leur joute verbale, et voilà qu'elle se comportait en dinde écervelée. Le mousquetaire se moquait bien d'elle. Il ne lui montrerait jamais les facettes cachées de sa personnalité, ainsi qu'il le suggérait, car ils ne se reverraient pas après cette enquête. Dès que la neige aurait commencé à fondre, ils s'en iraient pour Paris, certes, mais lui gagnerait son hôtel particulier avant de partir escorter le roi, et elle retrouverait la maison familiale et la routine de sa vie.

Une drôle de sensation l'envahit, sorte de regret ou de soudaine mélancolie, qu'elle attribua au fait de rentrer au foyer de son père pour y redevenir une jeune fille semblable à toutes les autres. Elle lirait, s'instruirait, aiderait monsieur Galtier au cabinet, jusqu'à rencontrer un médecin, jeune ou pas, qui la demanderait en mariage. Du moins, lorsque Louise aurait trouvé chaussure à son pied. Il n'y aurait plus d'investigations ni de jeu de piste. Elle ne tenterait plus de démasquer un assassin et, de nouveau, elle s'ennuierait ferme en attendant que quelque chose vienne secouer la monotonie habituelle. Pour la première fois, elle constatait que les recherches qu'elle menait, son cœur qui battait comme un fou dans sa poitrine dès qu'elle se retrouvait en situation périlleuse et ces échanges secrets avec un acolyte aussi intéressé qu'elle dans la quête de la vérité lui plaisaient beaucoup plus qu'elle ne l'aurait imaginé.

— Mademoiselle a appelé ?

Le majordome, monsieur Lavergne, se tenait dans l'embrasure de la porte. Joséphine se tourna vers lui, mais ce fut le comte qui s'exprima le premier :

— Oui, Lavergne. Nous aimerions parler avec mademoiselle Marie, je vous prie.

— Aurait-elle mal fait son travail, Monsieur ? demanda l'homme d'un air pincé.

— Certes non. Nous désirons juste nous assurer qu'elle va bien. Si vous aviez l'obligeance d'aller la chercher, nous vous en serions très reconnaissants.

— Tout de suite, Monsieur.

Le domestique disparut comme il était arrivé, dans le silence et la plus grande discrétion. Joséphine tourna le regard vers le comte. Il s'était levé pour ajuster sa veste et sa lavallière, dont le bouffant n'avait pas assez de superbe à son goût.

Quelques instants plus tard, Marie pénétrait dans la pièce. D'une brève génuflexion, elle salua le mousquetaire et la jeune fille et s'enquit de ce qu'elle pouvait faire pour eux.

— Nous souhaitions savoir, avant tout, si vous vous portiez mieux, Marie, indiqua Joséphine d'une voix douce.

— Beaucoup mieux, Mademoiselle, je vous remercie. Le choc m'avait ébranlée, voyez-vous, mais je me sens de nouveau apte à faire mon travail.

— Parfait, coupa le comte d'un ton brusque. Puisque vous êtes calmée, à présent, dites-nous si madame de Sept-Vans avait consommé quelque chose avant de se mettre au lit.

— Non, Monsieur. Comme je vous l'ai expliqué la dernière fois, elle n'a pas demandé de tisane dans sa chambre ce soir-là.

— Autre chose ? questionna Joséphine. Pourquoi n'en aurait-elle pas bu si elle en avait l'habitude ?

— Eh bien, elle en avait pris une tasse avec monsieur

Delvaux dans son cabinet, avant de monter se coucher.

— Quoi ?

17

Joséphine et le comte, qui avaient parlé d'un même ensemble, se jetèrent un coup d'œil furtif. La jeune fille saisit la main de la domestique et la pressa dans la sienne.

— En êtes-vous sûre ? Elle a bu en compagnie de monsieur Delvaux ?

— Oui, Mademoiselle, un peu avant de monter dans sa chambre. C'était après l'altercation entre monsieur Édouard et mademoiselle Gabrielle. Madame était très en colère. Elle a failli s'emporter, mais monsieur Delvaux l'a prise par le bras et l'a conduite à l'écart, dans son cabinet, en me priant d'apporter une tasse de tisane bien chaude. C'est ce que j'ai fait. N'aurais-je pas dû ?

— Si, bien entendu, assura Joséphine. Comment cela s'est-il passé ? Êtes-vous restée avec eux ensuite ?

— Non, mademoiselle. Monsieur Delvaux m'a demandé de les laisser seuls, tous les deux, alors je suis partie. J'ai posé le plateau dans le cabinet et je suis sortie. Il y avait deux tasses, une pour Madame et une pour lui.

Durant quelques instants, Joséphine demeura silencieuse tandis qu'elle réfléchissait à ces nouvelles informations. Voilà donc comment la belladone avait été administrée à Eugénie de Sept-Vans : par la tisane qu'elle avait consommée juste avant de monter se coucher. Mais cela signifiait alors que les suspects se réduisaient à deux personnes : Marie, qui avait préparé et apporté les boissons, et monsieur Delvaux, qui avait sans doute eu toute latitude pour verser le poison dans le breuvage. Puisque madame de Sept-Vans était en colère et sur le point de laisser éclater ses émotions, elle aurait été incapable de remarquer que quelqu'un glissait quelque chose dans sa tasse. La piste de l'ancien fiancé éconduit refaisait son chemin vers la surface, plus plausible que jamais.

— Très bien, Marie, merci pour cette information, poursuivit le comte d'une voix glaciale. Maintenant, dites-nous : gardiez-vous un quelconque grief à l'encontre de votre maîtresse ?

— Un grief, Monsieur ? répéta la bonne d'un air ahuri.

— Oui, Mademoiselle, un grief. Une raison de lui en vouloir. Que vous avait-elle fait ? Se montrait-elle odieuse avec vous comme avec son neveu ou son fils ? Avait-elle découvert que vous voliez dans la maison ? A-t-elle menacé de vous renvoyer ?

— Monsieur, je… Non ! Je n'avais aucun grief… vraiment aucun !

— Je vous prie de ne pas me considérer comme un idiot, Marie, gronda le comte en se rapprochant d'elle, l'écrasant de sa stupéfiante aura nobiliaire. Vous aviez quelque chose contre elle. De quoi s'agissait-il ?

— Mais je… je… bien sûr que non ! Madame se montrait très bonne envers moi !

— Marie…

— Elle avait même consenti à ce que je prenne des leçons de couture, Monsieur ! Je rêve de devenir modiste, Madame le savait. Elle m'a donné cent louis pour que je paye mon professeur ! Je n'aurais pu ressentir aucun grief à son encontre, Monsieur ! Elle était bonne.

De nouveau, Joséphine et le comte échangèrent un regard. La femme de chambre semblait sincère. Ses yeux hagards s'arrêtaient tantôt sur l'un, tantôt sur l'autre, comme si elle les implorait tour à tour de la croire. Bien sûr, elle aurait pu mentir, mais Joséphine doutait que ce fût le cas. Dans ces conditions, cela signifiait qu'une seule personne avait eu l'occasion d'empoisonner madame de Sept-Vans.

— Nous vous croyons, Marie, s'empressa de la rassurer Joséphine. Vous aimiez beaucoup votre maîtresse et elle le méritait bien. J'ai une nouvelle question : quand avez-vous débarrassé les tasses dans le bureau de madame de Sept-Vans ?

— Juste... Juste après qu'elle s'est couchée. Je l'ai aidée à se mettre au lit et je suis redescendue m'occuper de la vaisselle.

— Où se trouvait monsieur Delvaux ? A-t-il quitté la pièce en même temps qu'elle ?

— Oui, Mademoiselle. Ils sont tous les deux partis vers vingt heures trente, je pense. Monsieur Delvaux est retourné dans sa chambre. Madame et lui se sont souhaités une bonne nuit et elle est montée directement.

— L'un ou l'autre manifestait-il une attitude... étrange ? questionna le comte, les bras croisés sur sa poitrine.

— Étrange ? répéta la femme de chambre.

— Eh bien, paraissaient-ils soucieux ? Inquiets ? Nerveux ?

— Pas que je sache, Monsieur, non. Madame a remercié monsieur Delvaux de sa gentillesse puis elle s'est dirigée vers ses appartements. Je l'ai suivie. Monsieur Delvaux lui a souhaité une bonne nuit et il s'est rendu dans l'aile des gentilshommes.

— Avez-vous constaté quelque chose d'anormal dans le bureau, lorsque vous avez débarrassé les tasses ? s'enquit Joséphine.

— Comme quoi, Mademoiselle ?

— Je l'ignore. Quelque chose qui sortait de l'ordinaire, que vous auriez pu remarquer.

Marie réfléchit durant quelques secondes.

— Eh bien… Maintenant que vous en parlez, j'ai eu le sentiment que… Mais ce n'était qu'une impression, je ne sais si…

— Dites-le ! coupa le comte.

— Il m'a semblé que quelque chose ne se trouvait pas à sa place dans le bureau de Madame. Je ne pourrais dire quoi. J'ai eu une drôle de sensation.

— Vous aviez l'habitude de pénétrer dans cette pièce ?

— Oh, oui, Mademoiselle. Madame me sonnait lorsqu'elle désirait une tasse de tisane ou quelque chose à manger pendant qu'elle travaillait.

— Vous connaissez donc bien les lieux. Si nous nous y rendions ensemble, pensez-vous que vous pourriez essayer de trouver ce qui ne va pas là-bas ?

— Oui, je crois. Mais pourquoi toutes ces questions ? Que se passe-t-il ?

— Rien d'important pour l'instant, Marie, répondit le comte, l'air toujours aussi peu amène. Veuillez nous conduire au bureau.

La femme de chambre hocha la tête avec empressement et quitta la bibliothèque, les deux jeunes gens sur ses talons. Le mousquetaire se pencha vers Joséphine pour demander dans un murmure :

— Suis-je assez convaincant en tourmenteur de domestiques ? s'enquit-il.

— Vous êtes parfait, lui assura Joséphine. Ne changez rien, vous êtes terriblement impressionnant.

— Avez-vous tremblé ?

— Mon Dieu, si vous aviez pu voir comme mes genoux claquaient…

Le sourire qui se peignit sur le visage du comte exprimait à la fois l'amusement et la satisfaction. Quelle que fût son implication dans l'enquête, il semblait se délecter de son rôle – et finalement, il préférait celui de *tourmenteur de domestiques*, plutôt que de séducteur patenté.

Marie s'arrêta devant la porte de l'office, non loin de l'escalier menant à l'étage, et tira un trousseau de clés de la poche de son tablier. L'instant d'après, elle s'effaçait pour laisser entrer Joséphine et le comte dans la pièce.

Le bureau de madame de Sept-Vans ressemblait exactement à ce que Joséphine avait imaginé. Les murs lambrissés, les chandeliers posés sur les consoles, les rayonnages couverts de livres reliés, la paperasse parfaitement entassée sur le secrétaire, le portrait d'un homme, accroché derrière la chaise… Joséphine regarda autour d'elle avec curiosité. C'était tout à fait ce qu'elle pensait trouver dans une pièce telle que celle-ci.

— Bien, Marie, intervint soudain le comte. Veuillez étudier les lieux et nous dire ce qui a changé par rapport à vos souvenirs.

La femme de chambre acquiesça et, à son tour, passa l'endroit en revue. Son regard se posa sur le secrétaire. Un bref instant, ses sourcils se froncèrent, puis elle détourna la tête pour observer les deux fauteuils et la petite table, près de la cheminée éteinte. Pensive, elle continua son inspection pendant encore quelques secondes, avant de hausser les épaules.

— Je suis désolée, mais je ne vois pas ce qui me trouble. Pourtant j'ai bien la sensation que quelque chose est différent par rapport à la dernière fois que je suis venue.

— Très bien, merci, Marie. Nous allons jeter un coup d'œil et vous pourrez refermer derrière nous tout à l'heure, indiqua le comte.

— Dois-je attendre dehors, Monsieur ?

— S'il vous plaît.

— Peut-être devrais-je prévenir monsieur le baron, suggéra la domestique, pensive.

— Ne le dérangez pas pour cela. Nous ne serons pas longs, assura Joséphine.

Marie hésita un instant avant de hocher la tête et de sortir de la pièce, les y laissant seuls tous les deux. Joséphine s'élança vers le secrétaire pour en feuilleter la paperasse. Le comte, qui avait eu la même idée, la percuta de plein fouet sur le passage et elle heurta une bergère.

— Juste Ciel, pourquoi vous précipitez-vous de la sorte ? s'écria le mousquetaire en l'aidant à se relever.

— Est-ce ainsi que vous présentez vos excuses ? s'indigna Joséphine. Vous m'avez pratiquement envoyée par terre.

— Bien sûr que non, vous vous portez fort bien.

Il ajusta les manches de la jeune fille et se redressa, l'air pincé. Elle lui retourna un regard noir.

— Je m'occupe des papiers sur le secrétaire, annonça-t-elle.

— Très bien. Je me charge des tiroirs.

Elle était à peu près certaine qu'il capitulait uniquement parce qu'il s'en voulait de l'avoir bousculée, et que c'était sa manière de lui demander pardon sans le montrer.

Tous les deux se mirent donc en quête d'informations et de renseignements, trop heureux de pouvoir enfin examiner le bureau de madame de Sept-Vans. Le comte se plongea dans la paperasse que contenait le premier tiroir, tandis que Joséphine, avec méthode, étudiait les documents posés dessus. C'étaient pour la plupart des écrits relatifs à la gestion du domaine et aux taxes à prélever sur le territoire. La baronnie n'était pas très étendue, mais elle bénéficiait d'une importante récolte de vins. Les cépages s'étalaient sur la plupart des versants sud, quand le reste constituait des chasses dévolues au seigneur du château.

Madame de Sept-Vans entretenait une correspondance nourrie avec plusieurs figures du royaume : Joséphine trouva des courriers de Charles Le Brun, le peintre de la Cour, ou encore de l'abbé Picard. Elle ignorait quelles étaient les relations de madame de Sept-Vans avec ces personnes, mais il semblait qu'elle les connaissait de longue date. Peut-être avait-elle maintenu, du temps de son mari, une vie sociale riche et étendue. Elle avait pu croiser de nombreux notables de la société. Il était étonnant qu'elle eut vécu de cette façon, retirée de tout dans son château de Touraine, alors qu'elle paraissait autrefois fréquenter beaucoup de monde.

Joséphine parcourut les différentes pièces sur le bureau, avant de remarquer un papier froissé à côté de la corbeille. La domestique avait dû passer à côté en nettoyant, ce qui s'expliquait par la disposition des lieux. À moins de se tenir derrière le secrétaire, on ne pouvait pas s'apercevoir de sa présence. Avec précautions, la jeune fille déplia la boule et la lissa sur la table. Le comte se pencha par-dessus son épaule pour lire en même temps qu'elle.

> *Madame,*
> *Voici, ainsi que vous me l'avez demandé, le certificat de naissance. Je suis au regret de vous dire qu'en ces conditions, le mariage ne pourra pas avoir lieu. Je m'étonne par ailleurs de votre demande alors que vous saviez fort bien, pour avoir donné votre autorisation, ce qu'il en était. Une conversation avec votre fils serait plus que bienvenue.*
> *Avec mon admiration,*
> *Père Jean-François de Trévaillon*

Joséphine relut une deuxième fois la missive, intriguée. La lettre ne précisait pas de quel certificat de naissance il s'agissait, mais c'était sans nul doute celui de Geoffrey, en vue du mariage à venir. Était-ce pour cette raison que madame de Sept-Vans avait décrété que celui-ci n'aurait pas lieu ? Ou bien était-il question du certificat de Gabrielle, pour préparer son union avec monsieur Cartegnier ? Curieuse d'obtenir la réponse, la jeune fille fouilla sur le secrétaire pour retrouver le papier mentionné, mais il ne se trouvait nulle part. Le comte ouvrit les tiroirs les uns après les autres, sortit les courriers pour dénicher le document manquant, en vain.

— Quelqu'un l'a pris, c'est certain, conclut le mousquetaire avec une moue de dépit. Dire que nous détenions peut-être un indice important.

— Nous en possédons un, répliqua Joséphine en s'emparant de la lettre, qu'elle glissa dans son corsage avec celle dérobée dans la chambre de monsieur Cartegnier. Nous progressons, Monsieur, nous progressons à pas de géant.

— Vraiment ? Que vous apprend cette lettre, au juste ?

— Que madame de Sept-Vans songeait bel et bien à annuler un mariage, et au vu de ce document, il ne pouvait s'agir que de celui de Geoffrey et de Marianne. Elle a dû découvrir quelque chose qui l'aura poussée à cette extrémité. Je donnerais cher pour savoir quoi...

— L'ignorez-vous, Mademoiselle ?

Il esquissa un sourire qui, soudain, trahit toute la satisfaction qu'il avait à comprendre quelque chose avant elle. Joséphine dut se retenir pour ne pas lui écraser le pied avec son talon ou lui faire avaler l'encrier posé sur la table.

— L'Église tient un registre très précis des naissances et des décès depuis quelques années, mais pas seulement. Il se trouve que les certificats mentionnent aussi si la personne s'est mariée.

Joséphine ouvrit de grands yeux, soudain, réalisant ce que cela signifiait.

— Mon Dieu ! Geoffrey aurait donc une deuxième compagne ? Et en épousant Marianne, il deviendrait bigame !

Le comte hocha la tête, mais l'air incrédule sur son visage trahissait le soudain désarroi que lui apportait cette nouvelle.

— Je n'arrive pas à y croire... C'est quelqu'un de fiable, pourtant.

— Geoffrey a très bien pu rencontrer une autre femme à Paris et s'unir à elle. Il devait ignorer que son nom se trouverait dans les registres de l'Église.

— Tout le monde le sait, de nos jours, rétorqua le mousquetaire avec un regard méprisant.

— Certains oui, répliqua Joséphine, piquée au vif. Donc, si le certificat de naissance indique un mariage, il devait mentionner l'identité de cette femme. Supposons que Geoffrey comptait sur l'argent du père de Marianne pour rembourser monsieur Cartegnier. Il n'a rien dit de sa première épouse. Peut-être a-t-elle disparu, ou bien est-elle internée ou au couvent, et il ne veut pas rester seul jusqu'à la fin de ses jours. Malheureusement pour lui, sa mère découvre qu'il est déjà marié et entreprend de faire cesser leur union. Monsieur Delvaux l'apprend, empoisonne madame de Sept-Vans avant qu'elle interrompe les préparatifs, comme ça le mariage peut avoir lieu et sa fille devient baronne.

— Comment monsieur Delvaux l'aurait-il su ?

— Peut-être en a-t-il discuté avec madame de Sept-Vans le soir de sa mort, quand ils ont bu leur tisane ensemble. Cela expliquerait aussi pourquoi elle était si tendue pendant le repas et pourquoi elle a éclaté de colère tout à coup. Et quand elle lui a raconté, il a pris la décision de la tuer pour sauver l'honneur de sa fille.

— Cela n'a pas de sens, fit le mousquetaire en secouant la tête. Pourquoi aurait-il apporté de la belladone à ce rendez-vous imprévu s'il ne savait pas encore ce qui la tracassait ?

— Eh bien, peut-être lui en a-t-elle parlé avant qu'ils se retrouvent. Il tente de la convaincre de renoncer à l'idée de les séparer, mais comme elle est très têtue, elle repousse cette suggestion. Comprenant ce qu'elle risque de commettre, il prétexte sa colère pour lui proposer une tasse de tisane et l'empoisonne à ce moment-là.

— À sa place, j'aurais moi aussi refusé que ma fille épouse un homme bigame, répliqua le comte.

— Pourquoi faut-il que vous ayez réponse à tout ? soupira

Joséphine.

— Voyez le bon côté des choses : je vous empêche de formuler de mauvaises hypothèses.

Elle croisa les bras et réfléchit un moment. Le mousquetaire n'avait pas tort : quel père aurait voulu que sa fille s'unisse à un homme déjà marié ? Pourquoi monsieur Delvaux aurait-il souhaité préserver le secret de Geoffrey plutôt que de faire éclater le scandale au grand jour ?

— C'est à n'y rien comprendre, soupira-t-elle, agacée. Plus nous avançons et plus j'ai l'impression que cette affaire est inextricable.

— Peut-être parce que nous n'avons que cela en tête depuis deux jours, répondit le comte, qui s'appuya contre le bureau. Nous devrions laisser passer la nuit et essayer de ne plus y penser jusqu'à demain matin.

— Facile à dire. Je ne crois pas que je réussirai à me sortir tout cela de l'esprit.

Le mousquetaire opina du chef et, durant quelques instants, ils observèrent en silence la pièce autour d'eux. Joséphine savait qu'il leur manquait encore trop d'éléments pour accuser quelqu'un. Certes, monsieur Delvaux semblait être le seul à avoir eu l'opportunité d'empoisonner madame de Sept-Vans, mais il n'avait pas de véritable raison – hormis peut-être son amour déçu. Mais des années s'étaient écoulées depuis qu'Eugénie avait rompu leurs fiançailles. Il ne pouvait tout de même pas avoir ruminé sa colère depuis tout ce temps, surtout pas après avoir fondé sa propre famille. Quant à assassiner la future belle-mère de sa fille, à la veille de cette réception... non, c'était impossible.

Mais qui, alors, pouvait bien avoir tué madame de Sept-Vans ? À part monsieur Delvaux, les autres convives n'auraient eu aucun moyen de lui administrer la belladone. Le faire pendant le repas aurait été trop risqué et, hormis sa tasse de tisane avec son ancien amant, la vieille baronne n'avait rien ingéré de la soirée. Quelle méthode aurait-on pu employer pour l'obliger à la prendre ? Comment ?

Avec un nouveau soupir, la jeune fille se pinça l'arête du nez entre le pouce et l'index. Cette fois, elle devait bien l'admettre, ce mystère dépassait ses compétences. Peut-être n'était-elle pas aussi maligne qu'elle le croyait. Les limites de sa propre imagination commençaient à se laisser entrevoir : elle ne pouvait concevoir un meurtre aussi bien organisé que celui-ci. Car c'était peut-être là le plus étrange. Bien que l'empoisonnement eût pu ressembler à un concours de circonstances, une opportunité saisie au vol, cela ressemblait de plus en plus à quelque chose de planifié dans les moindres détails. Mais par qui ? La réponse lui échappait.

— Nous avons tous les deux besoin de repos, confirma le comte en se redressant. Voici ce que nous allons faire : nous allons profiter de notre après-midi et de la soirée. Demain, nous reprendrons l'affaire depuis son commencement et nous tirerons les ficelles de notre nœud jusqu'à ce que l'une d'elles nous permette de le libérer. Qu'en dites-vous ?

— J'en dis que vous avez sans doute raison, convint Joséphine. Mais l'idée de passer ma journée en compagnie d'un assassin, comme si de rien n'était, me terrifie.

Il hocha la tête comme pour compatir, mais n'ajouta rien. Joséphine prit la lettre du prêtre pour la joindre à toutes les pièces qu'elle avait déjà réunies, puis ils sortirent du bureau, l'un derrière l'autre, dans un silence qui trahissait leur désarroi.

18

Le reste de la journée parut étrange, comme si Joséphine évoluait dans une pièce de théâtre où tous les acteurs récitaient leur texte par cœur. Au cours de l'après-midi, profitant d'un soleil timide qui tentait de percer à travers les nuages, les convives s'offrirent une promenade en direction de la ville. Aucun carrosse ne pouvait mener au château, les routes étaient trop encombrées de neige, et il aurait fallu plusieurs heures pour parvenir à la plus proche maison, aussi n'alla-t-on pas jusque-là, mais respirer l'air pur et frais fit beaucoup de bien à Joséphine. Elle n'avait pas réalisé à quel point elle s'était focalisée sur son enquête, au point que tout son champ de vision paraissait rétréci. Inspirer à pleins poumons lui rappelait qu'il existait autre chose que la demeure et la mort de madame de Sept-Vans.

— Les promenades sont idéales pour la santé, proclama Louise tandis qu'ils avançaient en direction d'une petite chapelle isolée, sur le faîte d'une colline. Père dit toujours qu'il faut marcher au moins une heure par jour pour garder la forme et un bon moral.

— C'est entièrement vrai, confirma Clémence de Mercie. J'ai connu une femme, une vieille tante, qui ne sortait jamais de chez elle. Elle était complètement folle.

— Je connais beaucoup d'hurluberlues, mais elles sortent beaucoup, rétorqua monsieur de Hauteuil. On en croise plein les salons.

Les demoiselles s'esclaffèrent et le gentilhomme se rengorgea, fier de son bon mot. Joséphine s'autorisa un sourire.

— Diantre ! Aurions-nous le privilège d'avoir su égayer la journée de mademoiselle Galtier ? s'étonna-t-il en l'apercevant. J'ai cru voir une ébauche de joie sur votre visage.

— Absolument pas, Monsieur. Ce n'était qu'un reflet du soleil, protesta-t-elle.

— Alors, restez tournée vers la lumière, je vous prie. Comme cela vous va bien !

Elle ne put s'empêcher de rire à son tour, et monsieur de Hauteuil, très satisfait, lui proposa son bras. Joséphine hésita, avant de finalement le prendre. Elle ignorait s'il était l'assassin ou non, mais pour quelques instants, elle pouvait bien s'efforcer de se montrer sociable.

— Dites-nous tout, mademoiselle Galtier, nous mourons d'envie de savoir : à quoi occupez-vous donc vos journées, seule dans votre chambre ? demanda-t-il encore.

— À la lecture, répondit la jeune fille d'un air innocent. Je suis une femme simple : j'aime la compagnie des livres.

— N'est-ce pas affreusement ennuyeux pour une demoiselle ?

— Terriblement, confirma Louise, non loin. Mais Jo ne peut pas s'en empêcher : elle dévore absolument tous les ouvrages qui lui passent sous la main. Qu'ils parlent de théâtre ou de géographie, et même la médecine, la poésie et l'histoire.

— Mon Dieu, mon Dieu ! s'écria monsieur de Hauteuil d'un air horrifié. Une érudite !

Joséphine pinça les lèvres en comprenant qu'on se moquait un peu d'elle et de sa passion pour les livres. C'était toujours ainsi, de toute façon. Elle n'intéressait personne, car elle ne discutait pas de choses amusantes. À l'inverse de Louise, qui trouvait exactement ce qu'il fallait dire pour nouer des relations avec les autres, Joséphine, elle, ne manifestait de curiosité que pour la lecture, la culture et les connaissances. Les frivolités ne la passionnaient pas du tout.

— Ne le prenez pas mal, surtout, Mademoiselle, lui glissa pourtant le gentilhomme. Nous ne nous moquons pas. En vérité, je crois que nous sommes tous un peu jaloux de découvrir que vous êtes peut-être beaucoup plus brillante que nous, en dépit de notre soie et de nos pierreries.

— Savoir lire ne rend pas intelligent, Monsieur, rétorqua Joséphine, touchée cependant par ces mots. Mais ça aide, je pense.

— N'y a-t-il donc rien d'autre qui vous intéresse, néanmoins, ma chère ? demanda mademoiselle de Mercie. Votre sœur semble tellement au fait des dernières modes et des plus récents potins...

Elle donna un léger coup de coude à Louise, qui pouffa de rire derrière sa main.

— Je ne peux croire que vous n'ayez pas hérité des mêmes traits qu'elle ! conclut la Précieuse.

— Jo et moi nous ressemblons bien peu, confirma Louise. Néanmoins, je pense que c'est pour cela que nous nous entendons si bien, elle et moi. Nous sommes tellement différentes que nous nous complétons.

Joséphine jeta un coup d'œil surpris à sa sœur. Ce devait être la première fois que Louise lui manifestait une quelconque affection devant des gens, sans lui reprocher d'être ce qu'elle était.

— Comme j'aimerais être aussi proche de mes frères, soupira Gabrielle d'un air tragique. Nous nous entendons si mal...

À cet instant, l'envie de reprendre son enquête parut si forte à Joséphine que ses doigts se crispèrent sur le bras de monsieur de Hauteuil. Elle s'efforça de serrer les lèvres pour garder dans sa bouche les questions qui soudain s'y bousculaient. Le comte avait raison. Ils avaient besoin de penser à autre chose durant quelques heures, pas de sauter sur la première occasion de poursuivre leurs investigations.

— Vous ne semblez pas mal vous entendre, pourtant, répondit Louise, un peu surprise. Du moins, Geoffrey et vous. Il est vrai que votre relation avec Édouard est... assez tendue.

— Cela n'a pas toujours été ainsi, fit remarquer monsieur de Hauteuil. Quand nous étions plus jeunes, je me souviens que vous vous appréciiez beaucoup.

— C'est exact. Mais en grandissant, nous nous sommes éloignés. Il a commencé à mener une vie dissolue et comme j'approuvais les paroles de Mère, qui se montrait assez critique à son égard, il m'en a beaucoup voulu.

— Puis-je vous demander à quel âge vous avez été adoptée ? questionna Louise, qui paraissait avoir décidé d'enquêter à son tour.

— J'avais quatorze ans. Édouard, qui était l'aîné, avait alors vingt-et-un ans.

— Ah ! tous ces jeux auxquels nous avons participé ! soupira monsieur de Hauteuil avec nostalgie. Nous étions de véritables polissons.

— Oui, c'est vrai, confirma mademoiselle de Sept-Vans en riant.

Il y avait quelque chose d'éthéré dans la façon dont elle s'esclaffait, avec délicatesse, sa main gantée masquant à demi sa bouche. Avec ses boucles blondes, ses joues pâles et ses lèvres roses, elle était réellement charmante. Il n'y avait rien d'étonnant à ce que monsieur Cartegnier ait pu être séduit par une personne aussi jolie. Lui-même était plutôt bel homme et il était un bon parti, riche et renommé. Les sentiments, cependant, ne se commandaient pas : Gabrielle ne ressentait rien pour lui et une union de convenance lui répugnait.

Hélas, c'était le lot de nombreuses femmes. Louise et Joséphine y échappaient encore, mais pour combien de temps ? Leur père avait toujours désiré qu'elles se marient par amour, mais quand viendrait l'âge où il devenait urgent de fonder une famille, conserverait-il le même discours et la même bienveillance ? Joséphine, en particulier, s'inquiétait à ce sujet. Car si Louise ne tarderait pas à se trouver un fiancé, avec l'entrain dont elle faisait preuve lors des fêtes et des réceptions, elle-même n'aurait sans doute pas cette chance. Et à moins de vouloir finir vieille fille, il faudrait bien que Joséphine accepte, tôt ou tard, de lier son destin à un homme qui lui convenait à peu près. Elle avait bien conscience qu'elle ne rencontrerait personne en lisant dans son salon ou en courant après le meurtrier d'une antique baronne. Mais elle ne ressentait pas la moindre envie de partir en quête d'un potentiel futur mari.

Ils atteignirent la petite chapelle un peu plus tard et admirèrent les vitraux qu'on y avait incrustés, merveilles de technique et de maîtrise. Joséphine et mademoiselle de Mercie s'aventurèrent à l'intérieur, se signèrent et découvrirent, non sans ravissement, la lumière magique que les fenêtres colorées apportaient dans le lieu sacré.

— Cette chapelle fait partie du domaine des Sept-Vans, expliqua Clémence de Mercie à voix basse. C'est ici que les enfants ont été baptisés.

— Pas en ville ? s'étonna Joséphine.

— Non. L'évêque en personne est venu dans cet endroit tout spécialement pour eux. Eugénie se plaisait à raconter cette histoire. Elle semblait s'amuser d'avoir fait déplacer un homme aussi important jusqu'ici.

— C'était une femme singulière.

Singulièrement tyrannique, pensa la jeune fille, sans oser le dire tout haut dans la maison de Dieu – et elle se signa une nouvelle fois pour obtenir le pardon divin. Mademoiselle de Mercie, elle, poussa un soupir avant de hocher la tête.

— Oui, étonnante. Si ce que dit Gabrielle est vrai, elle et moi ne nous entendions pas parce que nous nous ressemblions trop.

Elles quittèrent l'intérieur de la chapelle pour laisser les hommes y pénétrer à leur tour. Debout dans l'air froid de l'après-midi, alors que le soleil commençait déjà à décliner à l'ouest, elles contemplèrent les flèches de Tours, qui s'étendait loin en contrebas.

La promenade avait soulagé Joséphine, comme elle s'en rendit compte en revenant au château, ainsi qu'à tous les convives. Le dîner fut beaucoup plus léger que ceux des jours précédents. Même Gabrielle et Édouard parvinrent à oublier leur inimitié pour plaisanter et rire ensemble de bon cœur. L'absence de leur mère devait les libérer d'un grand poids.

Le soir venu, après la traditionnelle partie de cartes, Gabrielle se remit au piano et mademoiselle de Mercie initia une contredanse, obligeant monsieur Cartegnier à lui servir de cavalier. Monsieur de Hauteuil saisit la main de Louise, et Geoffrey, trop heureux de distraire Marianne – qui semblait toujours un peu ailleurs –, la convainquit de l'accompagner. Puisqu'il manquait un couple pour compléter le quatuor, le comte s'approcha de Joséphine et s'inclina dans sa direction.

— Oh ! je... je ne sais absolument pas danser ! protesta-t-elle aussitôt.

— Je vous en prie. Ce sera l'occasion d'apprendre pour ne pas vous ridiculiser lors de votre prochain bal en public.

— Vraiment, non, c'est une mauvaise idée. Je vais marcher sur les pieds de tout le monde. Invitez mademoiselle de Sept-Vans.

— C'est notre musicienne.

Le comte arqua un sourcil, peu habitué à ce qu'on lui refuse quelque chose et qu'on lui en ordonne une autre. Ou bien peut-être désirait-il profiter de cette danse pour lui glisser une information apprise durant l'après-midi. La main toujours tendue vers Joséphine, il ne consentit pas à bouger, et la jeune fille accepta de lui donner ce qu'il voulait, non sans pousser un profond et bruyant soupir. Oui, c'était sans aucun doute pour lui confier quelque chose. Tant pis pour lui, il l'aurait bien cherché.

La contredanse se pratiquait à quatre couples, comme le découvrit Joséphine ce soir-là, qui formaient une sorte de ronde avant de se séparer pour s'isoler de temps à autre. Le comte connaissait parfaitement les pas : il menait la jeune fille sans aucune difficulté et, docile, elle s'exécutait en essayant de ne pas se ridiculiser. Contrairement à ce qu'elle avait imaginé, à aucun moment il ne chercha à lui confier la moindre information. Un sourire avait fleuri sur les lèvres du mousquetaire, qui ne lâchait sa main que pour mieux la reprendre un instant après. Joséphine s'aperçut que la contredanse n'était pas si compliquée à apprendre : les figures s'enchaînaient avec simplicité et, bientôt, elle-même se laissa entraîner par la bonne humeur ambiante et s'autorisa à se dérider aussi.

Quand la musique s'interrompit enfin, elle applaudit avec les autres, à bout de souffle mais enchantée, puis s'inclina devant le comte. Lui-même paraissait très satisfait d'avoir réussi à la traîner parmi les convives en dépit de ses protestations.

— Jo, tu étais parfaite ! s'enthousiasma Louise alors qu'elles se rafraîchissaient, un peu plus tard, avec un verre d'hypocras. Tu vois que tu peux fournir des efforts, parfois. Il te suffit d'une toute petite motivation.

Le regard appuyé que la jeune femme coula vers le comte amusa Joséphine.

— Oh ! non, ne te méprends pas. Cela n'a absolument rien à voir.

— Vraiment ? Lui, en tout cas, semblait plutôt content.

— Oui, parce qu'il était certain de réussir à me faire danser. En toute honnêteté, je n'ai pas trouvé ça si compliqué. Cela s'apprend.

— Bien sûr, bien sûr, confirma Louise. Un peu de volonté suffit.

Louise plongea ses lèvres dans son hypocras, dissimulant un sourire entendu derrière son verre. Joséphine leva les yeux au ciel.

— Toutes les femmes de ce monde ne recherchent pas un mari, soupira-t-elle. Pourquoi faut-il toujours que tu ramènes tout à cela ?

— Parce que j'ai vingt-deux ans, je te le rappelle. L'horloge tourne, en ce qui me concerne. Et toi aussi.

— J'ai largement le temps d'y penser, rétorqua Joséphine. Et tu ne devrais pas t'en soucier non plus : d'ici peu, tu rencontreras quelqu'un et vous convolerez en justes noces. Je ne m'inquiète pas pour toi.

Avec un petit sourire qui dissimulait mal combien elle se sentait flattée, sa sœur minauda un peu, avant de détourner la conversation :

— Comment avance ton enquête ? As-tu obtenu de nouveaux indices ?

— Oui et non... C'est beaucoup plus compliqué que je ne l'imaginais. Toutes ces pistes qui s'entrecroisent... J'ai l'impression de me retrouver face à un casse-tête et d'avoir perdu toutes mes facultés de réflexion. Monsieur de Faulcon de Montessand a suggéré que nous pensions un peu à autre chose, aujourd'hui. Lui non plus ne sait plus par quel bout prendre ce crime.

— Parfois, quand on est égaré, il vaut mieux revenir là où tout a commencé, prophétisa Louise d'un air mystique. J'ignore ce que ça signifie pour la mort de madame de Sept-Vans, cela dit.

— Si je savais comment tout a débuté, je ne me poserais pas autant de questions à présent, soupira Joséphine.

Elle fit son possible pour reléguer le meurtre de madame de Sept-Vans au fin fond de son esprit pour le reste de la soirée, mais les interrogations de Louise avaient ravivé son intérêt pour le crime. Une contredanse supplémentaire au bras de monsieur Delvaux et un menuet avec monsieur de

Hauteuil plus tard, elle continuait de se morigéner pour ne pas réussir à oublier cette affaire plus de quelques minutes. Quand elle remonta à sa chambre, à une heure avancée, rien n'avait changé : elle ruminait toujours.

Le sommeil vint pourtant, après cette longue promenade et ces divertissements inattendus, et quand le soleil perça à travers les rideaux le matin suivant, Joséphine comprit que la fin des investigations approchait. La neige n'allait plus tarder à fondre. Voitures et chevaux pourraient de nouveau circuler et, bientôt, tous les invités rentreraient chez eux. Elle n'aurait plus le loisir d'interroger qui que ce soit et l'affaire serait close : madame de Sept-Vans n'obtiendrait jamais justice.

Morose, au petit-déjeuner, Joséphine prêta à peine attention aux personnes présentes et aux conversations. Ce ne fut que lorsque le majordome vint murmurer à l'oreille de Geoffrey et que celui-ci, pâle comme la mort, se leva tout à coup, que la jeune fille se rendit compte que quelque chose avait dû se passer durant la nuit. Elle n'osa pas suivre le baron, néanmoins. Pendant de longues minutes, la salle à manger resta plongée dans le silence et la perplexité, jusqu'au retour de Geoffrey. Le gentilhomme se pencha vers Joséphine pour chuchoter à son attention :

— Mademoiselle Galtier, j'aurais besoin de vos compétences médicales, je vous prie.

Cette fois-ci, elle ne réfléchit pas et bondit sur ses pieds. Le baron sortit de la maison – elle regretta de ne pas avoir emporté de manteau, car il faisait toujours froid à l'extérieur – et la mena vers les écuries. Joséphine poussa un hoquet de stupeur en pénétrant dans le bâtiment.

Sur le sol, au beau milieu des stalles, se trouvait un corps étendu. C'était celui de Marie, la jeune femme de chambre, et à en juger par les marques sombres sur sa peau, quelqu'un l'avait étranglée.

19

Joséphine se pencha pour observer le corps, ignorant la paille et le foin qui s'accrochaient au bas de sa robe. Le visage de Marie restait figé dans une expression d'effroi. Ses yeux, grands ouverts, paraissaient presque rouges tant le nombre de vaisseaux sanguins était important. Le teint hâve indiquait qu'elle était bien morte par asphyxie, ce qui n'étonnait en rien : de grandes stries violacées couraient sur son cou et le diagnostic de Joséphine devint évident. Il s'agissait de mains d'homme.

La jeune fille inspecta les doigts de la domestique, espérant retrouver des fibres coincées sous ses ongles. Elle aurait pu les arracher à son agresseur en tentant de se défendre. Il n'y avait rien, cependant, mais il était flagrant que la malheureuse s'était débattue. Sa robe était déchirée en plusieurs endroits, tout comme son tablier. Joséphine voulut vérifier si elle avait subi d'autres violences, en regardant sous sa jupe. La présence de Geoffrey et de Lavergne l'en dissuada.

— Alors ? demanda tout à coup le baron, penché au-dessus d'elle.

— Elle a été étranglée, mais vous avez déjà dû vous rendre compte de cela, expliqua Joséphine en se relevant. À en juger par les marques qu'elle porte, je dirais que son assassin était un homme.

— Mon Dieu, murmura monsieur Lavergne, droit comme un i non loin.

Il se signa, tout comme Geoffrey. Ce dernier avait pâli. Il passa une main tremblante sur ses lèvres et riva son regard dans celui de Joséphine.

— Me permettriez-vous de l'examiner un peu mieux, lorsque son corps aura été transporté ailleurs ? J'aimerais m'assurer qu'elle n'a pas été molestée plus encore.

— De quelle… Oh, Seigneur, souffla le jeune homme en réalisant ce qu'elle voulait dire.

Il hocha la tête, heureux sans doute que quelqu'un d'autre se charge d'une telle vérification.

— Qui a bien pu commettre cette monstruosité ?

— C'est une bonne question. Je dirais… quelqu'un qui attendait quelque chose d'elle alors qu'elle a refusé de le lui offrir.

— C'est affreux. Cette pauvre fille… Je dois faire prévenir le magistrat immédiatement, décréta le baron en se reprenant enfin. Monsieur Lavergne, je vais rédiger un courrier et vous enverrez quelqu'un en ville chercher l'échevin. Quant à cette malheureuse enfant, elle ne peut pas rester là, par terre.

— Je vais demander de l'aide pour la déposer dans sa chambre, Monsieur, répondit Lavergne.

Il parlait avec sa déférence habituelle, mais le tremblement de sa voix indiquait quel choc il venait de recevoir. Geoffrey hocha la tête, toujours aussi pâle, et le majordome s'éloigna en hâte pour aller chercher du secours.

Quelques instants plus tard, il revenait en compagnie de deux valets de pied, qui soulevèrent le corps inerte de Marie pour le transporter en direction du château. À l'instant où l'on emportait la malheureuse, un objet brillant sur le sol, caché sous elle, attira l'attention de Joséphine. La jeune fille se baissa pour le ramasser.

Un louis d'or.

Elle le prit entre ses doigts pour l'observer un moment, pensive. Marie ne devait pas souvent toucher autant d'argent, car une domestique ne gagnait pas un salaire aussi élevé, alors que faisait ce louis juste sous son corps ? Était-elle en train de s'en saisir quand elle avait été étranglée, ou le tenait-elle déjà en main à ce moment-là ?

— Qu'est-ce ? demanda Geoffrey, intrigué.

Joséphine leva les doigts pour montrer la pièce qu'elle avait trouvée près de la malheureuse. Geoffrey de Sept-Vans, stupéfait, le prit pour l'observer, comme si ce simple objet aurait pu détenir toutes les réponses à ses questions. La jeune fille en profita pour scruter son visage. Il paraissait sincèrement ébranlé, mais sans doute l'aurait-il tout autant été après avoir tué quelqu'un. Étudiait-elle à cet instant les traits d'un assassin choqué par son propre méfait, ou juste un innocent perturbé par ce crime sauvage ?

— Que diable cette pièce faisait-elle ici ? s'interrogea-t-il.

— Je me demande si Marie n'avait pas tenté de soutirer de l'argent à quelqu'un, supposa Joséphine, plus pour elle-même que pour lui répondre.

— De l'argent ? répéta-t-il.

— Oui. Je crois qu'elle avait découvert quelque chose et qu'elle a essayé d'échanger son silence contre quelques louis.

— Mon Dieu... Mais que savait-elle ?

Sans rien dire, Joséphine serra les poings. La femme de chambre connaissait l'identité de l'assassin de madame de Sept-Vans, bien évidemment. Elle avait dû comprendre ce qui se tramait, lorsque le comte et elle lui avaient demandé de leur ouvrir le bureau de madame de Sept-Vans. Elle avait dû réaliser qu'ils menaient l'enquête sur le décès de sa maîtresse, et soudain un détail lui était revenu en mémoire – cette fameuse chose qu'elle pensait avoir remarquée et qui la tracassait depuis quelques jours. Pourquoi ne leur avait-elle pas confié ce qu'elle savait, au lieu de s'engager dans un jeu beaucoup trop dangereux pour elle ?

Ce qu'elle avait découvert n'était pas difficile à deviner. Elle avait dû comprendre que la mort de madame de Sept-Vans ne devait rien à la nature et, puisqu'elle avait accès au bureau de la baronne, elle avait dû y trouver un indice compromettant qui l'avait renseignée sur l'identité de l'empoisonneur. Voulant user de ce secret pour gagner de l'argent, elle lui avait promis son silence en échange de quelques louis. L'autre n'avait eu qu'à l'attirer dans l'écurie, lui donner ce qu'elle désirait... et l'étrangler pour la faire taire à tout jamais. Puis il avait escamoté la rançon, avant de maquiller la scène en agression, sans remarquer la pièce d'or tombée sous le corps de la malheureuse. Cela n'avait plus rien à voir avec un simple meurtre, désormais : Joséphine avait affaire à un monstre capable d'ôter plusieurs vies. Cette idée lui tira un frisson d'horreur.

— À quoi pensez-vous donc ? interrogea Geoffrey tandis qu'ils regagnaient le château.

Faire confiance au baron, à cet instant, relevait de la pire folie. Elle ne pouvait pas l'écarter de sa liste de suspects, pas après tout ce qu'elle avait découvert à son sujet, et s'il tentait de savoir si elle avait compris quelque chose, elle ne devait surtout pas lui laisser entendre que c'était bien le cas.

— Je me demande quel genre de monstre pourrait bien infliger cela à une domestique, soupira Joséphine, le cœur cognant dans sa poitrine. Cette pauvre Marie... comme elle a dû avoir peur !

Cela, au moins, était la vérité. Elle ressentait une profonde pitié pour cette jeune fille, qui avait vu dans ses déductions une opportunité de changer sa vie. Elle pouvait comprendre ce qu'elle avait éprouvé, le sentiment de pouvoir qui l'avait envahie et la certitude d'enfin se lancer dans sa nouvelle carrière de modiste. Hélas, cela n'arriverait jamais, désormais.

Ils pénétrèrent dans le château et Joséphine s'aperçut qu'elle était transie de froid. La chaleur dispensée par les cheminées lui tira des frissons qui se dissipèrent peu à peu, à mesure que son corps se réchauffait. Elle avait besoin d'une tisane, ou bien de quelque chose d'un peu plus fort, pour se remettre de ses émotions avant d'examiner la dépouille de Marie.

Le comte ! Elle devait à tout prix lui raconter ce nouveau meurtre. Prise d'une impulsion subite, la jeune fille faillit s'élancer en direction de la salle à manger, mais elle se réfréna tout à coup. S'il apprenait ce qui était arrivé, il tenterait de l'empêcher de mener son enquête. Il essaierait de la dissuader de poursuivre, arguerait que c'était bien trop dangereux et qu'elle devait rester en dehors de tout cela pour éviter de se faire tuer, elle aussi. Bien sûr, ce seraient de sages paroles, mais Joséphine voulait à tout prix savoir ce qui s'était réellement passé. Elle devait comprendre. Peu importait le péril, elle devait découvrir la vérité.

Sans plus attendre, elle se dirigea vers le quartier des domestiques, précédée de Geoffrey. Les femmes de chambre et les valets patientaient dans les encadrements des portes, les mains jointes et la tête basse. Tous saluèrent le maître de maison tandis qu'il progressait dans le couloir, murmurant des « Monsieur » d'une voix frémissante. Enfin, Lavergne leur désigna une pièce ouverte sur leur gauche. Le baron y pénétra, suivi de Joséphine.

On avait étendu Marie sur son lit, figée dans la position dans laquelle elle se trouvait à l'écurie. Joséphine se tourna vers les deux hommes pour leur enjoindre de sortir durant l'examen. Restée seule avec le corps, elle poussa un long soupir. C'était la première fois qu'elle s'adonnait à ce genre d'auscultation sans l'aide de son père, et elle n'était pas tout à fait certaine de ce qu'elle cherchait. La femme de chambre semblait ne pas avoir subi de violences sexuelles, car ses jambes et ses parties intimes ne portaient aucune ecchymose ni aucune griffure qui auraient pu trahir un viol. Sa robe avait été déchirée à l'épaule, au niveau de la poitrine et sur le bras, comme si quelqu'un l'avait empoignée à ces endroits avant de l'étrangler. Non, personne n'avait voulu l'agresser ou même le faire croire : c'était un meurtre, pur et simple. La pauvre domestique avait espéré obtenir une fortune en se rendant dans l'écurie durant la nuit, mais seule la mort l'y attendait.

Soulagée, néanmoins, de constater que sa dépouille n'avait subi aucun assaut de cette nature, Joséphine réajusta les jupes de la jeune femme et se pencha au-dessus de son cou. Les traces ne laissaient aucun doute. Un homme lui avait empoigné la gorge pour l'étrangler : l'écartement des doigts et la taille des marques en témoignaient. Rien d'autre n'apparaissait sur le corps à cet instant, hormis un hématome sur la pommette gauche. On avait dû la frapper pour l'assommer et l'empêcher de se débattre.

Joséphine se signa devant la défunte et, après avoir remonté le drap sur elle, quitta la chambre. Ses yeux s'agrandirent de stupeur lorsqu'elle se retrouva nez à nez avec le comte, dont le regard d'azur parut tout à coup lancer des éclairs. Il la repoussa dans la pièce et chuchota d'une voix empressée :

— Que faites-vous, insensée que vous êtes ?

— J'examinais la dépouille de Marie, répondit Joséphine sur le même ton. Elle a été étranglée par un homme.

— Geoffrey m'a prévenu. Maintenant, cela suffit : vous devez cesser ce petit jeu.

— Je me doutais bien que vous diriez cela, s'indigna la jeune fille. Encore une fois, si je n'étais pas là, impliquée dans cette enquête, personne ne saurait ce qui est arrivé à cette malheureuse. Je vous explique qu'un homme l'a tuée et vous ne me demandez même pas pour quelle raison quelqu'un aurait commis ce crime.

— Je le devine sans peine, voyons ! Cette idiote avait compris qui était l'assassin de madame de Sept-Vans. Elle nous a dit hier que quelque chose dans le bureau ne lui paraissait pas normal. Elle a dû s'en souvenir après toutes nos questions et aura tenté de faire chanter son meurtrier. Et bien sûr, celui-ci ne l'a pas laissée s'en tirer de cette manière.

— Oui ! C'est bien cela ! Cela signifie que nous nous rapprochons de notre but.

— Mademoiselle Galtier, vous ne comprenez pas ce que cela veut réellement dire. Cet homme est capable de vous tuer s'il apprend que vous enquêtez sur lui. Est-ce que vous saisissez ? Il a assassiné deux personnes. Il n'aura aucun scrupule à recommencer.

— Je ne compte pas le laisser s'en tirer si aisément, Monsieur. Si vous avez peur, grand bien vous fasse : restez en dehors de cette histoire. Je me charge de ces investigations !

Sur ces mots, elle quitta la pièce, abandonnant le mousquetaire derrière elle. Joséphine fulminait. Comment osait-il lui donner des ordres ainsi ? Oui, il était un homme et oui, il était un aristocrate de haut rang, mais cela ne lui conférait aucun droit sur elle. Ses décisions lui appartenaient. Peu importait ce qu'il en pensait, ce qu'il estimait raisonnable ou non. Le meurtrier allait se sentir acculé. Il commettrait des erreurs. Elle ne se trouvait plus qu'à quelques pas de la vérité – il lui suffisait presque de tendre la main pour toucher du doigt ce qui lui manquait. Elle ne pouvait tout de même pas tout abandonner maintenant !

Mais le comte la rattrapa dans le couloir, la saisit par le poignet et l'obligea à se retourner. La colère qui se lisait dans ses yeux flamboyants pétrifia Joséphine un bref instant.

— Je vous conjure de cesser ces investigations, mademoiselle Galtier, insista-t-il. Je vous jure que si vous ne m'obéissez pas, vous le regretterez amèrement.

Cette fois, une autre peur s'insinua dans le cœur de la jeune fille. Son regard se planta sur le comte, rencontra le sien, dur, froid et menaçant. Une alarme résonna dans son esprit et elle recula vivement, arrachant son poignet à celui du gentilhomme, avant de s'élancer dans le couloir pour se précipiter dans le vestibule. Sans repasser par le salon, Joséphine se rua dans sa chambre et referma la porte derrière elle.

Et si elle s'était trompée sur toute la ligne ? Si ce n'était ni monsieur Delvaux, ni Geoffrey, ni monsieur Cartegnier ? Le comte possédait de grandes mains, des doigts solides, des paumes fortes. Sa poigne d'acier aurait pu étrangler une jeune femme sans la moindre difficulté. Il se trouvait loin de madame de Sept-Vans durant le repas, mais il aurait très bien pu verser quelque chose dans les tasses de tisane alors que Marie les apportait dans le bureau – voilà ce qu'elle aurait su de lui, et ce avec quoi elle aurait pu le faire chanter. Peut-être voulait-il épouser Gabrielle. Sans madame de Sept-Vans, la jeune fille n'était plus tenue d'honorer les promesses de sa mère et pouvait choisir son mari. Il aurait très bien pu la tuer pour cela.

Horrifiée, Joséphine tenta de se calmer en faisant les cent pas dans sa chambre. Non, c'était ridicule. Le mousquetaire n'avait pas besoin d'assassiner madame de Sept-Vans. S'il aimait Gabrielle, il aurait simplement pu lui faire sa demande : il était un aristocrate, futur marquis d'Arranges et comte de Commergnac, et détenait l'une des plus grosses fortunes de France. Il n'aurait eu qu'à ployer le genou devant la jeune femme pour que sa mère donne son accord dans la foulée.

Mais alors pourquoi l'avait-il menacée ainsi ?

Assise sur son lit, Joséphine passa les deux mains sur son visage et tâcha de repousser les idées qui lui venaient à l'esprit. Il ne l'avait pas menacée : il avait tenté d'imposer sa décision par la force, en usant de son autorité de noble. Il avait essayé de la dissuader de continuer son enquête pour lui éviter de finir comme Marie, elle aussi.

Il oubliait cependant un détail d'importance : elle ignorait toujours qui avait tué la baronne et sa domestique. Certaines pièces commençaient à se mettre en place, mais les autres, elles, demeuraient inextricables. Il lui manquait encore certaines informations. Trop de doutes subsistaient sur certains mobiles, sur certains alibis. Même si elle y voyait plus clair sur certains agissements, les zones d'ombres restaient trop nombreuses.

Elle bondit sur ses pieds, de nouveau. Elle pouvait peut-être éliminer certaines personnes de sa liste de suspects. Elle devait à tout prix parler à Marianne.

20

Il ne fut pas très compliqué de retrouver la jeune femme, qui avait déserté le grand salon pour s'isoler dans sa chambre. Depuis la mort de madame de Sept-Vans, Marianne était renfermée, silencieuse, parfois craintive. Joséphine croyait en savoir les raisons, mais elle ne pouvait pas conclure quoi que ce fût avant d'en avoir discuté avec son amie.

Avec douceur, elle frappa et patienta, le temps que Marianne vînt l'accueillir. Les yeux de la jeune femme étaient rouges et gonflés : elle avait pleuré.

— Joséphine ? s'étonna-t-elle, la voix encore chargée de sanglots.

— Pourrais-je te parler, s'il te plait ? s'enquit Joséphine.

— Cela ne pourrait-il pas attendre un autre moment ? Je suis... un peu fatiguée. La mort de cette malheureuse... C'est affreux. Quelqu'un l'a tuée !

— Je sais, c'est abominable. Mais c'est très urgent. Cela ne devrait pas prendre plus de quelques minutes.

Marianne plissa les lèvres, contrariée, mais finit par ouvrir la porte en grand. Joséphine pénétra dans la chambre. La pièce n'avait pas changé depuis la dernière fois qu'elle y était entrée. Marianne l'invita à s'asseoir dans un fauteuil, mais la jeune fille préféra rester debout. Les mains pressées l'une contre l'autre, ennuyée par ce qu'elle allait devoir accomplir, elle se tourna vers son amie et demanda de but en blanc :

— Où te trouvais-tu la nuit où madame de Sept-Vans est morte ?

Un long silence suivit sa question. Pâle et hagarde, Marianne tendit le bras vers la bergère la plus proche et s'y laissa choir, tremblante. Joséphine ne répéta pas. La jeune femme avait parfaitement entendu et sa réaction lui paraissait plus que normale en raison des circonstances.

— Avec Geoffrey, répondit Marianne dans un souffle.

— C'est faux. Geoffrey n'était pas dans sa chambre.

— Nous nous étions retrouvés ici.

— Je regrette, mais tu mens. Quelqu'un t'a vu dans l'aile des hommes à vingt-trois heures trente. Qu'y faisais-tu ?

— Je... cherchais Geoffrey. Il fallait que je lui parle.

— L'as-tu trouvé ?

— Non. Il était sorti. Il avait besoin... de respirer. De marcher.

— Pourquoi ?

Marianne releva la tête dans sa direction, sourcils froncés.

— Pourquoi m'interroges-tu ainsi ? Quelles sont ces questions ? Cela ne te concerne en rien.

— Cela me concerne bien plus que tu ne le penses, mais si tu ne veux pas répondre, puis-je le faire à ta place ?

Son amie détourna brièvement le regard. À la façon dont elle s'était humecté les lèvres, Joséphine devina qu'elle se demandait ce qu'elle savait ou pas.

— Tu te trouvais avec monsieur Cartegnier, n'est-ce pas ? Au moins jusqu'à vingt-trois heures trente, heure à laquelle tu sortis de sa chambre. Tu tentas alors de rejoindre Geoffrey, mais il n'était pas encore revenu de sa promenade nocturne.

Marianne garda le silence. La bouche close, les yeux remplis de larmes, elle fixa Joséphine sans se détourner, mais sans doute sans la voir. La jeune fille admira la dignité avec laquelle son amie accueillait ses déclarations. Elle doutait qu'elle aurait su relever la tête avec tant de fierté, si elle s'était trouvée à la place de Marianne.

— Geoffrey avait des dettes très importantes, n'est-ce pas ? Le jeu, c'est cela ? Tu n'as pas osé demander de l'argent à ton père de peur qu'il n'annule les fiançailles, et Geoffrey ne pouvait pas non plus en réclamer à sa mère. Elle ne lui en aurait jamais donné. Alors vous avez conclu un arrangement avec Blaise Cartegnier. Il recevrait un paiement… *en nature*, dirons-nous. Quelques heures avec toi en échange de la dette contractée par Geoffrey. Est-ce que je me trompe ?

— Mon Dieu, Joséphine ! s'écria Marianne. Non, ce n'est… ce n'est pas du tout ce que tu crois !

Elle se leva d'un bond, les paumes pressées contre elle, et secoua la tête de droite à gauche à plusieurs reprises. Joséphine la laissa faire les cent pas dans la chambre, comme si elle cherchait à déterminer si elle pouvait se confier à son amie.

— Il ne s'est pas… Oh ! Seigneur ! Bien sûr que non !

Marianne passa une main fébrile sur son visage avant de se tourner vers Joséphine.

— Comment as-tu découvert que je m'étais rendue dans ses appartements ?

— J'ai trouvé la lettre de Geoffrey dans les documents de monsieur Cartegnier, et la tienne dans ceux de Geoffrey.

— Tu as fouillé les affaires de Geoffrey ? Pourquoi ?

— Disons que c'est arrivé, c'était nécessaire. Peu importe, d'accord ? J'ai compris que vous essayiez de gagner du temps avant d'obtenir de l'argent. Puis, ainsi que je te l'ai rapporté, quelqu'un t'a surprise cette nuit-là dans le couloir des hommes, mais tu ne te rendais pas chez Geoffrey. La personne qui t'a vue l'a interprété de cette manière, mais Geoffrey ne se trouvait pas dans sa chambre. Au vu de ton état de ces derniers jours, de ta détresse et… connaissant le caractère de monsieur Cartegnier, j'en ai déduit que tu sortais de chez lui. Mais si ce n'était pas pour… un paiement en nature en compensation des dettes de Geoffrey, que s'est-il passé ?

— Monsieur Cartegnier peut se montrer beaucoup plus retors que tu ne l'imagines, répondit Marianne, les bras serrés autour d'elle. Il n'aurait sûrement pas dit non à un recouvrement de cette nature, mais ce n'est pas ce qui l'intéresse vraiment.

Elle s'interrompit. Des larmes d'humiliation montèrent à ses yeux et brouillèrent sa vision. Marianne les chassa d'un vif revers de main.

— L'affaire de mon père, bien sûr. Voilà ce qu'il voulait.

— Je ne comprends pas.

— Papa est un tailleur réputé. Monsieur Cartegnier est drapier. Ils ne sont pas en concurrence, mais des parts dans le négoce de mon père renforceraient sa position sur le marché du textile à Paris. Cela ferait de lui l'importateur de tissus le plus important de Paris, si ce n'est de France ou même d'Europe, et un homme très riche.

Marquant une pause afin de remettre de l'ordre dans ses pensées, Marianne prit une profonde inspiration. Joséphine garda le silence, trop intéressée par la suite de ses explications pour oser l'interrompre maintenant.

— Monsieur Cartegnier a préparé des documents, des contrats. Ils stipulent qu'à la mort de mon père, lorsque j'aurai hérité de l'affaire, la moitié de mes parts lui reviendront.

— La moitié ? explosa Joséphine, incapable de se contenir, et les larmes envahirent de nouveau les yeux de Marianne.

— La moitié, oui. Et encore, ce n'étaient pas ses conditions initiales. Au début, il consentait à effacer l'ensemble des dettes de Geoffrey à condition que je lui cède toute la société, mais j'ai réussi à le convaincre de n'en prendre que la moitié. Nous serons associés à parts égales. L'œuvre de la vie de mon père... lui appartiendra presque. Je l'ai vendue avant même qu'il ne soit mort.

Ses lèvres se pincèrent et elle dut s'obliger à un effort visible pour ne pas fondre en larmes. Joséphine laissa échapper un profond soupir. Connaissant l'horrible personnalité de monsieur Cartegnier, elle s'était attendue à un terrible chantage, mais elle n'aurait jamais imaginé qu'il pût se montrer aussi retors et, surtout, aussi pragmatique. Elle s'était lourdement trompée à ce sujet et la honte colorait ses joues pâles. Certes, exiger un paiement scabreux eût bien ressemblé au drapier, mais il se serait exposé à la furie de Geoffrey – un mousquetaire, vif et impétueux, sans doute, et prompt à résoudre les affronts à son honneur par un coup d'épée bien placé. En agissant ainsi, en réclamant des parts dans l'affaire de monsieur Delvaux, il s'assurait un avenir bien plus intéressant et intelligent qu'un simple plaisir d'un soir. Et le contrat signé, Geoffrey ne pouvait plus s'y opposer, tout soldat de Sa Majesté qu'il était.

— Geoffrey sait-il ce que tu as négocié avec monsieur Cartegnier ? demanda enfin Joséphine.

— Oui. Il regrette beaucoup que j'aie dû en arriver là. Il m'a promis de ne plus jamais jouer.

Les yeux de Marianne flamboyèrent à ces mots. Si Geoffrey comptait manquer à sa parole, elle ne lui en laisserait pas l'occasion.

— Et ton père ? s'enquit encore Joséphine.

— Seigneur, non ! répondit son amie, horrifiée. S'il l'apprenait, ce serait un coup terrible, pour lui. Il espère que je continuerai à gérer l'affaire après sa mort. Je ne peux pas lui dire que j'ai vendu la moitié du fruit de son travail à quelqu'un d'autre ! Il ne doit jamais le savoir. Promets-moi que tu ne lui diras rien !

— Bien sûr, je te le promets. Ce n'est pas à moi de le lui dire...

— Parfait.

Marianne poussa un long soupir et essuya ses dernières larmes du bout des doigts. Étrangement, cette conversation semblait lui avoir redonné du courage, car elle s'était redressée, le menton volontaire et le visage empreint d'une nouvelle fermeté.

— J'ai besoin de savoir, poursuivit Joséphine, un peu embarrassée, tout de même, d'insister sur ce qui s'était passé. À quelle heure as-tu rejoint monsieur Cartegnier ?

— Quoi ?

— C'est important. Essaie de te souvenir. Vers quelle heure es-tu allée dans sa chambre ?

— Nous avions rendez-vous à vingt heures trente.

Joséphine réfléchit. Puisque madame de Sept-Vans se trouvait avec monsieur Delvaux avant cela et que Marianne avait retrouvé Blaise Cartegnier au moment où elle sortait de son bureau, le tisserand n'avait pas eu l'occasion d'assassiner sa future belle-mère. Même si celle-ci avait voulu annuler son mariage avec Gabrielle, cela ne changeait rien : il n'aurait jamais eu le temps d'empoisonner madame de Sept-Vans avant son tête-à-tête avec Marianne. Cela signifiait donc qu'il n'avait eu aucune opportunité de le faire.

Si Cartegnier quittait désormais sa liste de suspects envisageables, il n'en demeurait pas moins un problème de taille : où se trouvait Geoffrey durant ce temps ? Avait-il rencontré sa mère ? Lui avait-il parlé ? Était-il parvenu à lui faire boire la belladone ? Si oui, comment s'y était-il pris ? Il était le seul dont Joséphine ignorait les faits et gestes ce soir-là. Où s'était-il rendu ? Il ne pouvait avoir aucune maîtresse dans le château à moins qu'il ne se fût agi d'une domestique : mademoiselle de Mercie avait passé la nuit avec Édouard de Sept-Vans, Gabrielle dormait sous l'emprise du laudanum et Louise n'aurait jamais osé trahir la confiance de son amie d'enfance. Marianne avait dit qu'il avait marché. Oui, mais où ? Et pour faire quoi ?

De nouveau, elle se tourna vers son amie, qui semblait à présent maîtresse d'elle-même et dont le visage reprenait peu à peu des couleurs, comme si avoir parlé de tout ceci lui avait ôté un poids des épaules.

— J'ai encore besoin de savoir une chose. C'est la dernière, je te le promets. Geoffrey t'a-t-il expliqué où il s'était rendu ce soir-là, pendant que tu te trouvais avec monsieur Cartegnier ?

— Non... Il ne m'a rien dit. Je ne pense pas qu'il soit sorti, il devait faire très froid, dehors, et il neigeait.

— Oui, c'est juste.

Le jeune homme aurait laissé des empreintes dans la poudreuse, et c'était la première chose que Joséphine avait vérifiée en regardant par la fenêtre de madame de Sept-Vans. Il n'y avait alors aucune trace à l'extérieur. Mais si la neige était tombée toute la nuit, peut-être avait-elle pu recouvrir les pas de Geoffrey avant le matin. Elle devait absolument comprendre à quoi il avait employé son temps ce soir-là, et la meilleure façon, que le comte l'approuve ou non, était sans doute de révéler la vérité au baron.

Joséphine demeura un moment avec Marianne, avant de l'aider à s'étendre sur son lit pour se reposer. Même si elle avait repris le contrôle de ses nerfs, la fatigue ne tarderait pas à l'emporter. Quand Joséphine referma la porte de sa chambre derrière elle, ce fut pour tomber sur mademoiselle de Mercie.

— Oh, vous voici ? s'étonna cette dernière. Je venais voir si Marianne voulait se promener avec nous.

— Je suis navrée, mais elle est un peu souffrante. Je crains qu'elle n'ait attrapé un refroidissement. Il vaut mieux la laisser se reposer.

— Juste Ciel, la pauvre ! s'écria la Précieuse. Bon, puisque je vous tiens, accepteriez-vous de nous accompagner ? Votre sœur vient avec nous, ainsi que monsieur de Hauteuil et monsieur Cartegnier. Joignez-vous à nous, cela vous fera le plus grand bien. Vos joues sont toutes pâles.

— Je suis rousse, Mademoiselle, lui rappela Joséphine. J'ai toujours la peau blanche.

— Cela n'est pas une excuse. Venez prendre un peu l'air.

— Je suis navrée mais je dois décliner. J'aimerais m'enquérir de monsieur de Sept-Vans, après la macabre découverte de ce matin. Cela peut causer un choc, de trouver un corps.

— Mon Dieu, oui, ne m'en parlez pas ! Je crois que c'est cela qui a tourmenté Édouard. Je vais lui laisser encore un peu de temps ; il reviendra, c'est évident.

Sur ces mots, la Précieuse tourna les talons et disparut en direction de l'escalier. Joséphine secoua la tête. La pauvre s'illusionnait : Édouard de Sept-Vans s'était montré très clair et ce n'était pas la mort de sa mère qui avait causé cela. Plutôt la goujaterie.

Joséphine chercha Geoffrey et le trouva en compagnie du comte dans la bibliothèque. Elle s'inclina pour manifester sa déférence envers les deux nobles, puis se planta devant le baron :

— Monsieur, j'aimerais vous parler quelques instants.

Elle n'eut pas besoin de tourner la tête pour sentir le regard perçant du mousquetaire dardé sur elle. Abaissant les épaules et redressant le menton, Joséphine fit comme si elle n'avait rien remarqué et ignora sa mauvaise humeur qui, déjà, commençait à alourdir l'air ambiant.

— Que se passe-t-il ? demanda Geoffrey.

— C'est au sujet de Marianne.

Cette fois, le comte se détendit un peu. Joséphine esquissa un sourire. Il n'imaginait pas ce qu'elle avait compris ni ce qu'elle s'apprêtait encore à découvrir.

— Je sais ce qui s'est passé pour elle la nuit où votre mère est décédée, poursuivit-elle avec prudence – et bien lui en prit, car Geoffrey pâlit à son tour. Il n'est point question de vous juger. Je me demandais juste où vous vous trouviez durant ce temps.

— Je vous demande pardon ? articula le jeune homme avec difficulté.

— Pas dans votre chambre, n'est-ce pas ? Monsieur de Hauteuil désirait vous parler mais vous n'étiez pas là.

Le baron déglutit et, lentement, s'assit dans son fauteuil. Joséphine le laissa faire sans rien ajouter. Elle savait qu'il avait besoin de temps pour admettre ce qu'elle venait de lui apprendre. Quelqu'un connaissait leur secret, à Marianne, à Blaise Cartegnier et à lui. Quelqu'un avait découvert la vérité, ce que Geoffrey de Sept-Vans avait dû demander à sa fiancée, la femme qu'il aimait, pour éponger des dettes. Le camouflet devait être si grand qu'il lui faudrait quelques instants pour s'en remettre.

Tandis qu'il rassemblait ses esprits, Joséphine leva les yeux vers le comte, qui la dévisageait avec curiosité. Un léger sourire fleurit sur les lèvres de la jeune fille. Il avait beau jouer les durs et se croire important – plus qu'elle, à l'évidence –, il n'avait pas compris, lui. Peut-être, tétanisé par la peur de ce qui pourrait lui arriver s'il poursuivait les investigations, avait-il tout simplement abandonné. Joséphine ne laisserait pas tomber, elle. Oui, être étranglée ou empoisonnée restait une possibilité, si le criminel réalisait qu'elle se trouvait sur sa piste, mais elle sentait qu'elle ne risquait rien à se montrer plus insistante envers Marianne et Geoffrey. Qu'ils aient choisi cette nuit en particulier pour régler leur partenariat avec monsieur Cartegnier constituait un regrettable concours de circonstances, Joséphine en était à présent persuadée, mais ils n'avaient pas tué madame de Sept-Vans. Et plus elle éliminait de suspects, plus il était simple pour elle d'identifier le véritable coupable. Ce que le comte, tout auréolé de sa puissance nobiliaire, ne découvrirait jamais, parce qu'il était trop couard pour persister malgré le danger. Le roi n'imaginait pas dans quelle fâcheuse posture il se trouvait, avec de tels gardes du corps.

Après quelques instants, les couleurs revinrent sur le visage de Geoffrey et il put enfin redresser la tête. Son regard sombre croisa celui de Joséphine ; il la fixa droit dans les yeux, sans se détourner, et choisit d'attaquer plutôt que de se défendre :

— Pourquoi me posez-vous ces questions ?

— Parce je sais ce qu'a fait Marianne et que je cherche à comprendre ce qui s'est réellement passé cette nuit-là. Je sais aussi que vous aviez contracté des dettes. D'importantes dettes. Monsieur Cartegnier était votre créancier et Marianne a dû lui céder l'affaire de son père en guise de paiement.

Du coin de l'œil, Joséphine aperçut le comte qui sursautait dans son fauteuil.

— Monsieur, vous devez me dire où vous vous trouviez durant ce temps.

— Dans le grand salon. Seul, si c'est la question que vous comptiez me poser ensuite. Le sommeil me fuyait et je ne pouvais demeurer si près de cette chambre alors que Marianne...

Il pinça les lèvres sans poursuivre. Sa mâchoire crispée trahissait la fureur qu'il éprouvait.

— Je ne l'ai pas forcée. Jamais je ne lui ai demandé de vendre l'affaire de son père. Monsieur Cartegnier a émis cette proposition et j'ai refusé, mais Marianne, elle, a accepté. Et depuis... elle n'est plus que l'ombre d'elle-même.

Joséphine l'avait remarqué, oui. C'était d'ailleurs ce qui lui avait mis la puce à l'oreille. Avant la signature du contrat, elle était nerveuse, silencieuse, presque éteinte, et désormais, elle ressemblait à une fleur privée de soleil depuis trop longtemps. Accepter de céder la gloire de sa famille pour sauver l'homme qu'elle aimait de la ruine était une chose, signer le contrat qui l'actait en était une autre. Marianne avait découvert, non sans difficulté, à quel point cela lui coûtait.

— Avez-vous toujours l'intention de l'épouser ? s'enquit Joséphine.

— Bien entendu ! Comment pourrais-je l'abandonner après ce à quoi elle a consenti pour moi ? Sans elle, monsieur Cartegnier aurait parlé de mes dettes à ma mère et elle m'aurait dépossédé de mes droits sur le domaine. Si elle avait eu vent de mon comportement avec le jeu…

— Madame de Sept-Vans n'était donc pas informée de vos problèmes ?

— Bien sûr que non ! Elle aurait été furieuse.

— Aurait-elle pu vouloir rompre vos fiançailles avec Marianne ?

Il leva un regard incrédule vers elle, comme s'il ne comprenait pas.

— Je ne sais pas. Je ne crois pas. La connaissant, elle aurait payé mes dettes puis m'aurait refusé le droit d'hériter du titre. Le domaine aurait été perdu. Gabrielle n'aurait pas pu devenir baronne et Mère rejetait catégoriquement qu'Édouard prenne sa succession. J'ignore ce qu'elle aurait fait alors. Peut-être aurait-elle cherché un époux noble pour Gabrielle afin de lui transmettre les terres par le biais de celui-ci.

— Mais cela n'est pas arrivé, coupa Joséphine. Marianne s'est rendue dans la chambre de monsieur Cartegnier à vingt heures trente et est restée en sa compagnie jusqu'à vingt-trois heures trente, heure à laquelle elle a été aperçue dans l'aile des hommes.

— Bon sang, Sept-Vans, gronda le comte, qui revenait enfin de sa sidération. Comment avez-vous pu la laisser se soumettre à cela ? L'héritage de votre fiancée… Sa dot !

— Je sais ! aboya Geoffrey. Je sais… Ce n'était pas ce que je voulais, je le jure. Et je paye tout autant, depuis, car mon cœur est rempli de honte. J'aurais dû proposer une solution différente, affronter ma mère, renoncer à mon titre et à tout ce que je possède aujourd'hui. Mais c'est fait. Et je ne sais comment faire pour réparer mon erreur.

— Vous n'avez pas d'autre choix que d'assumer, à présent,

répondit Joséphine, qui ne parvenait pas à éprouver de compassion pour lui. Vous devez prendre soin de Marianne et racheter votre conduite. Évitez le jeu, à l'avenir.

Il hocha la tête, abattu et honteux, tandis que le comte secouait la sienne d'un air stupéfait. Joséphine pouvait comprendre son désarroi. Son bon ami Geoffrey tombait du piédestal sur lequel il l'avait installé au cours de ces années à ses côtés. Elle-même n'aurait jamais imaginé que Marianne irait jusqu'à céder son héritage à un homme pour l'amour d'un autre, mais c'était bel et bien ce qui était arrivé. La seule différence, c'était que la jeune femme s'était comportée avec un grand courage, tandis que son fiancé, lui, avait fait montre d'une impardonnable lâcheté.

— Pourquoi... Pourquoi vouliez-vous savoir tout cela ? souffla soudain Geoffrey. Il ne s'agit pas de Marianne ou de moi, n'est-ce pas ? Pourquoi aviez-vous besoin de savoir où je me trouvais durant ce temps ?

Cette fois, Joséphine chercha l'approbation du comte. Celui-ci acquiesça d'un signe du menton. Le moment était venu d'expliquer à Geoffrey ce qu'il s'était réellement passé cette nuit-là. Avec lenteur, la jeune fille s'assit dans un autre fauteuil et le tourna un peu vers le baron, puis joignit les mains sur ses genoux.

— Votre mère, Monsieur, n'est pas décédée de cause naturelle, annonça-t-elle avec la plus grande prudence. Elle a été empoisonnée.

— Comment ? C'est... C'est impossible, répondit-il, sidéré. Vous êtes folle.

— Hélas, c'est bien le cas, rétorqua le comte, avant de remarquer le regard noir de Joséphine. Je veux dire : votre mère a bel et bien été assassinée, Sept-Vans. Elle a été empoisonnée à la belladone au cours de la soirée qui nous intéresse.

— À la... belladone ? répéta Geoffrey dans un souffle.

— Le produit que met mademoiselle de Mercie dans ses

yeux, expliqua Joséphine. Il est tiré d'une plante hautement toxique.

— Alors c'est Clémence qui a assassiné Mère ?

Geoffrey se leva d'un bond, comme s'il se sentait prêt à aller affronter la jeune femme. Le comte s'empressa de le rattraper et de le ramener vers son fauteuil.

— Non, ce n'est pas elle. Nous savons qu'elle a passé toute la nuit dans sa chambre.

— Comment pouvez-vous en être sûr ?

— Elle se trouvait avec Édouard, répondit Joséphine. Et je suis certaine qu'il est resté là tout le temps, car, au matin, je l'ai vu dans l'aile des femmes. Mademoiselle de Mercie l'a confirmé et rien n'a changé dans leur version en dépit de leur... séparation.

Durant plusieurs secondes, Geoffrey garda le silence, comme s'il avait besoin de quelques instants pour digérer cette nouvelle. Joséphine et le comte lui laissèrent quelques minutes de répit. Avec tout ce qu'il avait traversé ces derniers jours, entre le chantage de Cartegnier, l'intervention de Marianne, la mort de sa mère puis celle de cette domestique, Marie, ses nerfs avaient été mis à rude épreuve. Il passait la main sur ses lèvres comme pour en chasser un goût amer, et ses épaules tombantes trahissaient le poids qu'il ressentait.

Joséphine glissa un regard en direction du comte, qui le lui retourna en silence. Sans un mot, la jeune fille haussa les sourcils pour l'interroger : n'était-il pas impressionné par les conclusions auxquelles elle venait d'arriver ? Le mousquetaire reporta son attention sur son compagnon sans même réagir à sa provocation. Vexée, Joséphine esquissa une moue boudeuse et croisa les bras sur sa poitrine. Ne pouvait-il pas simplement admettre qu'il s'était trompé sur son compte et qu'elle était tout à fait capable de s'en sortir sans être tuée, et même sans son aide ? Après tout, s'il avait peur, c'était son problème. Elle se débrouillerait toute seule.

Relevant le menton, elle regarda de nouveau en direction

de Geoffrey, qui demeurait prostré dans le silence et plongé dans ses réflexions. Avec lenteur, Joséphine se pencha vers lui.

— Monsieur, essayez, je vous prie, de répondre spontanément à la question : qui a bien pu assassiner votre mère ?

— Qui ? Je n'en ai pas la moindre idée, souffla le baron en haussant les épaules. Personne n'aurait pu commettre cela. Peut-être s'est-elle suicidée ?

— Je ne la connaissais que peu, mais je n'ai pas eu l'impression qu'elle était abattue au point de se tuer, rétorqua Joséphine, et il n'eut d'autre choix que d'acquiescer. Quelqu'un l'a fait, c'est indubitable. Et il s'agit de la même personne qui a étranglé cette pauvre Marie.

— Avez-vous la moindre idée à ce sujet ?

Joséphine secoua la tête. À l'heure actuelle, son meilleur suspect était monsieur Delvaux, mais elle n'avait toujours pas de motif valable pour expliquer ce crime. Pourquoi aurait-il tué une femme qu'il n'avait plus vue depuis vingt ans ? Pourquoi à la veille des fiançailles de sa fille ? Cela avait-il un lien avec ce qu'elle avait dit ce soir-là, avant le dîner, quand tout le monde était monté pour se changer ? *Je vais mettre un terme à ce mariage*. Où se trouvait monsieur Delvaux à ce moment-là ? Il avait tout à fait pu entendre ses paroles, lui aussi, car il se tenait alors derrière Joséphine, à quelques pas, tout au plus. S'il avait saisi le sens de ses mots, il aurait pu emprunter la belladone que mademoiselle de Mercie avait offerte à sa fille, la verser dans la tasse de tisane d'Eugénie.

Mais il aurait dû échanger son flacon vide contre celui de la baronne, et à aucun moment il n'était monté dans sa chambre après cela. Quand aurait-il pu intervertir les deux fioles sans que personne ne s'en aperçoive ?

— Pas encore, compléta-t-elle alors que Geoffrey l'observait avec obstination. J'y réfléchis toujours.

— Il pourrait s'agir de l'un des domestiques, supposa-t-il. Marie a pu le surprendre glissant quelque chose dans la nourriture de Mère avant le repas, et elle aura mis du temps avant de comprendre ce qui se passait. Puis elle aura voulu le faire chanter.

— J'y ai pensé, mais c'est impossible. Quelqu'un a entendu madame de Sept-Vans délirer à vingt-deux heures. Cela signifie qu'elle était empoisonnée depuis moins d'une heure avant cela. Vingt-et-une heures au plus tôt. Donc le toxique ne pouvait pas se trouver dans le dîner.

Au mieux, il avait pu avoir été versé dans la tisane et, en comptant sur le repas qu'ils avaient partagé ce soir-là, assez copieux, cela aurait pu expliquer pourquoi la belladone n'avait pas fait son effet immédiatement. Bien sûr, un domestique aurait pu contaminer la tasse avant qu'elle ne parvienne à madame de Sept-Vans dans son bureau, mais comment aurait-il pu savoir qu'elle choisirait précisément celle-ci ? C'eût été bien trop aléatoire.

— Nous y réfléchissons encore, intervint le comte. Enfin, mademoiselle Galtier en a terminé avec cette enquête, à présent. Elle envisageait de laisser agir des personnes plus qualifiées.

— Cela prend un peu trop de temps à mon goût, rétorqua la jeune fille, qui lui retourna un regard noir. La neige aura bientôt entièrement fondu, tout le monde va quitter le château. Nous n'avons plus une seconde à perdre si nous voulons identifier le coupable.

— Et si c'était quelqu'un d'extérieur à la demeure ? suggéra encore Geoffrey. Quelqu'un aurait pu...

Il se tut, se rendant compte que c'était impossible. Un intrus aurait à coup sûr été remarqué par quelqu'un, puisque beaucoup de personnes erraient dans les couloirs ce soir-là. Non, madame de Sept-Vans n'avait pu être assassinée que par l'un des occupants de la maison.

— Que pensez-vous faire, à présent ? demanda le baron,

les yeux fixés sur Joséphine.

— Il me reste des pistes à suivre, le rassura-t-elle. Monsieur de Hauteuil n'a pas d'alibi, par exemple.

— J'imagine mal mon cousin étranglant une femme de chambre. Empoisonner quelqu'un serait dans ses cordes, mais ça... Je n'y crois pas.

— Peut-être, mais il haïssait votre mère. Il était son souffre-douleur depuis des années et elle ne s'est pas montrée très tendre avec lui les jours qui ont précédé sa mort.

— Non, c'est vrai.

— J'ai encore beaucoup de travail si je veux élucider ce crime avant demain matin, poursuivit Joséphine en se levant. Je vais donc prendre congé. Bien sûr, vous serez le premier informé si je trouve quoi que ce soit d'important.

— Mademoiselle Galtier ! rugit le comte.

Il avait lui aussi quitté son fauteuil et la rejoignit en deux enjambées. Joséphine devait redresser le menton pour soutenir son regard, mais elle lui tiendrait tête si nécessaire. Personne d'autre qu'elle n'avait soupçonné quelque chose sur la mort de madame de Sept-Vans, personne n'avait pris la mesure de ce qui était arrivé à cette malheureuse femme de chambre. Tout le monde s'en fichait. Tout le monde hormis elle. La crainte d'un potentiel danger ne la pousserait pas à se retirer de cette enquête. Encore moins un comte un peu trop sûr de ses prérogatives.

— Je vous ai demandé de vous tenir en dehors de tout cela, gronda le mousquetaire entre ses dents. Avez-vous vu ce qui est arrivé à cette pauvre fille ? Vous risquez de subir la même chose.

— Monsieur, je ne compte pas abandonner. Je vais trouver qui a tué madame de Sept-Vans.

— Pourquoi ? Que cela vous apportera-t-il ? Quelle gloire pensez-vous donc récolter en élucidant ce crime ?

— Aucune, Monsieur. Je veux simplement connaître la vérité.

— Alors renoncez ! Vous pourrez avoir la solution quand le conseil s'occupera de cette affaire.

— Et ce sera déjà trop tard ! rétorqua Joséphine en serrant les poings. Je sais bien que vous ne songez qu'à ma sécurité, mais s'il s'agit de découvrir ce qui s'est réellement passé, au diable la prudence ! Quand tout le monde aura quitté le château, l'enquête sera terminée. Les suspects s'éparpilleront dans la nature et nous n'identifierons jamais celui a tué madame de Sept-Vans et cette pauvre Marie. Leur esprit ne trouvera jamais la paix.

— Mais ce n'est pas à vous de...

— Monsieur, en dépit de tout le respect que je vous dois, ce n'est pas parce que vous avez peur que je dois moi aussi me comporter en lâche. Je vais découvrir qui les a tuées toutes les deux, et justice sera faite.

21

En réalité, Joséphine n'avait pas la moindre idée de la façon dont elle allait s'y prendre pour élucider ces deux crimes. Elle pouvait à présent rayer Marianne et Geoffrey de sa liste, ainsi que Gabrielle, qui était déjà couchée avant que madame de Sept-Vans ne fût empoisonnée, et mademoiselle de Mercie et Édouard qui avaient passé la nuit ensemble.

Mais entre monsieur Cartegnier, monsieur Delvaux et monsieur de Hauteuil, elle ne parvenait pas à trancher. Certes, le plus plausible était que ce fût le père de Marianne qui eût tué madame de Sept-Vans : il en avait eu l'occasion et peut-être le mobile, mais il demeurait cette question du flacon de belladone à échanger, et Joséphine ne comprenait pas comment il aurait pu s'y prendre. Monsieur Cartegnier quant à lui n'aurait jamais pu empoisonner la douairière entre vingt et vingt-et-une heures, puisqu'il avait accueilli Marianne à l'instant où la vieille femme quittait son bureau. En ce qui concernait monsieur de Hauteuil, elle ignorait presque tout de son emploi du temps de ce fameux soir, hormis qu'il avait essayé de parler à sa tante et qu'il l'avait entendue délirer. Rien ne disait que c'était la vérité. Il aurait fort bien pu justifier sa présence dans le couloir de cette manière, alors que c'était lui-même qui l'avait tuée. Madame de Sept-Vans lui avait-elle ouvert sa porte pour le recevoir après le départ de sa domestique ? Ou même au moment où celle-ci se trouvait dans les parages, ce qui aurait expliqué son meurtre, à elle aussi, si elle avait pu identifier l'assassin. Pourtant, la jeune fille doutait que monsieur de Hauteuil eût assez de cran pour étrangler quelqu'un. Le poison et la violence constituaient deux méthodes fort différentes.

Elle ne parvenait pas à se décider, à présent, sur ce qu'elle comptait faire. Tenter de confondre l'un ou l'autre en tête à tête était hors de question : elle n'avait pas la moindre envie de finir comme Marie, étouffée dans l'écurie. Elle devait avant tout réunir de nouveaux indices, et se montrer suffisamment discrète quand elle interrogerait ses suspects. Mais comment faire ?

Ce fut Louise qui lui apporta un début de réponse quand, alors qu'ils s'apprêtaient à déjeuner, la jeune femme saisit le bras de monsieur de Hauteuil :

— Très cher, vous allez beaucoup me manquer, sachez-le. Votre présence ici était un véritable enchantement.

— Oh ! charmante Louise, comme c'est aimable à vous ! s'enthousiasma monsieur de Hauteuil. Votre absence me pèsera également. Mais je compte bien vous inviter, vous et mademoiselle de Mercie, dans mon hôtel particulier de Tours prochainement. Qu'en dites-vous ?

— Ce sera avec grand plaisir !

— Partez-vous, monsieur de Hauteuil ? questionna Joséphine qui se trouvait non loin.

— Oui, demain matin. La neige fond enfin, c'est le moment pour moi de m'en aller. Je vais renouveler mes vœux de bonheur à mon cousin et à sa belle fiancée, puis je rentre chez moi.

— Il est vrai que l'ambiance actuelle est un peu pesante, confirma Louise. Je pense que Jo et moi ne tarderons pas non plus à regagner Paris. Deux morts en moins de trois jours... Quelle horreur !

— Oui, c'est si inconvenant, acquiesça le jeune homme.

L'annonce de la mort de Marie n'avait ému personne, pas plus que le fait qu'on l'avait trouvée étranglée. Comme si tout était parfaitement normal, les convives semblaient d'un commun accord avoir accepté ce décès comme un fâcheux incident. La haute société ne s'émouvait guère de ce qui pouvait bien arriver à ses domestiques. Quant au coupable, c'était bien sûr un rôdeur, ou bien un horrible petit ami caché dont elle avait refusé les avances une fois de trop. L'affaire était pliée avant même d'avoir été examinée et tout le monde s'en satisfaisait. L'idée même qu'il y eût pu y avoir un assassin dans la maison n'avait effleuré l'esprit de personne.

— Le plus triste, dans cette histoire, continua Louise, c'est que nous ne saurons probablement jamais qui a assassiné ces deux malheureuses.

Joséphine leva de grands yeux vers sa sœur, qui plaqua une main sur sa bouche d'un air navré. Mais c'était déjà trop tard : monsieur de Hauteuil avait parfaitement compris ce qu'elle venait de dire.

— Comment cela ? La bonne a été tuée, oui, mais madame de Sept-Vans... N'est-elle pas décédée de mort naturelle ?

Il tourna son regard clair vers Joséphine, qui esquissa un sourire crispé. Voilà. Elle n'aurait jamais dû parler à Louise de ce meurtre qu'elle tentait d'élucider : son aînée allait lâcher le morceau tôt ou tard et elle le savait pertinemment. Effarée par sa propre bévue, la jeune femme gardait la main sur ses lèvres et fixait un point par-delà la fenêtre du salon.

Monsieur de Hauteuil, lui, se pencha vers les deux sœurs, un air horrifié sur le visage :

— Êtes-vous en train de dire qu'il y a un dangereux maniaque qui rôde dans le château ? demanda-t-il avec effroi, alors que la vérité lui sautait enfin à la figure. Qui ? Va-t-il de nouveau tuer avant demain ? Mon Dieu ! Je dois à tout prix m'en aller d'ici !

— Monsieur, calmez-vous, je vous en conjure ! supplia Joséphine en tentant de l'obliger à se rasseoir dans le canapé. Il ne va rien nous arriver si vous demeurez maître de vous.

— Comment pourrais-je conserver mon calme alors

qu'un... un monstre rôde dans cette maison ? Je refuse de rester ici un jour de plus. Je vais rassembler mes bagages et je m'en vais !

Édouard de Sept-Vans, qui pénétrait à cet instant dans la pièce, suivi de monsieur Cartegnier et de monsieur Delvaux, haussa les sourcils en entendant son cousin s'égosiller ainsi.

— Eh bien ! Edmond, que t'arrive-t-il ?

— Savais-tu que ta mère a été assassinée ? lâcha monsieur de Hauteuil, au grand désarroi de Joséphine qui enfouit sa tête entre ses mains.

— Assassinée... ? Que dis-tu ? Tu es fou !

— Mademoiselle Galtier vient de me l'annoncer. Elle croit que tante Eugénie a été... Pourquoi diable pensez-vous cela, d'ailleurs ? demanda le jeune homme en se retournant vers les deux sœurs.

— Nous n'en sommes pas sûres, rétorqua Joséphine. Il pourrait bien s'agir d'un décès naturel. Ou d'un accident. Il n'y a rien de concret.

— Mon Dieu, qui aurait pu commettre un crime pareil ? s'inquiéta aussitôt monsieur Delvaux.

— Personne, sans doute ! répondit la jeune fille. Je vous en prie, n'y prêtez pas attention. Ce n'était... qu'une élucubration de ma part.

— Que peut-on attendre de l'opinion d'une dame ? intervint Blaise Cartegnier avec un sourire amusé. Nous le saurions, si elles avaient les facultés nécessaires pour réfléchir. Allons... Tout ça n'a ni queue ni tête.

— Cela semble logique, au contraire, le contredit cependant monsieur de Hauteuil. Après tout, cette malheureuse femme de chambre a bien été étranglée. Quelqu'un a peut-être bien tué tante Eugénie aussi. Une personne dangereuse, dans le château...

— Mais qui ? tempêta monsieur Delvaux.

— Je l'ignore, intervint Joséphine. Il n'y a rien de concret.

— Peut-être un membre de la domesticité ? suggéra

Édouard. Je ne les connais pas tous, je l'admets. Certains ont été engagés après mon départ de la maison. Si l'un d'eux avait tenté de voler de l'argent ou des objets, ma mère aurait pu le surprendre et il l'aurait assassinée pour la faire taire. Et tuer aussi sa complice.

Joséphine se mordit la lèvre. C'était une option, oui, et elle n'y avait pas songé. D'emblée, elle avait mis les serviteurs hors de cause, mais pour une bonne raison : aucun d'eux, hormis Marie, n'aurait eu l'occasion d'empoisonner madame de Sept-Vans, et Marie était morte à son tour. De ce qu'elle en savait, la jeune fille appartenait à la domesticité de madame de Sept-Vans depuis assez longtemps pour être sa femme de chambre : ce rôle n'aurait pas été alloué à une parfaite inconnue en qui on ne pouvait avoir confiance. Non, il y avait autre chose, Joséphine en était certaine. L'assassin se trouvait forcément parmi les hommes présents à cet instant, et si celui-ci pensait pouvoir la tromper avec un air surpris ou blasé, elle le démasquerait tôt ou tard.

Néanmoins, elle n'allait pas tarder à voir le comte débouler devant elle d'un pas furieux. Outré de réaliser qu'elle avait fini par vendre la mèche, comme n'importe quelle autre mijaurée de salon, il ne manquerait pas de la tancer pour son absence de prudence. Peut-être même l'obligerait-il à reprendre la route séance tenante pour Paris, afin de la mettre à l'abri. Louise et son incapacité à garder un secret...

— Sinon, il suffit de savoir où chacun d'entre nous se trouvait ce soir-là, poursuivit Édouard en se tournant vers les invités. J'étais avec Clémence, en ce qui me concerne. Et vous, messieurs ?

— Allons, allons ! Nous n'allons tout de même pas commencer à nous soupçonner les uns les autres, protesta monsieur Cartegnier. Nous sommes entre gentilshommes.

— Il s'agit de la vie de ma mère et de celle d'une de ses domestiques, rétorqua Édouard d'un ton cinglant. Si vous ne pouvez pas me dire où vous vous trouviez, je vais considérer cela comme suspect.

— J'étais dans ma chambre, Monsieur, répondit le drapier, agacé. Personne ne le confirmera. Je suppose qu'il en va de même pour chacun d'entre nous. Maintenant, veuillez m'excuser, mais si vous avez décidé de nous voir comme des assassins potentiels, je vais devoir prendre congé moi aussi. Mesdemoiselles.

Il les salua d'une brève inclinaison du buste, avant de quitter la pièce. Édouard de Sept-Vans le suivit des yeux ; une lueur de méfiance brillait dans son regard sombre. Quand il se tourna vers monsieur Delvaux, celui-ci haussa les épaules et secoua la tête.

— Que voulez-vous que je vous dise, mon cher ? soupira le tailleur. Je me trouvais dans ma chambre, moi aussi.

— Je vais tirer cette affaire au clair, annonça Édouard de Sept-Vans, les poings serrés. Si quelqu'un a tué ma mère, je souhaite connaître son identité et l'envoyer à l'échafaud.

Sur ces mots, il quitta le salon à son tour. Ses pas résonnèrent bientôt dans l'escalier. Joséphine dirigea son attention vers monsieur de Hauteuil et lui coula un regard en coin.

— Et vous, monsieur de Hauteuil, où vous trouviez-vous ?

— Je vous l'ai déjà expliqué, mademoiselle Galtier. Je ne parvenais pas à dormir, ce soir-là. Tout ce que m'avait dit ma tante tournait et retournait dans mon esprit et je désirais lui parler, l'empêcher d'écrire à mes parents.

— Jusqu'à quel point le vouliez-vous, telle est la question que je me pose, Monsieur.

— Comment osez-vous insinuer que je pourrais avoir quelque chose à voir dans cette histoire ? s'indigna le jeune homme, l'air effectivement outragé. J'ai souhaité m'entretenir avec ma tante à vingt-deux heures, mais elle se trouvait avec quelqu'un. Je suis donc descendu dans le salon.

— Y avez-vous rencontré une autre personne ? s'enquit

Joséphine, vivement intéressée par sa réponse.

— Non. Il n'y avait personne.

— Dans ce cas vous mentez, Monsieur, car Geoffrey a déclaré s'être rendu en bas entre vingt heures trente et minuit. Lui non plus ne parvenait pas à dormir.

— C'est peut-être bien lui qui fabule, rétorqua monsieur de Hauteuil.

— Peut-être. En attendant, vous n'avez pas d'alibi valable pour cette nuit-là, Monsieur. Je pense que j'en informerai monsieur de Sept-Vans. Cela l'intéressera sûrement.

— Arrêtez !

Monsieur de Hauteuil passa une main fébrile dans ses cheveux et manqua de faire tomber la perruque qu'il portait sur la tête. La réajustant avec adresse, il se gratta le menton et marcha jusqu'à la fenêtre la plus proche, où il demeura un instant debout pour réfléchir. Joséphine attendit qu'il eût terminé de rassembler ses esprits.

— C'est vrai, je n'étais pas au salon, confirma Edmond dans un souffle. Mais je ne peux pas vous dire où je me trouvais.

— C'est inutile, Monsieur. Je pense le savoir, répondit Joséphine.

Elle se leva et s'approcha de lui. Monsieur Delvaux se tenait toujours avec eux, tout comme Louise, et tous les deux ne perdaient rien de la conversation.

— Vous vous trouviez avec un homme, n'est-ce pas ? lui glissa-t-elle à voix basse. Peut-être ce domestique qui était si prévenant envers vous ? Comment se nomme-t-il ? Henri ?

Monsieur de Hauteuil tourna un regard surpris vers Joséphine, qui esquissa un sourire. Il ne s'attendait sûrement pas à ce qu'elle ait deviné cela. En réalité, elle avait suggéré cette hypothèse tout à fait par hasard, mais tout à coup, elle prenait sens : monsieur de Hauteuil avait peu quitté le beau valet des yeux depuis son arrivée au château, et le serviteur lui-même s'était montré très empressé envers l'aristocrate.

Ce dernier soupira et passa une main sur son visage. Il tremblait, signe manifeste de la peur qu'il éprouvait à l'idée que quelqu'un eût pu deviner son secret.

— Je tournais dans mes appartements comme un animal en cage, murmura-t-il. Je savais que ma tante avait prévu d'écrire à mes parents, mais je voulais... je voulais lui parler. Alors je me suis rendu à sa chambre. Il était vingt-deux heures, l'horloge du salon venait de sonner. Je l'ai entendue se disputer avec quelqu'un. Je me suis même étonné qu'elle ne réveille pas Gabrielle, juste à côté. Comprenant que je ne pourrais discuter avec elle ce soir-là, j'ai décidé de retourner dans ma suite, mais je suis finalement descendu. C'est là que j'ai croisé Henri et...

— Vous l'avez invité dans votre chambre, compléta Joséphine.

— Oui. Il est resté jusqu'à vingt-trois heures trente, et au moment où j'ai ouvert la porte pour le laisser sortir, j'ai aperçu Marianne dans le couloir. Elle toquait à la porte de Geoffrey.

— Qui ne pouvait pas répondre, puisqu'il se trouvait au salon.

— Sans doute, si vous le dites. J'ai attendu qu'elle s'en aille, puis Henri est parti. Et... c'est tout.

Joséphine acquiesça. Voilà qui devenait tout à coup plausible et qui expliquait pourquoi monsieur de Hauteuil n'avait pas rencontré Geoffrey sur son chemin ce soir-là.

— C'est vrai, ce que votre sœur a raconté ? questionna-t-il. Madame de Sept-Vans a-t-elle bel et bien été assassinée ?

— Je crains bien que oui, confirma Joséphine, qui ne voyait plus l'intérêt de mentir à présent. Auriez-vous aperçu une autre personne dans le couloir quand vous avez voulu parler à votre tante ? Ou même avant cela ?

— Non, pas du tout. Je n'ai remarqué personne.

— Bien. Je vous crois. Et... ne vous inquiétez pas, en ce qui concerne Henri. Je ne dirai rien, je vous le promets. Ceci ne me concerne pas, et cela n'a rien à voir avec cette affaire.

— Merci, Mademoiselle. Maintenant, si vous voulez bien m'excuser : j'ai des valises à préparer.

Il la salua et quitta le salon, le dos droit et raide. Louise se précipita vers sa sœur.

— Alors, que t'a-t-il dit ? s'enquit-elle avec excitation.

— Rien qui te concerne. Lou ! Comment as-tu pu parler avec autant de désinvolture ? Je t'avais pourtant demandé de ne rien dire !

— Je suis désolée, c'est sorti tout seul. Je n'ai pas pu m'en empêcher.

— Mademoiselle Galtier...

Monsieur Delvaux venait de s'avancer. Son air soucieux inquiéta aussitôt Joséphine, qui se tourna vers lui avec curiosité.

— Vous devriez prendre garde, Mademoiselle. Le jeu auquel vous jouez est dangereux.

— Je ne joue à aucun jeu, Monsieur, rétorqua la jeune fille. J'essaye simplement de comprendre le déroulement des faits cette nuit-là. Par ailleurs, vous-même avez passé du temps en tête à tête avec madame de Sept-Vans, juste avant son décès. Elle vous a invité dans son bureau, n'est-ce pas ?

— Si vous insinuez que j'ai pu la tuer, cette idée est grotesque !

— Pourtant...

— Il suffit, Joséphine ! Je vais écrire à votre père afin de lui rappeler comment une jeune fille doit se tenir. Vous devriez avoir honte. Sachez rester votre place, voulez-vous ?

Sur ces mots, il se détourna d'elle et quitta la pièce. Joséphine haussa les sourcils. Voilà qui le rendait encore plus suspect qu'il ne l'était déjà.

— Mon Dieu, quel air sinistre il avait ! commenta Louise en se rapprochant d'elle. Tu vas bien ?

— Oui, ça va.

— Je ne l'avais jamais vu aussi sombre. Il cache quelque chose, Jo, c'est certain.

— Ou peut-être estime-t-il tout simplement que je dois me comporter en jeune fille du monde, répondit l'intéressée, qui n'y croyait pas tout à fait.

— Fais attention, je t'en prie. On ne sait jamais ce qui pourrait passer par la tête du tueur.

Joséphine acquiesça et, bras-dessus bras-dessous avec sa sœur, elle se dirigea vers la porte du salon. Le déjeuner ne tarderait pas à être servi. Elles devaient se préparer.

Toutes deux remontèrent dans leurs appartements pour se repoudrer et se recoiffer. Francine, occupée à rendre Joséphine aussi jolie que possible, commentait les rumeurs qui commençaient déjà à se répandre dans le château – la jeune fille, incrédule, découvrit à quelle vitesse les ragots pouvaient être colportés par les domestiques. La femme de chambre avait ainsi appris que Marie avait bel et bien été assassinée, et que l'on suspectait madame de Sept-Vans d'avoir elle aussi été la victime de son meurtrier. Les soupçons des serviteurs se portaient inévitablement vers Édouard de Sept-Vans : n'avait-il pas ouvertement manifesté sa haine pour sa mère ?

Joséphine ne répondit pas aux paroles de sa camériste. Celle-ci ignorait tout ce qu'elle avait découvert jusqu'ici et cela valait mieux : une domestique morte suffisait amplement.

— Oh, il me manque des épingles, remarqua Francine, s'interrompant au beau milieu de son monologue. Je vais voir si Françoise peut m'en prêter d'autres. Ne bougez surtout pas, je reviens.

Mais Joséphine ne tenait pas en place, depuis qu'elle avait écouté les hommes exposer – ou non – leur alibi pour le soir du meurtre. Monsieur Delvaux avait refusé de se défendre tandis que tous les autres possédaient une explication sur leurs occupations : il était le seul à ne pouvoir justifier de ce qu'il avait fait et, pire encore, il s'était emporté lorsque Joséphine avait évoqué la tisane bue dans le bureau de madame de Sept-Vans peu de temps avant le drame.

Elle se leva pour ouvrir la fenêtre et monta sur le balcon afin de prendre l'air. Tout cela lui paraissait bien nébuleux, et pourtant tellement de pièces s'étaient déjà mises en place. Il ne lui manquait presque rien, un tout petit élément, elle le sentait, et soudain tout deviendrait limpide. Oui, mais quel élément ?

La porte s'ouvrit derrière elle et se referma. Joséphine soupira. Elle avait besoin de plus de temps pour réfléchir, plus de...

Elle n'eut pas le loisir de poursuivre ses analyses. Tandis qu'elle s'apprêtait à se retourner pour revenir s'asseoir devant la coiffeuse, une main puissante s'abattit sur sa nuque, la projetant en avant. Joséphine agrippa la balustrade. Son agresseur la poussa un peu plus, avant de soulever ses jambes. La jeune fille laissa échapper un cri aigu quand elle se sentit quitter le balcon, et un autre lorsque son corps bascula dans le vide.

22

Ses doigts accrochèrent la balustrade au moment où elle se croyait perdue. Lançant sa main gauche, elle parvint à agripper le rebord, mais la pierre glacée glissait. Son agresseur, dont elle ne voyait pas le visage d'ici, tenta de lui faire lâcher prise, mais la jeune fille se mit à crier. L'individu s'empressa de déguerpir, la laissant là, suspendue dans le vide, à deux doigts de lâcher la rambarde.

— Au secours ! hurla-t-elle encore, tétanisée. À l'aide !

La chambre de Louise se trouvait juste à côté de la sienne : sa sœur allait forcément entendre ses appels. Et en effet, quelques secondes plus tard, la porte s'ouvrait de nouveau et la voix de la jeune femme s'élevait dans ses appartements :

— Jo ? Jo ! Où es-tu ?

— Lou ! Le balcon !

La tête de Louise apparut par-dessus la balustrade. Elle laissa échapper un « Oh mon Dieu ! » catastrophé et saisit le bras de Joséphine pour tenter de la hisser sur la terrasse, en vain.

— Je n'y arriverai pas, Jo ! geignit-elle.

— Va chercher de l'aide, vite !

Louise acquiesça et disparut à la vue de Joséphine, qui essaya de raffermir sa prise sur la rambarde. Hélas, ses doigts engourdis par le froid mordant ne parvinrent pas à la rattraper, et sa main gauche lâcha brusquement la balustrade. Joséphine poussa un soupir étranglé quand son regard aperçut la neige fondue en contrebas. L'herbe verte du jardin commençait déjà à apparaître. Elle allait s'écraser dans la boue et se rompre le cou.

Mais une poigne ferme saisit soudain son bras, avant de la hisser, presque d'une seule traite, sur la terrasse. Son sauveur et elle s'effondrèrent en arrière ; Joséphine reconnut le comte, mais son corps refusa d'obéir quand elle voulut s'écarter de lui. Blottie contre son torse, la jeune fille ferma les yeux et se mit à trembler, avec tant de force que le mousquetaire dut l'enlacer pour l'apaiser.

— C'est terminé, souffla-t-il à son oreille, si bas qu'elle seule aurait pu l'entendre. Vous êtes sauve.

Elle laissa la vague de terreur refluer peu à peu. Son cœur battait à tout rompre dans sa poitrine et le moindre de ses muscles frémissait. À l'abri de l'étreinte du comte, la jeune fille garda les paupières closes un long moment, haletante, jusqu'à enfin parvenir à se calmer. Il lui permit alors de s'écarter de lui et la regarda des pieds à la tête.

— Comment vous sentez-vous ? Êtes-vous blessée ? Que s'est-il passé ?

— Quelqu'un m'a poussée. Mon Dieu, j'ai cru… j'ai cru que mon heure était arrivée.

— Joséphine, tu aurais pu mourir ! s'écria Louise juste à côté.

— En effet, vous auriez pu, mademoiselle Galtier, maugréa le mousquetaire, qui se relevait déjà pour épousseter ses vêtements. Je vous avais dit de garder le secret, que vous finiriez par attirer l'attention de l'assassin. Ce n'est pas un jeu !

— Je le sais bien ! protesta la jeune fille. Ce n'est pas ma faute !

— Tout le monde connaît la vérité, à présent, l'ignoriez-vous ? On ne parle plus que de cela : le meurtre de madame de Sept-Vans. Qu'aviez-vous donc en tête ? Espériez-vous que cela ferait sortir le tueur de son trou ? C'est réussi ! Un peu plus et nous pouvions vous enterrer en même temps que madame de Sept-Vans !

Joséphine se releva lentement et s'appuya à la rambarde. Ses jambes flageolantes faillirent se dérober sous elle, mais la poigne du comte, une nouvelle fois, l'empêcha de tomber. La jeune fille se reposa un instant contre lui ; il émanait de sa veste un parfum capiteux, doux et pourtant masculin, qui l'enivra l'espace d'une seconde.

— Ce n'est pas Jo qui a vendu la mèche, intervint Louise, mortifiée. C'est moi. Je ne l'ai pas fait exprès, les mots sont sortis tous seuls.

— Vous rendez-vous compte que votre bévue aurait bien pu faire tuer votre sœur ? la morigéna le comte. Et vous, Mademoiselle, ne vous avais-je pas recommandé de ne pas poursuivre cette enquête ? Ne vous avais-je pas dit qu'il valait mieux laisser le conseil effectuer son travail, désormais ? Comprenez-vous enfin quels dangers il peut y avoir à jouer les détectives ?

Il la tenait à présent par les épaules, ses deux mains, solides et fermes, enserrant ses bras. Joséphine le regarda sans réagir. Il était remarquablement beau – peut-être plus encore lorsqu'il se mettait en colère et que son froncement de sourcils amenait des éclairs dans ses yeux d'azur. La jeune fille inspira à pleins poumons. Le parfum du comte l'envahit de nouveau et elle se sentit tressaillir. Il la retint comme s'il croyait qu'il s'agissait d'un nouveau vertige dû à la chute qu'elle avait failli faire.

Avec un grognement agacé, le mousquetaire glissa son bras dans son dos, l'autre sous ses jambes et la souleva de terre, avec autant d'aisance que si elle avait été une plume. Par réflexe, Joséphine s'accrocha à son cou. Mais cette fois, ce n'était pas pour la jeter par-dessus le balcon qu'on la portait : le comte l'entraîna à l'intérieur et la déposa sur son lit. Le feu dans la cheminée la réchauffa instantanément.

— Vous devriez rester ici le temps de reprendre vos esprits.

Ce n'est pas le moment de vous évanouir. Mademoiselle Louise, peut-être devriez-vous sonner un domestique afin qu'il apporte un verre de liqueur à votre sœur. Cela lui fera sans doute du bien.

— C'est inutile, je me sens bien, protesta Joséphine, réalisant non sans honte ce qui la mettait dans un tel état. Je peux tout à fait descendre pour le dîner.

— Ne soyez pas ridicule. Restez un peu tranquille !

Un regard de lui la convainquit de demeurer immobile. Joséphine porta la main à sa poitrine, où son cœur cognait comme un fou, à nouveau. Ridicule, oui, c'était bien le mot. Voilà qu'elle s'enflammait pour un homme qui la détestait et qui n'avait qu'une envie : la renvoyer chez son père pour être enfin débarrassé d'elle.

Louise avait déjà envoyé Francine chercher un domestique ; une bonne se présenta quelques instants après et la jeune femme lui passa commande de trois verres d'hypocras. La servante se retira sans un mot.

— Manifestement, vous faites peur à quelqu'un, soupira le comte en faisant les cent pas dans la chambre. Vous vous êtes montrée beaucoup trop imprudente. Personne n'aurait jamais dû savoir que vous meniez l'enquête.

— C'est trop tard, à présent, protesta Joséphine. Nous ne pouvons plus remédier à cela. Quelqu'un a tenté de me tuer, et c'est très bien : cela signifie que cette personne craint d'être découverte. Je me trouve sur la bonne piste. Je pense même avoir une idée du coupable.

— Vraiment ? Qui ?

— Monsieur Delvaux.

— Comment ? s'écria Louise, stupéfaite. Tu es folle ! Jamais il ne s'abaisserait à commettre un acte aussi vil. C'est un gentilhomme, une connaissance de notre père. Jamais il ne ferait cela !

— Et pourtant, il en a eu l'occasion, rappela Joséphine.

Elle tenta de se redresser, mais le regard du comte l'en

dissuada.

— Premièrement, il avait de bonnes raisons d'en vouloir à Eugénie de Sept-Vans. Ils étaient fiancés et elle l'a éconduit parce qu'il ne possédait pas de titre de noblesse. À la place, elle a épousé le baron de Sept-Vans. Deuxièmement, nous savons qu'Eugénie désirait s'opposer à un mariage et je suppose qu'il s'agissait de celui de Geoffrey et de Marianne. Il a très bien pu vouloir la tuer pour l'empêcher de mettre sa menace à exécution. Ensuite, il avait l'opportunité de l'empoisonner : madame de Sept-Vans et lui ont bu de la tisane ensemble le soir où elle est morte. Il aurait pu verser de la belladone dans sa tasse sans qu'elle s'en aperçoive. Enfin, il a refusé de me dire où il était la nuit du meurtre. Il a prétendu qu'il se trouvait dans sa chambre, mais il m'a interdit de le questionner plus.

— Mettez-vous à sa place, mademoiselle Galtier, répliqua le comte. C'est un gentilhomme, d'un âge avancé, et voilà que vous l'accusez à mots couverts de mentir sur ce qu'il a fait cette nuit-là. Vous êtes une jeune femme, pas un pair de monsieur Delvaux. De quel droit vous permettez-vous de telles allégations ?

— Je me moque parfaitement de mon rang ou de ce qu'on pense de moi, Monsieur, rétorqua Joséphine, les dents serrées. Monsieur Delvaux n'a pas consenti à me dire ce qu'il faisait réellement ce soir-là et, qu'on le veuille ou non, c'est le meilleur suspect que nous ayons.

— Peut-être, mais cela n'explique toujours pas pourquoi il aurait eu de la belladone dans sa poche.

— Parce qu'il a entendu madame de Sept-Vans en même temps que moi, c'est certain ! Alors il est allé dans la chambre de Marianne et il a pris le flacon que lui a donné mademoiselle de Mercie.

— Et quand a-t-il échangé la bouteille vide contre celle d'Eugénie ?

— Eh bien... ça, je ne sais pas encore. Mais c'est la seule

pièce qu'il manque à l'échiquier ! Je vais trouver.

— Mademoiselle, les faits ne devraient pas se conformer à la vision que vous avez de la vérité. C'est à partir de ce que nous connaissons que nous pourrons tirer de bonnes conclusions.

Sur ces entrefaites, la femme de chambre revint, portant un plateau sur lequel reposaient trois verres. Joséphine saisit le sien et but une longue gorgée d'hypocras, avant de bondir sur ses pieds. Mal lui en prit : son geste fut si brusque que la coupe lui échappa des mains et s'écrasa sur le sol, répandant son contenu sur le parquet.

— Laissez, Mademoiselle ! protesta la domestique alors qu'elle se penchait pour ramasser les morceaux. Vous allez vous couper ! Je vais m'en occuper.

Joséphine s'immobilisa, les yeux écarquillés. Se couper ? Se couper... Pourquoi avait-elle un soudain sentiment de déjà vu ? Pourquoi s'imaginait-elle tout à coup que cette phrase anodine avait un sens particulier ?

— Se couper... répéta-t-elle dans un murmure.

— De quoi parlez-vous, mademoiselle Galtier ? s'inquiéta le comte, l'air un peu soucieux pour elle.

— Oh ! mais oui ! Se couper ! Je dois m'entretenir avec monsieur Lavergne.

— Monsieur Lavergne ? Le majordome ?

— Voulez-vous que je lui demande de monter, Mademoiselle ? s'enquit la femme de chambre.

— Non ! Je vais descendre. Ne le dérangez pas, je n'en ai que pour un instant.

Elle se dirigea vers la porte, mais sa sœur l'attrapa par le poignet afin de la retenir.

— Jo ! Tu ne peux pas sortir ainsi !

— Quoi ? Pourquoi ?

— Tu es toute décoiffée ! Et ta robe est dans un piteux état. Tu dois absolument te changer avant de descendre.

— Sans compter que vous deviez cesser de poser des

questions, intervint le comte d'un air agacé.

— Ce n'est presque rien ! répondit Joséphine en affichant un visage aussi innocent que possible. Je veux juste savoir ce qu'il a fait des morceaux de verre sur lesquels il s'est coupé la main, l'autre matin. C'est tout !

— Et puis ? s'enquit le mousquetaire.

— Et puis c'est tout ! Peut-être aimerais-je les voir, s'ils se trouvent toujours dans le château ? Par curiosité. Comme ça.

Le comte poussa un long soupir et, en retour, la jeune fille lui offrit son plus beau sourire, ses cils papillonnant sur ses yeux. Non, elle n'avait pas le talent de Louise pour cela, mais cela marcherait peut-être sur lui ?

Il secoua la tête puis sortit de la chambre. Joséphine émit un grognement de dépit, avant de consentir à laisser Francine la changer et la coiffer. La domestique épinglait sa dernière mèche quand quelques coups furent frappés à sa porte. Francine alla ouvrir et s'inclina aussitôt.

— Monsieur le comte ! s'exclama-t-elle, et Joséphine bondit de son siège.

— Entrez, entrez ! fit la jeune fille. Alors ?

— Alors les morceaux de verre allaient partir aux ordures d'ici peu. Voici les coupables.

Il lui tendit un petit sac de tissu dont elle s'empara sur-le-champ.

— Je ne vois vraiment pas ce que vous voulez faire de cela, soupira le mousquetaire tandis qu'elle se retournait pour vider le contenu du cabas sur sa coiffeuse. Ce ne sont que des détritus.

— Certes, mais je viens de me souvenir de ce que monsieur Lavergne m'a raconté le matin où il s'est coupé. Il a glissé sur une plaque de verglas en allant chercher le lait et s'est entaillé la main sur ces morceaux de verre, que quelqu'un avait négligemment abandonnés par terre.

— Oui, et alors ?

— Ces débris ne devaient pas s'y trouver avant que la neige

tombe, Monsieur, sinon les domestiques les auraient déjà ramassés. C'est le genre de chose qui peut blesser un cheval ou un promeneur. Madame de Sept-Vans, par exemple. Donc, s'ils s'étaient trouvés là avant le meurtre, quelqu'un les aurait retirés.

— Je ne vois toujours pas ce que cela nous apprend, répliqua le comte.

— Attendez un instant.

Joséphine récupéra le culot d'un flacon, plus grand que celui qui contenait le poison, mais pas aussi large qu'une bouteille. Intriguée, elle tenta de rassembler quelques autres gros morceaux. La fiole devait mesurer six pouces de haut et à peine deux de large. La neige avait nettoyé l'intérieur des éclats et l'étiquette n'était plus lisible, mais elle discerna les deux lettres « *LA* ».

— Belladone ? suggéra le comte, penché par-dessus son épaule.

— Hm... Peut-être. Mais je ne crois pas.

Joséphine porta un doigt à ses lèvres et le mordilla du bout des dents, pensive. Elle avait une bonne idée de la façon dont ce flacon avait atterri dehors, mais elle ignorait encore pourquoi.

— Nous devons descendre, la prévint le mousquetaire. Les autres vont finir par se demander ce que nous tramons.

— Je ne sais pas si je pourrai agir comme si de rien n'était devant l'homme qui a tenté de me tuer.

— Il le faut, pourtant. Je refuse que vous restiez seule dans votre chambre. À partir de maintenant, vous vous trouverez sous escorte où que vous alliez.

— Ah ! Voilà donc ce que ressent Sa Majesté lorsque les mousquetaires l'entourent, ironisa Joséphine.

— N'est-ce pas la meilleure des protections ? répliqua le comte d'un air pincé. En avant ! Il est temps de descendre.

— Oui, oui. Je viens.

Il lui offrit son bras, avec courtoisie. Joséphine n'eut pas le cœur à refuser. Oubliant momentanément le flacon et les suspects qui tentaient de la jeter par le balcon, elle glissa sa main sous le coude du mousquetaire et se laissa entraîner dans l'escalier.

— Essayez d'avoir l'air naturel, lui recommanda le jeune homme. Souriez et incitez les autres invités à croire que tout va bien. Nous pourrons constater si l'un d'eux manifeste une quelconque colère à vous voir bien vivante.

— D'accord.

— Ah...

Elle leva les yeux vers lui et croisa son regard. Le comte semblait perplexe.

— Quoi ? demanda Joséphine.

— C'est la première fois depuis le début de cette histoire que vous approuvez ce que je vous dis.

— Oh ! allons ! Bien sûr que non.

— Je suis prêt à parier que si. Quand avez-vous consenti à m'écouter depuis que nous nous connaissons ? Jamais.

— Vous êtes beaucoup trop sûr de vous, Monsieur.

— Parce que je suis certain d'avoir raison. Un comte ne se trompe jamais, sachez-le.

— Voyons, l'erreur est humaine. Mais j'oubliais, un noble n'est pas tout à fait un mortel ordinaire, en effet. Et de surcroît, vous êtes né homme : cela vous rend déjà bien meilleur que moi.

— Vous avez une très haute estime de moi. J'approuve.

— Vous ne devriez pas vous croire sur un piédestal, Monsieur. La chute pourrait s'avérer rude.

— Je *suis* sur un piédestal, ma chère : je suis comte, futur marquis, et officier de Sa Majesté dans le corps le plus prestigieux de son armée. Je suis indubitablement hors du commun.

— Attention, vos chevilles vont enfler et vous ne pourrez plus enfiler vos jolis souliers vernis.

— Ne vous inquiétez pas : je m'en ferai fabriquer une

nouvelle paire à ma taille.

Joséphine glissa de nouveau un regard dans sa direction. Les yeux du comte pétillaient, cette fois, et elle perçut toute l'ironie qui émanait de ses paroles. La jeune fille ne put s'empêcher de sourire. Elle n'aurait pas soupçonné ce sens de l'humour chez un homme tel que lui. C'était plutôt un bon point à mettre à son crédit.

Quand ils pénétrèrent dans la salle à manger, Joséphine releva le menton pour paraître plus fière qu'elle ne se sentait en réalité. Même si la proximité du comte la rassurait, elle savait que l'une des personnes présentes, ce midi-là, avait tenté de la tuer. Son regard se porta aussitôt sur monsieur Delvaux, puis sur monsieur de Hauteuil, mais aucun des deux ne l'observait. Geoffrey de Sept-Vans, en revanche, affichait un léger sourire en coin tandis que le mousquetaire et elle s'approchaient de la table.

Son garde du corps tira la chaise pour elle et l'aida à s'asseoir – Joséphine remarqua le petit air satisfait de Louise alors que monsieur de Faulcon de Montessand s'installait auprès de sa sœur. Raide comme la justice, le comte darda un regard perçant sur chacun des hommes présents, un regard qui semblait les défier de recommencer. Ce fut comme si quelqu'un, tout à coup, avait ouvert un flacon de miel et l'avait répandu dans le cœur de Joséphine. L'aristocrate, si séduisant, si noble, auréolé de son aura de mousquetaire, prenait sa défense devant le meurtrier de madame de Sept-Vans. Bien sûr, il ne le faisait que parce qu'il se sentait en devoir de la protéger, pas parce qu'il ressentait la moindre attirance pour une simple fille du peuple, mais le nectar ne voulut pas couler ailleurs. Joséphine eut soudain l'impression de flotter sur un nuage et une myriade de papillons s'envola dans son ventre – sans doute pour aller se délecter du miel qui avait envahi sa poitrine.

Puis elle secoua la tête et fronça les sourcils, réalisant

l'énormité de ce qu'elle pensait à cet instant. N'importe quoi ! Le mousquetaire n'en avait strictement rien à faire d'elle : il cherchait uniquement à effrayer le coupable. Elle devait se réveiller et cesser de le voir comme un prétendant potentiel. C'était un *comte* et, en cette qualité, il pouvait obtenir toutes les femmes qu'il désirait quand il le voulait. À aucun moment il ne s'intéresserait à une fille de médecin. Quant à elle, elle devait se concentrer : le meurtrier de madame de Sept-Vans se sentait assez en danger pour tenter de la tuer. Elle devait à tout prix mettre un visage sur son agresseur.

Hélas, ses jupes, ses cheveux et la panique l'avaient empêchée de voir celui qui l'avait poussée par-dessus la balustrade, et il s'était bien gardé d'apparaître dans son champ de vision. S'il regrettait ce qu'il avait commis et se maudissait d'avoir raté son coup, il cachait bien son jeu.

— C'est l'un des derniers repas que nous prenons tous ensemble, annonça Geoffrey, toujours assis en bout de table, à la place de sa mère. Je déplore que les circonstances n'aient pas été plus joyeuses, mais j'espère que nous nous reverrons à notre mariage.

— Je viendrai avec plaisir, assura Édouard d'un air canaille.

Son frère l'avait obligé à s'installer à sa gauche – une première depuis longtemps, à ce qu'il semblait. Gabrielle, assise juste à côté de lui, paraissait moins tendue que les jours précédents. Un sourire joyeux étirait ses lèvres roses.

— Tu es invité, bien entendu, répondit Geoffrey en posant la main sur son épaule. Je ne voudrais pas que tu manques cette fête.

— Quand pensez-vous vous marier ? s'enquit Louise tandis que les domestiques servaient le potage.

— Aussitôt que possible. Je tiens à ce que nous puissions fonder une famille, comme nous l'avons prévu depuis des semaines. Qu'en dites-vous, mon amour ?

Il prit la main de Marianne et la serra dans la sienne. Sa fiancée s'autorisa un pâle sourire – le premier, peut-être, depuis qu'elle avait conclut son arrangement avec monsieur Cartegnier. Joséphine sentit son cœur bondir dans sa poitrine. Peu importait si Marianne ne possédait plus toute la fortune de son père. Geoffrey ne l'aimait pas pour cela.

Le regard de la jeune fille dévia vers le mercier, qui discutait avec mademoiselle de Mercie. Il paraissait plongé dans leur conversation – qui portait, à ce qu'il semblait, sur les importations de tissus depuis l'Asie – et n'avait pas levé une seule fois les yeux vers Joséphine, pourtant assise en face de lui. En revanche, monsieur Delvaux la fixait d'un air sombre ; elle fut si troublée par la dureté de son visage qu'elle donna un coup de pied au comte sous la table afin d'attirer son attention sur le tailleur. Le mousquetaire demeura silencieux, mais suivit le regard de la jeune fille. Sans rien dire, il entama son potage comme si de rien n'était.

Joséphine baissa les yeux vers son assiette sans ressentir la moindre envie de manger. Était-ce possible ? Elle connaissait monsieur Delvaux depuis l'enfance. Sa famille était venue dîner chez celle du médecin à plusieurs reprises. Comment croire que cet homme, si bon et généreux, aurait pu empoisonner madame de Sept-Vans, étrangler une femme de chambre et tenter de la jeter par-dessus son balcon ? Pourtant, il semblait si froid, à cet instant... Joséphine n'avait jamais vu cette expression sur son visage ; c'était comme s'il voulait la dissuader de parler ou de continuer à respirer devant lui.

Assise au bout de la table, en face de monsieur de Hauteuil, Louise scrutait tout le monde. Elle paraissait prête à lancer son assiette de soupe à la tête du premier qu'elle trouverait suspect. Joséphine ne put réprimer un sourire. Même si sa sœur était décidément incapable de garder un secret, l'amour qu'elle lui portait et l'inquiétude dont elle avait fait preuve – sans compter le fait qu'elle avait tenté de la hisser sur le balcon toute seule – lui allaient droit au cœur.

— Il me tarde de regagner Turin, soupira soudain mademoiselle de Mercie, non loin. Le soleil et la chaleur me manquent tellement ! Et quand je me trouverai là-bas, je regretterai la tiédeur tourangeoise et rentrerai ici aussi vite que possible !

— Vous passez donc votre vie entre la Savoie et la France ? s'enquit Gabrielle avec intérêt, trop heureuse sans doute de penser à autre chose qu'aux crimes atroces qui s'étaient produits dans la maison.

— Oui, oui, en effet. J'aime la France, soyez-en sûre, ma chère, mais le sud a ce petit charme tout à fait délicieux qui fait qu'on ressent toujours l'envie d'y revenir.

— Par « petit charme », vous entendez sans doute leur gent masculine ? plaisanta monsieur de Hauteuil, et la Précieuse éclata de son rire grave et profond.

— Les Turinois n'en manquent pas, c'est certain, confirma-t-elle. Non, voyons ! Je pense à leur gastronomie, à leurs vins, à leur histoire, sans parler de leur culture. Ils ont un don pour les arts, sachez-le : les opéras, les ballets, le théâtre. La *commedia dell'arte* est absolument irrésistible !

— De quoi s'agit-il ? demanda Geoffrey, amusé. Je crois qu'aucun de nous ne parle italien hormis vous.

— La comédie, très cher ! La comédie !

Le cœur de Joséphine rata un battement. Tout à coup, la lumière jaillit dans son esprit et tout devint si clair qu'elle lâcha sa cuillère, qui tomba en cliquetant sur la table. Bien sûr ! Cela expliquait tout, des mots de madame de Sept-Vans aux morceaux de verre, de la tisane prise avec monsieur Delvaux à l'assassinat de Marie. Tout, soudain, avec quelques paroles innocentes, s'éclairait enfin.

23

Personne ne remarqua son trouble, cependant, car la conversation se poursuivit – mademoiselle de Mercie racontait les délices qu'elle avait pu goûter en Savoie et en Italie, des fromages aux vins, en passant par les pâtisseries. Seul le comte glissa un regard vers Joséphine. La jeune fille le fixa de ses yeux écarquillés.

Elle n'eut pas besoin de parler. Il hocha la tête sans un mot, sans même lui demander ce qu'elle avait soudain compris ni comment. Joséphine sentait son cœur battre à tout rompre dans sa poitrine, à présent. Elle *savait*, sans le moindre doute, ce qui s'était passé : tout se mettait en place dans son esprit, sans forcer, sans tordre les faits pour qu'ils correspondent à sa conclusion, exactement comme l'avait dit le comte.

Quand le repas fut terminé, le mousquetaire se leva et proposa de gagner le salon. Joséphine crut que l'air allait lui manquer, mais il lui prit le bras pour lui offrir son soutien. Pourquoi ne lui posait-il aucune question ? Pourquoi ne tentait-il pas d'éprouver son raisonnement et d'y trouver des failles, comme il s'y évertuait d'ordinaire ?

Les invités passèrent dans la vaste pièce et les domestiques servirent les derniers verres d'hypocras en guise de digestifs. Le comte se planta alors au milieu du salon et balaya l'assistance de son regard d'acier :

— Mesdames et Messieurs, si vous voulez bien vous

rassembler devant moi. J'ai une nouvelle importante à vous apprendre.

Un silence suivit sa déclaration, puis des gloussements amusés de mademoiselle de Mercie, qui le croyait sans doute prêt à annoncer ses fiançailles. Derrière lui, Joséphine se tordait les mains. Et si elle s'était trompée ? Si elle avait encore imaginé une histoire pour expliquer... Non, tout s'emboîtait beaucoup trop bien, à présent. Tout avait dû se dérouler exactement comme elle l'avait pensé. Il ne pouvait en être autrement.

— Je suis au regret de vous dire, poursuivit le comte quand tout le monde se fut installé dans les canapés en face de lui, que madame de Sept-Vans n'est pas décédée de mort naturelle. Elle a été empoisonnée.

Il y eut un mouvement de stupeur parmi les invités. Les dames se couvrirent la bouche, l'air horrifié, et les hommes se regardèrent les uns les autres, comme s'ils cherchaient lequel d'entre eux aurait pu commettre un tel crime.

— Mademoiselle Galtier, voulez-vous s'il vous plaît prendre la parole ? demanda le mousquetaire avec douceur.

Elle hocha la tête. L'idée de parler devant tout le monde la terrifiait. Elle aurait préféré confondre le meurtrier en petit comité, pour ne pas causer de scandale ni se donner en spectacle, mais il était trop tard pour reculer, à présent. La jeune fille s'éclaircit donc la gorge et s'avança d'un pas. Le comte lui céda la place en se glissant sur le côté d'un pas léger, comme s'il dansait.

— Lorsque nous découvrîmes le corps de madame de Sept-Vans, commença Joséphine, je m'aperçus que les symptômes qu'elle présentait étaient compatibles avec un empoisonnement à la belladone.

— Oh mon Dieu ! s'écria Clémence de Mercie.

Monsieur Cartegnier entreprit de l'éventer avec une revue posée sur la table basse.

— Vous aviez offert, Mademoiselle, un flacon de cette

substance à madame de Sept-Vans, ainsi qu'à toutes les femmes présentes au château à votre arrivée : Marianne, bien sûr, et Gabrielle de Sept-Vans. Louise et moi sommes arrivées plus tard et n'en avons pas reçu, mais vous comptiez nous en donner un également. Comme vous nous l'aviez expliqué, les Turinoises se servent de cette décoction pour agrandir leur pupille et obtenir ainsi un regard plus profond.

— C'est exact, confirma la Précieuse. Toutes les femmes du sud en raffolent.

— J'ai retrouvé le flacon de madame de Sept-Vans dans sa chambre, sur sa coiffeuse, mais il était vide.

— Vide ? répéta monsieur Cartegnier. Seigneur, se serait-elle donné la mort ?

— Non. Je ne le pense pas. Je la connaissais bien peu, mais elle ne me paraissait pas du genre à se tuer. Et je crois également qu'elle n'avait pas la moindre raison de se suicider. Néanmoins, un sujet la tracassait. Une question très délicate, qui l'avait mise en colère, assez en tout cas pour envoyer sa fille adoptive, Gabrielle, dans sa chambre alors qu'elle était tourmentée par Édouard. Il faut préciser qu'Édouard et Gabrielle, en grandissant, ne s'entendaient plus aussi bien que quand ils étaient plus jeunes. Je crois savoir, Monsieur, que vous n'aimiez pas l'influence de Gabrielle sur votre mère. Et vous, Mademoiselle, vous désapprouviez l'existence dissolue que menait votre frère.

Tous les deux hochèrent la tête. Gabrielle se tordait un peu les mains, embarrassée.

— Donc, madame de Sept-Vans était en colère. Elle l'était depuis l'après-midi, juste avant le dîner, quand elle poussa une exclamation de mécontentement dans son bureau. « Je vais mettre un terme à ce mariage », s'écria-t-elle, et nous fûmes plusieurs à l'entendre. Madame de Sept-Vans ravala cependant son émotion durant le repas mais se montra plutôt dure envers monsieur de Hauteuil, sur qui elle déversa le fiel qui la rongeait. Après l'altercation entre

Édouard et Gabrielle, sa colère explosa. C'était plus qu'elle ne pouvait en supporter. Monsieur Delvaux, qui comprenait bien que quelque chose la tracassait, lui proposa de boire une tasse de tisane en sa compagnie ; ils se retirèrent dans le bureau de Madame, où Marie, la femme de chambre, vint les servir. Comme vous me l'avez dit, Monsieur, vous étiez autrefois très épris de madame de Sept-Vans. Vous étiez même fiancés, n'est-ce pas ?

— Oui, mais je ne vois pas quel rapport...

— Laissons mademoiselle Galtier poursuivre, le coupa le comte.

Joséphine lui octroya une légère révérence pour son intervention.

— Merci, Monsieur. Monsieur Delvaux, je pense que vous étiez soucieux du comportement de madame de Sept-Vans. Vous aviez été fiancés, donc vous la connaissiez bien. Quelque chose la tourmentait et vous espériez pouvoir la soutenir – et peut-être, pourquoi pas, revenir dans ses bonnes grâces. Après tout, un premier amour ne s'oublie pas si facilement, surtout pas quand on n'est pas à l'origine de la rupture.

Monsieur Delvaux rougit violemment et détourna la tête, troublé. Joséphine prit une légère inspiration. À présent qu'elle avait commencé à raconter son histoire, continuer lui paraissait plus simple et ses épaules se détendirent.

— Madame de Sept-Vans but donc une tisane en compagnie de monsieur Delvaux. Mais elle refusa de lui dire ce qui l'ennuyait, n'est-ce pas ? Je doute que vous ayez été au courant, sinon vous auriez peut-être soupçonné ce qui allait se tramer ensuite. Vous essayâtes de la faire parler, elle vous repoussa, puis prit congé et décida de monter dans ses appartements. Là, sa domestique, Marie, la prépara pour la nuit, puis s'aperçut que le laudanum qu'avait l'habitude de prendre sa maîtresse avant de se coucher était resté dans la chambre de mademoiselle Gabrielle. En effet, celle-ci se trouvait dans un tel état de nervosité que nous dûmes lui en faire avaler pour la détendre et l'aider à se reposer. Marie se glissa donc auprès de Gabrielle, qui dormait à poings fermés, s'empara du flacon de somnifère, le ramena à madame de Sept-Vans, qui en but deux grandes cuillères pour s'apaiser elle aussi, comme de coutume, puis s'étendit. Il était environ vingt-et-une heures.

Joséphine marqua une pause. Les invités demeurèrent silencieux, tendus, dans l'attente de ses révélations.

— Durant ce temps, monsieur de Hauteuil n'arrivait pas à fermer l'œil, lui non plus. La façon dont lui avait parlé madame de Sept-Vans lui restait en travers de la gorge. Ses menaces de s'entretenir avec ses parents, de le contraindre à se marier, lui laissaient présager une vie de malheur et de tristesse. Il décida d'aller s'expliquer avec sa tante pour la supplier d'abandonner son projet. Mais quand il parvint à la porte, madame de Sept-Vans semblait en grande conversation – dispute, même – avec quelqu'un : elle parlait fort et s'emportait. En réalité, ce que monsieur de Hauteuil prit pour une discussion houleuse n'était que l'un des premiers symptômes de l'empoisonnement : madame de Sept-Vans se trouvait en plein délire. La belladone est la plante des sorcières : elle provoque des hallucinations lorsqu'elle est consommée, et c'est pour cette raison que les magiciennes en avalent. Elles espèrent ainsi recevoir des visions.

— Oh, mon Dieu, murmura monsieur de Hauteuil, sidéré. Vous voulez dire que... que si j'avais compris, j'aurais pu...

— Ne vous assénez pas de reproches, le coupa Joséphine avec douceur. Vous ne pouviez pas vous douter de ce qui était en train de se passer. Quoi qu'il en soit, après cela, vous décidâtes de ne pas parler à votre tante et vous descendîtes. Vous ne vîtes pas Geoffrey au salon et lui ne vous remarqua pas non plus, car vous aviez d'autres affaires en cours, dirons-nous.

— Merci, Mademoiselle, souffla le gentilhomme.

Avec un hochement de tête, Joséphine esquissa un sourire. Elle se rendait compte que, malgré sa couardise, ses manières et ses penchants, elle aimait bien monsieur de Hauteuil.

— Il était donc vingt-deux heures. Le sort de madame de Sept-Vans était scellé. La seule qui aurait pu l'entendre était Gabrielle, car ses appartements se trouvaient juste à côté, mais Gabrielle avait consommé du laudanum et dormait profondément.

La jeune fille porta la main à ses lèvres et ses grands yeux bleus s'emplirent de larmes.

— Le lendemain matin, poursuivit Joséphine, au moment où je sortis de ma chambre pour me rendre au petit déjeuner, je vis Marie frappant à la porte de sa maîtresse pour la réveiller. Cette porte était verrouillée, comme toujours : madame de Sept-Vans avait pris cette habitude pour empêcher feu son époux de venir la déranger les soirs où elle se sentait indisposée. Nous étions donc deux, à ce moment, dans le couloir. Marie saisit sa propre clé, ouvrit la porte et poussa un hurlement d'effroi : madame de Sept-Vans était étendue sur le sol, figée dans une expression de douleur. Sur ces entrefaites, Édouard entra dans la pièce à son tour. Je n'avais pas compris pourquoi, sur le moment, il se trouvait dans l'aile des femmes, et je dois dire qu'au vu des circonstances, je ne m'étais guère posé la question à cet instant. J'appris plus tard qu'il avait passé la nuit en compagnie de mademoiselle de Mercie. Édouard prit alors les choses en main : il me demanda d'aller prévenir son frère Geoffrey et, à la domestique, il enjoignit d'aller chercher monsieur Lavergne, le majordome, afin de déplacer le corps de sa mère. Bien sûr, il désirait profiter de ces quelques instants seuls avec celle-ci pour se recueillir à ses côtés.

— En effet, confirma Édouard. Quand je l'ai vue étendue par terre... mon Dieu, je ne voulais pas pleurer comme un enfant devant tout le monde.

— Bien sûr, Monsieur, je comprends. Après cela, vous avez pensé au curé : il fallait qu'il vînt donner les derniers sacrements à votre mère. Mais il avait neigé durant la nuit : vous ne pouviez pas y aller à cheval. Vous partîtes donc à pied pour la ville et ne regagnâtes le château que plusieurs heures plus tard.

Édouard confirma d'un hochement de tête.

— Écoutez, mademoiselle Galtier, intervint monsieur Delvaux d'un air agacé. Tout cela est très bien, mais où voulez-vous en venir ? Nous savons tous ce qui s'est passé.

— Certes, vous savez, mais vous n'avez pas compris ce qui se tramait. Car la vérité est bien plus sinistre que vous ne l'imaginez.

— Sinistre ? hoqueta Gabrielle.

— En effet, sinistre, oui, confirma Joséphine. Enfin... Durant les jours qui suivirent, Monsieur le comte et moi-même interrogeâmes chacun d'entre vous afin de mieux déterminer ce qui était arrivé. Nous souhaitions savoir qui parmi les occupants de la maison avait empoisonné madame de Sept-Vans. Plusieurs suspects se retrouvèrent en haut de notre liste : Édouard, qui haïssait sa mère, monsieur de Hauteuil, qui en avait assez de subir sa méchanceté, mademoiselle de Mercie, qui pensait que madame de Sept-Vans l'empêchait d'épouser Édouard, Geoffrey et Marianne, pour leurs problèmes d'argent, monsieur Delvaux, son ancien amant éconduit, sans oublier monsieur Cartegnier, qui l'avait peut-être entendue dire que son union avec Gabrielle n'aurait pas lieu. Ces paroles me trottaient dans la tête en permanence. Je n'arrêtais pas d'y songer, sans comprendre pourquoi. *Je vais mettre un terme à ce mariage.*

— Elle faisait allusion à celui de Geoffrey et Marianne, suggéra Louise.

— Non, ce n'était pas cela. En réalité, elle ne faisait référence ni à eux, ni à Gabrielle et monsieur Cartegnier.

— Vraiment ? s'étonna ce dernier. Mais alors... à qui ?

Joséphine marqua une pause. Son regard se porta sur les invités rassemblés, sur toutes ces personnes qu'elle avait soupçonnées, tôt ou tard, durant son séjour. Pendant un bref instant, elle se demanda si elle ne s'était pas trompée – et ce qu'elle ferait si elle découvrait que c'était bien le cas –, avant de s'aviser qu'elle n'avait pas pu commettre d'erreur. Cette fois, elle avait raison.

Satisfaite de se sentir rassurée, la jeune fille releva le menton et prit une longue inspiration. C'était le moment ou jamais ; un fulgurant sentiment de puissance l'envahit quand elle se tourna vers les convives pour les toiser.

— J'ai dit que la vérité était sinistre, et c'est bien le mot parfait pour décrire ce qui s'est passé, poursuivit-elle. Madame de Sept-Vans a souffert le martyre pour un mariage qu'elle n'approuvait pas, et pas seulement. On l'a empoisonnée pour cacher un secret. Elle a agonisé pour que rien n'éclate au grand jour.

Gabrielle fondit en larmes en écoutant ces paroles. Joséphine baissa le regard sur elle et esquissa une légère grimace.

— Mademoiselle de Sept-Vans, pourriez-vous avoir la bonté d'obéir aux derniers mots que vous a dits votre mère ? Veuillez s'il vous plaît *cesser cette comédie*.

Cette fois, les yeux de Gabrielle s'écarquillèrent et elle leva un visage sidéré vers Joséphine. Tous les autres se tournèrent brièvement vers elle avant de reporter leur attention sur la jeune fille ; le comte lui-même, surpris, faillit intervenir, mais il referma la bouche pour la laisser continuer.

— J'ai passé un long moment à me demander comment madame de Sept-Vans avait été empoisonnée. Pas par quoi, car je le savais : mon père est médecin et je connais les symptômes d'une intoxication à la belladone. Mais je ne comprenais pas comment on avait pu lui administrer cette substance. Et pourtant, c'était si simple ! Tellement simple que ça ne pouvait pas être cela, et d'ailleurs, mes investigations m'ont poussée à reconnaître que j'avais dû me tromper. En réalité, c'était d'une évidence absolue. Il était donc vingt heures quinze, Édouard et Gabrielle se disputèrent une nouvelle fois. Madame de Sept-Vans s'emporta contre eux et somma sa fille de *cesser sa comédie*. Et pour cause ! Ils ne se détestaient pas du tout, ne se sont jamais détestés ! Comme nous avons pu le constater depuis la mort de madame de Sept-Vans, Édouard et Gabrielle s'entendent parfaitement bien. Mieux encore, puisqu'ils s'aiment et qu'ils se sont mariés en secret.

Une même exclamation de stupeur parcourut les convives, qui tournèrent le regard vers les deux intéressés. Édouard serrait les mâchoires et Gabrielle, les yeux grands ouverts, ne pouvait les détacher de Joséphine.

— C'est impossible, protesta Geoffrey d'une voix sourde. Gabrielle est mineure : ils ne pouvaient se marier sans le consentement de Mère.

— En effet, un consentement recueilli par écrit, grâce à un acte respectueux notifié par notaire. Mais Édouard connaît un notaire, et même parfaitement : il me l'a confié le soir où nous avons fêté vos fiançailles. Quoi de plus facile que de convaincre cet homme de falsifier un document pour que son meilleur ami puisse épouser la femme qu'il aime et que son horrible et acariâtre mère lui refusait ?

Gabrielle déglutit sans prononcer un mot. Édouard, lui, serra les poings devant Joséphine. Cette dernière prit leur silence pour un acquiescement tacite. Triomphante, elle poursuivit :

— Madame de Sept-Vans voulait marier sa fille adoptive à monsieur Cartegnier. Il est jeune, bel homme et fortuné, très apprécié à la Cour de Sa Majesté : c'est un excellent parti pour elle, qui n'est pas de noble extraction. Elle le fit donc venir ici et lui enjoignit d'apporter un inventaire de ses biens et un certificat de naissance. Elle demanda également au prêtre de l'église de Tours une copie de celui de Gabrielle. Mais depuis le siècle dernier, le clergé note scrupuleusement les mariages dans ses registres paroissiaux. Elle en ajoute la mention sur tous les certificats de naissance. Notez que ceux-ci ne mentionnent pas les adoptions. Ainsi, quand Gabrielle et Édouard se sont mariés, elle portait pour l'Église son véritable nom, pas celui de Sept-Vans. Voilà pourquoi personne ne tiqua lorsqu'ils se présentèrent pour s'unir : parce qu'ils n'étaient pas frère et sœur aux yeux du clergé.

« Quand madame de Sept-Vans reçut la lettre du curé l'informant que l'union entre Gabrielle et monsieur Cartegnier ne pourrait pas avoir lieu, elle tomba de haut : sa précieuse fille adoptive, sa très aimée Gabrielle, dont elle était si fière, était déjà mariée. Pire, encore, elle avait épousé en cachette celui qu'elle aurait dû considérer comme son propre frère, Édouard de Sept-Vans. Le curé s'étonnait, dans sa missive, qu'Eugénie organise une union pour Gabrielle alors qu'elle avait déjà donné son accord au notaire. Il recommanda à madame de Sept-Vans de s'entretenir avec son fils, *Édouard*, mais elle était si furieuse qu'elle était incapable de le faire le jour même. Néanmoins, elle le décréta sur-le-champ : elle ferait tout pour *mettre un terme à ce mariage*. Car elle ne parlait pas de fiançailles, et c'est bien ce qui me gênait dans ses paroles : elle évoquait un mariage, déjà célébré, donc, et déjà officiel.

« Mais alors qu'elle prononçait ces mots, elle ne se doutait pas que Gabrielle l'avait entendue. Édouard et elle prirent une décision radicale : il fallait éliminer leur mère avant qu'elle ne révélât leur union, les forçât à se séparer et envoyât sa fille au couvent en la déshéritant. Ils n'avaient plus le choix. Ils devaient se débarrasser d'elle. Le soir, ils simulèrent cette altercation entre eux. Gabrielle est très douée pour jouer les hystériques, mais son comportement ne dupa pas madame de Sept-Vans, qui lui demanda de *cesser sa comédie*. J'accompagnai Marianne qui emmenait sa future belle-sœur dans sa chambre et je préconisai une dose de somnifère pour l'aider à se calmer et à se reposer. Dans la panique, la bouteille fut oubliée ; Gabrielle la subtilisa afin que plus personne n'y pense et la glissa sous ses draps. Quand nous la laissâmes seule, sur le point de s'assoupir, elle quitta son lit pour intervertir le flacon de laudanum avec un autre, dans lequel elle versa le contenu de sa fiole de belladone. Elle savait que sa mère consommait du somnifère chaque soir. Lorsque la bonne, Marie, vint le chercher, la bouteille se trouvait sur la table de chevet et la fille de sa maîtresse dormait à poings fermés. Madame de Sept-Vans avala deux cuillères de son remède... qui la tuerait une heure plus tard.

« La part de Gabrielle s'arrêta là, mais le crime, lui, devait toujours être masqué. La belladone a des effets remarquables et on ne devait surtout pas pressentir que le laudanum avait joué un rôle, ou les soupçons se seraient inévitablement tournés vers Gabrielle. Édouard avait un parfait alibi pour cette nuit-là : mademoiselle de Mercie se porterait garante pour lui. Mais il devait encore cacher l'implication de sa femme. Alors, tandis que je courais prévenir Geoffrey et que la bonne allait quérir monsieur Lavergne, Édouard se précipita dans la chambre de Gabrielle, y prit la bouteille de somnifère non empoisonnée, qu'elle avait placé dans un endroit sur lequel ils s'étaient mis d'accord avant le meurtre, puis il retourna dans les appartements de sa mère et intervertit de nouveau les deux flacons. Il cacha le laudanum contaminé dans sa poche et vida la fiole de belladone, offerte par mademoiselle de Mercie à madame de Sept-Vans. Ainsi si quelqu'un soupçonnait quoi que ce fût, on penserait qu'elle s'était donné la mort.

« Ce ne fut qu'un peu plus tard qu'il se débarrassa du laudanum, en jetant la bouteille dans la neige sur le chemin pour aller chercher le curé. Monsieur Lavergne, en glissant sur une plaque de verglas le lendemain quand il alla récupérer le lait, s'y couperait la main. Mais la chose était faite : le flacon sur la table de chevet de madame de Sept-Vans se retrouvait vierge de toute trace de toxique. Même si on soupçonnait un empoisonnement, on ne pourrait pas le lier à la décoction et donc à Gabrielle !

« Hélas, il se produisit quelque chose à laquelle ni Gabrielle ni Édouard n'avaient pensé. Quand Marie débarrassa le bureau des tasses de tisane, elle trouva le certificat de naissance de Gabrielle sur le secrétaire de sa maîtresse, et elle comprit. Elle emporta le document et voulut en tirer de l'argent auprès d'Édouard. Celui-ci joua le jeu, il accepta de lui en donner. Ils se donnèrent rendez-vous la nuit suivante dans les écuries. Alors, monsieur de Sept-Vans, vous étranglâtes Marie, et vous la laissâtes là, par terre, au milieu de la paille et du crottin, comme si elle n'était rien.

« Puis vous avez découvert, Monsieur, que j'enquêtais et vous avez décidé de me tuer moi aussi. Vous avez tenté de me jeter par-dessus mon balcon avant le repas. Quand j'ai crié, vous avez craint qu'on vous trouve dans ma chambre ; vous avez donc fui avant que je puisse vous identifier, mais vous saviez que ce n'était qu'une question de temps, n'est-ce pas ? J'ai fini par comprendre.

Il y eut un long silence, durant lequel tous les convives se tournèrent pour observer Gabrielle et Édouard d'un œil vaguement dégoûté. Le cœur de Joséphine battait la chamade dans sa poitrine, mais une certaine fierté l'envahit quand son regard croisa celui du comte. Il étincelait. Loin de la prendre pour une folle, le mousquetaire paraissait au contraire impressionné.

— Vous racontez n'importe quoi, déclara soudain Édouard en se levant. Détenez-vous la moindre preuve de ce que vous affirmez ? Je peux vous assurer que je n'ai pas tenté de vous tuer, ni...

Joséphine plongea la main dans son corsage et en tira une feuille de papier pliée en quatre. Lentement, elle l'étendit pour en montrer le titre, qui s'étalait en grosses lettres élégamment tracées en haut de la page : *Certificat de naissance*. Gabrielle poussa un hoquet de stupéfaction et un gémissement quitta sa gorge.

— Pourquoi ne l'as-tu pas détruit ? s'emporta-t-elle aussitôt, bondissant pour frapper le torse d'Édouard. Je t'avais dit qu'il fallait le brûler, pour que personne ne sache !

— Je l'ai fait ! rétorqua Édouard. C'est un faux !

— C'est un vrai, répondit Joséphine en haussant les épaules. C'est juste qu'il ne s'agit pas de celui de Gabrielle, mais de celui de monsieur Cartegnier, que j'ai emprunté lorsque j'ai fouillé sa chambre. Je voulais voir quelle réaction il susciterait chez vous. Je constate que je ne me suis pas trompée.

— Vous...

Édouard tenta de s'élancer en direction de la jeune fille. Joséphine recula d'un pas, mais le comte fut plus prompt qu'eux deux. D'une enjambée, il se plaça entre eux ; son bras s'arma vers l'arrière, poing serré, et il frappa Édouard en plein dans le visage. Le jeune homme s'effondra, sonné. Gabrielle se précipita pour lui soulever la tête et la poser sur ses genoux.

— Nous ne voulions pas qu'elle nous sépare, gémit-elle en sanglotant. Mère était si cruelle... Tout ce qui comptait pour elle, c'étaient les plans qu'elle fomentait. Notre avis, nos sentiments, nos rêves, cela lui importait peu ! Elle allait nous éloigner et m'envoyer dans un couvent. Mais nous ne sommes pas vraiment frère et sœur, nous n'avions rien fait de mal !

— Ce n'est pas pour cela que vous l'avez tuée, répliqua Joséphine. Vous auriez très bien pu vous enfuir et partir tous les deux. Non, la véritable raison, c'était que vous vouliez hériter de son argent. Si elle vous avait rejetée, ainsi qu'elle l'avait fait pour Édouard, vous n'auriez rien touché. La seule manière de vous en sortir était de l'assassiner. Sans compter que vous aviez déjà envisagé cette solution bien avant ce meurtre, car jamais vous n'auriez pu le planifier sans vous concerter auparavant. Vous avez juste décidé de le mettre en application ce soir-là, quand madame de Sept-Vans comprit quel lien vous unissait vraiment.

Les larmes de Gabrielle inondèrent ses yeux, bien réelles, cette fois, et coulèrent sur ses joues blanches. Elle posa ses lèvres sur le front d'Édouard et recommença à sangloter.

Le comte se tourna vers Joséphine pour la scruter des pieds à la tête.

— Vous vous sentez bien ? demanda-t-il.

— Il ne m'a pas touchée, répondit-elle. Merci, d'ailleurs.

— Je vous en prie. Je suis votre escorte, n'est-ce pas ? C'était mon rôle.

— Les mousquetaires se montrent-ils tous aussi efficaces que vous, Monsieur ?

— Non, évidemment. Vous avez eu la chance de tomber sur moi.

— Je m'en souviendrai.

Ils échangèrent un sourire et, de nouveau, Joséphine sentit le miel se répandre dans son cœur et les papillons s'envoler dans son ventre pour s'en délecter.

— Que va-t-il leur arriver ? demanda-t-elle en jetant un regard à Gabrielle, penchée au-dessus d'Édouard.

— Je ferai ce qu'il faut pour qu'ils soient traduits devant un tribunal. On n'assassine pas deux personnes sans en payer le prix.

Les lèvres du comte se serrèrent un instant. Il semblait vouloir réprimer un nouveau sourire, mais celui-ci parvint néanmoins à fleurir sur son visage.

— Je me demande bien comment vous avez fini par comprendre tout ceci, déclara-t-il. Jamais il ne me serait venu à l'idée que ces deux-là puissent être mariés.

— C'était un ensemble de petites choses. Leur rapprochement après la mort de leur mère, comme s'ils se sentaient soudain libérés d'un poids. Le verre qui a cassé dans ma chambre. Et la *commedia dell'arte*.

— Je ne suis pas certain de vous suivre sur tout, commenta le comte. Mais je dois dire que j'ai été... plutôt impressionné par votre sens de la déduction.

— Merci, Monsieur.

Ils échangèrent un sourire. Le miel se remit à couler à flots.

24

— Mon Dieu ! quel enfer ! soupira Louise en se laissant tomber au fond de la banquette. Si j'avais su que le séjour se déroulerait comme ça, jamais je n'aurais accepté de venir.

— Au contraire ! rétorqua Joséphine. C'était très divertissant.

— Deux cadavres, divertissant ? Tu as vraiment de drôles de goûts, Jo.

— Oh, allons… Je ne parlais pas des morts, bien sûr. Je parlais de l'enquête. Il est rare que je m'amuse autant à une réception mondaine.

— Quelle horreur ! Je n'ai pas du tout envie que ça recommence. C'est terrible ! Je ne sais pas comment tu peux t'en réjouir. Édouard a bien failli te tuer !

Joséphine esquissa un sourire. Bien sûr, l'enquête lui avait réservé son lot de surprises désagréables – examiner le cadavre de la pauvre Marie, par exemple – mais elle ne mentait pas en affirmant qu'elle avait trouvé cette enquête beaucoup plus savoureuse qu'une simple fête de fiançailles. Elle s'était découvert une intelligence rare. Comprendre la trame de cette sordide affaire ne pouvait pas être un coup de chance : c'étaient sa logique et sa raison qui étaient venues à bout de ce mystère.

Geoffrey avait convoqué l'échevin et, après qu'il lui eut relaté tout ce qui s'était passé, les officiers avaient pris les deux meurtriers en charge. Joséphine ignorait ce qui se passerait désormais. Gabrielle serait sans doute pendue pour avoir empoisonné sa mère adoptive, mais oserait-on tuer un fils de bonne famille qui n'avait fait qu'étrangler une femme de chambre ? Elle espérait au moins qu'il resterait quelques années en prison – tout autant pour venger Marie que par égard pour elle, qui avait failli être assassinée elle aussi. Rien n'était moins sûr, cependant. Il suffisait souvent d'une forte somme d'argent pour libérer un noble...

Marianne avait serré ses deux amies contre son cœur avant de les laisser monter en voiture. Les larmes avaient perlé au coin de ses paupières quand elle s'était tournée vers Joséphine, dont elle avait étreint les deux mains avec emphase.

— Je ne saurais jamais comment te remercier pour tout ce que tu as fait, souffla-t-elle, émue.

— J'aurais voulu accomplir tellement plus, Marianne, répondit Joséphine en pressant ses doigts entre les siens. Si seulement j'avais compris plus tôt. J'aurais pu t'aider avant...

— Non, tu ne dois pas t'adresser de reproches. Une chose est certaine : nous ne reverrons pas monsieur Cartegnier avant longtemps. Geoffrey ne désire plus entendre parler de lui.

— Tant mieux. Vous n'avez pas besoin de lui, crois-moi. Et si toute cette histoire a pu faire un peu grandir Geoffrey, alors finalement, ce n'est peut-être pas un mal. Au moins, à présent, il y réfléchira à deux fois avant de jouer de l'argent.

— Oh, je ne le laisserai pas recommencer ! assura Marianne. Je vais être sa femme. Il va devoir m'écouter, désormais.

Joséphine avait souri et acquiescé, heureuse de voir son amie reprendre confiance en elle. Elle ne lui confia cependant pas les projets que lui avait laissé entendre le comte, quelques minutes après qu'elle eut démasqué les coupables et que ceux-ci eurent été enfermés en attendant le magistrat : une histoire d'attaque du drapier par des gentilshommes armés et masqués, qui finirait avec des documents volés dont, parmi eux, un certain contrat conclu le soir du drame...

Monsieur de Hauteuil et mademoiselle de Mercie avaient quant à eux fait de chaleureux adieux à Louise, qu'ils avaient tous les deux beaucoup aimée. La jeune femme en était sortie les joues rouges et les larmes au bord des paupières ; tous trois s'étaient promis de s'écrire et, bien sûr, de se retrouver à Paris pour un bal ou un événement quelconque – le plus tôt serait le mieux, avait décrété monsieur de Hauteuil de sa voix haut perchée. Il n'avait adressé qu'un bref signe de tête emprunté à Joséphine, mais celle-ci ne s'en était pas formalisée. Ce qu'elle avait découvert sur lui valait bien qu'il se montre un peu méfiant, désormais, même si elle aurait aimé le connaître plus. Il demeurait, après tout, l'une des personnes les plus honnêtes qu'elle avait rencontrées au cours de cette réception. Quant à mademoiselle de Mercie, elle les avait toutes les deux embrassées, non sans leur faire promettre de lui rendre visite à Turin dès que possible.

— Je vous conduirai dans tous les salons les plus exquis ! avait-elle décrété d'un ton joyeux. Et nous pourrons aussi regarnir votre stock de belladone.

— Je ne pense pas vouloir encore entendre parler de cette maudite décoction, soupira Louise avec une grimace de dégoût. Pitié ! Plus de belladone pour moi !

— Ma chère, il ne faut pas vous braquer ainsi, insista la Précieuse. Cette petite merveille est utilisée par toutes les dames en vue en Savoie. Je suis persuadée qu'elle va bientôt faire des ravages à la Cour de Sa Majesté !

— Des ravages, hm ? s'amusa Joséphine, non loin.

Mademoiselle de Mercie avait dû consentir que le choix de ses mots n'était peut-être pas le meilleur.

Les deux jeunes femmes avaient ensuite grimpé en voiture, après que les valets de la maison Sept-Vans eurent porté leurs malles sur le véhicule. Il leur faudrait tout autant de voyage qu'à l'aller pour le retour et, accompagnées de leurs domestiques et du cocher, elles feraient halte dans les auberges qu'elles avaient sélectionnées lors du premier trajet.

Joséphine, cependant, regrettait que le comte ne fût pas descendu pour lui dire au revoir. Bien sûr, leur collaboration s'arrêtait là et elle le comprenait tout à fait. C'était un noble, après tout, et l'un des plus importants du royaume, car il hériterait du marquisat de son père. Sans compter qu'il appartenait au très réputé corps des mousquetaires de Sa Majesté. Mais durant ce temps où ils avaient coopéré, quand il lui avait proposé son bras pour la soutenir, lorsqu'il avait tiré sa chaise et lui avait fait confiance pour dévoiler devant tout le monde l'identité des coupables, la jeune fille s'était imaginé que, peut-être, le comte la considérait comme un peu plus qu'une simple partenaire d'enquête. Une amie, pourquoi pas, et en tout cas quelqu'un qu'il appréciait. Puisqu'elle partait sans l'avoir revu, sans doute s'était-elle fourvoyée.

Assise au fond de la voiture, le regard levé vers les nuages à l'horizon, Joséphine sentit son sourire s'effacer peu à peu, jusqu'à disparaître tout à fait. Elle était ridicule. Même s'il ne lui disait pas au revoir, même s'il se fichait bien d'elle, cela ne changeait rien : *elle* avait résolu cette enquête, *elle* avait trouvé les criminels, *elle* avait démêlé un à un tous les fils de cette impossible pelote. Elle n'avait pas besoin de l'affection d'un comte. Elle se suffisait bien assez à elle-même.

— Mademoiselle Galtier !

La voix d'homme, hors de la voiture, la fit bondir pour sortir la tête par la portière. Ce n'était pas le mousquetaire, hélas, mais monsieur Delvaux, qui courait pour les rattraper en toute hâte – une chance que le cocher n'eût pas encore fouetté les chevaux.

— Mademoiselle Galtier, excusez-moi...

Le pauvre, à bout de souffle, ne put continuer sa phrase.

Appuyant ses deux mains sur ses genoux, il prit quelques instants pour recouvrer ses moyens, avant de se redresser en bombant le torse.

— Je voulais vous dire à quel point j'étais navré, Mademoiselle, de la façon dont je vous ai parlé. Je craignais que n'éclate un scandale, voyez-vous...

— Quel scandale, monsieur Delvaux ? demanda Joséphine, intriguée. Je ne comprends toujours pas votre attitude. Je ne vous avais accusé de rien...

Enfin, presque rien, car elle avait tout de même sous-entendu qu'il aurait pu verser le poison dans la tasse de tisane de madame de Sept-Vans. Monsieur Delvaux secoua la tête et répondit :

— Ma fille va épouser Geoffrey de Sept-Vans. Je ne voulais pas que des rumeurs courent sur une éventuelle relation entre Eugénie et moi. C'eût été trop... embarrassant.

— Ne vous inquiétez pas pour ça, monsieur Delvaux, le rassura Joséphine avec un sourire. C'est déjà oublié.

Il posa la main sur la sienne et la serra un bref instant, avant de faire demi-tour et de retourner dans le château. Joséphine et Louise se laissèrent retomber dans la voiture. L'aînée allait donner l'ordre au cocher de partir quand un nouvel appel retentit :

— Mademoiselle Galtier !

Pas de doute : c'était Joséphine qu'on interpelait ainsi. La jeune fille passa la tête par la portière et aperçut le comte qui s'approchait – en marchant, bien évidemment. Elle se sentit rougir. Il ne lui avait pas encore dit au revoir, et elle avait été déçue de savoir qu'elle quitterait le château sans le rencontrer une dernière fois.

Louise se ratatina au fond de la voiture quand il apparut dans l'ouverture, son beau visage tourné vers sa cadette.

— Ainsi vous partez, Mademoiselle, constata-t-il, sans même se rendre compte que Louise se trouvait juste à côté.

— Oui, Monsieur. Il est temps pour ma sœur et pour moi

de retrouver Paris.

— Nous ne vivons pas si loin que cela l'un de l'autre, alors.

— Il est vrai que les mousquetaires résident dans la capitale, toujours prêts à servir Sa Majesté.

— Accepteriez-vous que l'on se revoie, Mademoiselle ?

Joséphine se sentit rougir. Françoise et Francine, assise de part et d'autre de la voiture, se mirent à glousser dans l'ombre. Le comte réussit à demeurer impassible tandis qu'il rivait son regard dans celui de la jeune fille.

— Cela dépend. Comptez-vous encore me donner des ordres ? Si c'est le cas, sachez que je ne vous laisserai pas faire. J'entends bien mener ma vie comme je l'entends.

— Eh bien, j'ose espérer qu'il n'y aura pas d'assassinat la prochaine fois que nous nous rencontrerons, mademoiselle Galtier. Dans ce cas, je n'aurai pas à vous dire de ne pas agir bêtement.

— Et je ne vous répondrai pas que j'ai élucidé un double meurtre avant que l'échevin n'ait eu le temps de mettre son nez dans cette sordide affaire. Toute seule.

Il sourit en coin.

— Ne vous croyez pas plus intelligente que tout le monde, Mademoiselle. Ce n'est pas parce que vous avez réussi une fois que vous êtes un génie.

— Bien sûr que j'en suis un. Tout comme vous vous tenez sur un piédestal, n'est-ce pas ?

Sans répondre, le comte saisit ses doigts pour lui accorder un baisemain parfait. Les papillons prirent leur envol une nouvelle fois et la jeune fille eut l'impression de se trouver sur un nuage.

— Au revoir, Monsieur, glissa-t-elle avec douceur.

— À bientôt, Joséphine, promit-il d'une voix plus suave encore.

Et sur ces mots, il recula d'un pas, s'inclina brièvement puis fit signe au cocher de partir. Joséphine lui adressa un dernier salut de la tête puis s'enfonça dans la voiture. Louise,

Francine et Françoise eurent l'heur d'attendre que le château fût hors de vue avant de s'égosiller.

Vous avez aimé *Funestes fiançailles* ? La demoiselle et le mousquetaire reviendront pour une nouvelle enquête dans :

MEURTRE SUR MESURE

Un homme retrouvé mort des ciseaux plantés dans le dos, un bal costumé, un maître-chanteur et un prétendant pour Louise...

Une nouvelle aventure qui ne manquera pas de rebondissements !

L'autrice

Née en France, S.D. Fischer a toujours aimé écrire. Après avoir signé plusieurs ouvrages dans le domaine de l'imaginaire, elle rend hommage à son autrice préférée, Agatha Christie, en se lançant dans le roman policier cosy-mystery, avec une touche de romance.

La demoiselle et le mousquetaire est sa première série du genre, et sûrement pas la dernière.

<u>La suivre sur les réseaux sociaux :</u>

Facebook : sdfischer.autrice
Instagram : @sd.fischer

Achevé d'imprimer en juillet 2023
Imprimé en UE
Dépôt légal : juillet 2023

Printed by Amazon Italia Logistica S.r.l.
Torrazza Piemonte (TO), Italy

71233638R00170